AF285000

Fabian Menger

Lucy

Roman

Bibliografische Information der Deutschen
Nationalbibliothek:
Die Deutsche Nationalbibliothek verzeichnet diese
Publikation in der Deutschen Nationalbibliografie;
detaillierte bibliografische Daten sind im Internet über
http://dnb.dnb.de abrufbar.

© 2023 Fabian Menger

Herstellung und Verlag: BoD – Books on Demand,
Norderstedt

ISBN: 978-3-7578-2944-5

Wie ein Vogel unterm Eis,

schaust du von oben auf mich drein.

Im Gedanken bereits im Adlerflug,

steckt das Leben doch in Kinderschuhen.

Ein Blick allein, dein Atem reicht,

dein Geruch, mein Herzschlag seicht.

Deine Worte sangen, bis ich schlief,

deine Gesten warfen mich Meilen tief.

Deine Anmut, macht unwiderstehlich,

lässt alles bröckeln, ganz allmählich.

Keine Bestie, Raubtier oder Vandale,

nur wir selbst und stets in Quale.

Jeder kann dich in sich finden,

jeder wollüstig sich an dich binden.

Du ziehst und treibst, zum Leben hin,

erziehst und gleichst allen Lebenssinn.

Kapitel 1

Die Augen von Albrecht öffneten sich. Schon wieder kein Schlaf, keine Ruhe, keine befriedigende Nacht, in der er seine Kräfte sammeln konnte, wieder drohte ein Tag in dem die quälende Müdigkeit über ihn herrschte. „Gottverdammt", fluchte er in die Stille der Nacht hinein. Da lag er wieder, mit seinen Gedanken und Gespinsten im Kopf, mit diesem brennenden Gefühl in der Magengegend und dem marternden Wissen, dass der neue Tag ein schlechtes Abbild des Alten sein wird. Er rieb sich die Schmerzenden Augen, fasste sich an die Stirn und schlug sich mit der geballten Faust dagegen. Der Kopf rebellierte, dieser dumpfe Schmerz hinter seiner Stirn ward unerträglich, das schwere Pochen zwischen seinen Schläfen ließ ihm jeden Tag aufs Neue Leiden. Nichts Angenehmes, nichts Besonderes, nur eine Tatsache, die ihm das Gewicht des Lebens spüren ließ. Ein Geruch strömte durch den Raum, betörend und sanft, ein milder und angenehmer Duft, doch völlig fremd und neu, völlig losgelöst von diesem bedrückenden Raum. Das musste von draußen kommen. Die Jahreszeit versprühte eine kühle Luft und ließ sie durch das offene Fenster wehen. Von weit her bellte ein Hund, dies musste ihn aufgeweckt haben, diese verdammte Töle, mitten in der Nacht die Leute zu wecken. Er stand langsam auf, um

4

das Fenster zu schließen, fühlte dann wieder seinen Rücken, seine Verspannungen, sein fortgeschrittenes Alter. Wieder eine Raschlebige Nacht verglüht, wieder hingen die Sterne beschwichtigend und erwartungsvoll am Himmel, längst erloschen und doch noch sichtbar, gleich Gedanken, gleich Erinnerungen, die in seinem Kopf nachts offenbar wurden. Er atmete nochmals die frische der Luft in sich ein, atmete schwer und unbefriedigt wieder aus, nahm nochmals den verheißungsvollen Geruch wahr und suchte dessen Herkunft. Vielleicht eine Pflanze, die zu dieser Jahreszeit erblüht, die ihren Duft absonderte und das Leben damit vermehren will. Er schloss das Fenster, blickte nochmals in die Finsternis der Nacht und wollte sich wieder hinlegen, um noch etwas Schlaf zu erhaschen, vielleicht hatte er ja Glück - doch ach, er kannte sein Schicksal, er würde die nächsten Stunden wach und unbefriedigt auf seinem Lager liegen. Als er sich umdrehte, um den Versuch des Schlafes zu wagen, zuckte er zusammen. Ein Schreck fuhr ihn tief in die Glieder, alles in ihm zog sich zusammen und er wollte schon schreien vor Angst. Er hatte das Gefühl, dass er weichen müsse, doch hinter ihm befand sich die feste Wand, die ihm eine Flucht nicht ermöglichte. Da Stand jemand an der Tür. Wie gelähmt schaute er auf das Wesen, das einfach nur dort starr und reglos verweilte und ihn anschaute. Das Grauen kroch in seine Knochen, lies sie erstarren und machte ihn schier bewegungsunfähig. Die Schwarze Gestalt stand einfach nur da, bewegte sich nicht, schaute einfach auf ihn, blickte ihn aus schwarzen Löchern an, völlig starr und reglos. „Was? Wer sind Sie? Was machen Sie hier?", wollte er sagen, doch er brachte keinen Ton heraus. Aus Angst und Furcht fing er an zu schreien, fing an das Wort „Hilfe" mit seinen Lippen zu formen. Er schrie und schrie und plötzlich - wachte er auf, wachte von seinen eigenen Schreien einfach auf. Alles nur ein Traum gewesen, alles nur ein böser Alp, ein Gespinst, das sein Kopf ihn vorgegaukelt hatte, ein Theater seiner Gedanken, nichts Wirkliches. Er schaute auf die Uhr, zwei Uhr vier, mitten in der Nacht. Jetzt war an Schlaf nicht mehr zu denken, er schaltete die Nachttischlampe an, schaute sorgenvoll in die Ecke, in der die Gestalt gerade noch stand, doch da war nichts, natürlich war da nichts mehr. Doch er war wach und stand auf.

Es war ein strahlend heller Oktobertag, an dem man die Wolken vergeblich am azurblauen Himmel suchte. Die Natur färbte sich ein, zeigte nochmals ihre ganze bracht und ihr mögliches Farbenspiel, bevor der bedrohliche Winter alles zu Nichte macht. Der 38-jährige Albrecht verlies seine Wohnung als die Turmuhr des kleinen Städtchens, dreiviertel acht schlug, um acht begann seine reguläre Arbeitszeit. Er schritt durch den alten Hausflur, an dem hier und da schon der Putz von den Wänden bröselte, permanent roch es hier nach Kohlsuppe, ein Geruch, der ihm seit 20 Jahren in der Nase lag, doch dessen Herkunft ihm seither unbekannt. Aus dem Keller holte er sein altes Fahrrad, mit dem er meistens zur Arbeit fuhr. Seine dicke karierte Fleecejacke wärmte ihn an diesem Tag nur unzureichend, das lag sicher auch daran, dass das ein oder andere Loch nicht geflickt wurde, doch für die Arbeit würde es schon gehen. Er trug das Rad die Zwei Treppen hoch, öffnete die alte Eingangstür, an der die Verglasung seit einigen Jahren gerissen und scheinbar nie ausgewechselt wurde. Auf seinem alten Zweirad fuhr er die Straße hinab, ein grauer alter Drahtesel mit dem er schon so einige Kilometer gefahren und schon so einige Arbeitstage hinter sich gebracht hatte. Sein braunes Haar wurde durch den Fahrtwind in Unordnung gebracht, seine müden grünen Augen starrten wie mechanisch auf die Straße. Früh begann der heutige Tag, doch das begannen in letzter Zeit alle Tage, seine innere Unruhe hatte direkten Einfluss auf die Nächte. Seine Arbeit lenkte ihn zuzeiten ab, eine Hausmeistertätigkeit in dem ansässigen städtischen Theater, nichts Herausforderndes, keine Herzensangelegenheit, aber doch eine Tätigkeit, eine Beschäftigung und auch eine Abwechslung von den eigenen Gedanken. So fuhr er gedankenlos vorbei an dem großen, prächtig angelegten Park mit den vielen bunten Buchen und einigen Weiden, die Zeitlos in den Himmel ragten, doch keinen Blick würdigte er dieser künstlich angelegten Natur. Einige Menschen spazierten schon ihres Weges, viele auf dem Weg zur Arbeit, einige mit Hunden, stets beschäftigt und mit einem Ziel vor Augen. Im Hintergrund erstreckten sich in Reihe graue Wohnblöcke, die ein tristes und monotones Bild abgaben. Dann fuhr er vorbei an Ampeln und Straßen, an Menschen und Gesichtern, die ihm alle egal, die ihm alle nichts angingen, keinen von ihnen würdigte er eines Blickes, keine Frau, die sein Blick lockte, kein Kind, das sein Herz erwärmte. Die erste Ampel auf seinem Weg schaltete auf Rot. Kurz warten. Ein gezwungener Stopp. Sein Blick starr auf die rote Leuchte. Wenige Sekunden dann - gelb. Dann - grün. Wieder mit Kraft und Anstrengung in die Pedale treten und weiter. Er trug seine alten, zerschlissenen, braunen Arbeitsstiefel, knöchelhoch und scheinbar unverwüstlich hingen sie an seinen Füßen, als Zeichen für ein mühsames und fortschreitendes Leben. Kein Lächeln, keine Regung in seinen Gesichtszügen, alles wurde scheinbar anteilslos durchlebt, wurde ertragen und hingenommen. Keine Gedanken, keine großen

Pläne schwirrten ihm im Kopf umher, alles war gegeben und starr in und um ihn her. Die zweite Ampel kam nur ungefähr 50 Meter weiter, auch diese leuchtete am heutigen Morgen rot. Er starrte träge und einförmig zur Leuchte hinauf, einzig auf sein weiterkommen wartend. Dann endlich - Gelb. Dann - Grün. Wieder aufs Rad schwingen und mit Kraft in die Pedale treten. Als er am Theater ankam, stellte er sein Zweirad wie immer in den kleinen Keller, der extra für den Hausmeister gedacht war. Hier hatte er eine kleine Werkstatt, hier hatte er einen Rückzugsort und auch ein kleines Atelier. Denn er war Maler, eine Leidenschaft, der er jedoch nur noch leidenschaftslos nachging. Er hatte schon seit Jahren kein Bild mehr gemalt, die Lust und die Muße fehlten. Sicher war das nicht immer so, die Bilder im Keller sind ein Beweis für ein strebsames Wirken des Künstlers, jedoch wann war das? Er selbst konnte sich nicht entsinnen. Er stellte seine braune Ledertasche auf den Tisch, packte schon einmal sein Frühstück aus, eine Brotbüchse mit etwas Schinken und trockenem Brot darin. Dann wurde die Tasche unter seiner Werkbank verstaut. Er öffnete sein Geheimfach unter der Werkbank, nahm sich eine Flasche mit hochprozentiger Flüssigkeit und trank einen kräftigen Schluck. Verschloss diese wieder und stellte die Flasche wieder zurück. Er zog seinen alten Blaumann an und machte sich bereit seinem Tagewerk nachzugehen. Der heutige Tag sollte einige Reparaturen bereithalten, mal wieder ist ein Klo verstopft, mal wieder musste er die unangenehme Arbeit verrichten und die Ursache der Verstopfung herausbekommen und beseitigen. In einer Garderobe musste die Leuchtstoffröhre gewechselt werden, er hatte die Bestellung aufgegeben, die Leuchte sollte gestern gekommen sein, diese Arbeit ist schnell erledigt. Dann galt es noch die Sitze vom Vorabend zu kontrollieren und den Müll und die Abfälle zu entsorgen. Viele kleine mannigfaltige Aufgaben, alles wurde ohne innere Freude, ohne viel Mühe oder Leidenschaft erledigt. „Morgen", sagte eine ältere Frau mit großer Brille zu ihm, als er auf dem Weg zum kaputten Klo lief. „Morgen", antwortete er mit tiefer, monotoner Stimme. „Moin", erschall es von einem jungen Schauspieler, der gerade das Klo verlies. „Moin", echote es aus seinem Mund. Das waren die Worte, auf die sich seine Gespräche mit den Menschen im Theater begrenzten. Der ein oder andere hatte schon öfters versucht eine Interaktion mit ihm zu führen, doch stets verlief diese zäh und meistens im Sande. Es sprach sich herum, Albrecht sei ein wortkarger alter Mann, ohne Profil und wahrhafter Persönlichkeit, einfach ein Statist, der hier im Theater die kleinen und großen Aufgaben erledigte, die eben erledigt werden mussten. Roboterhaft bewegte er sich tagsüber durch das Theater, ohne die Aufmerksamkeit von irgendjemanden auf sich zu ziehen, ohne ein Gespräch zu suchen, ohne dass ihn jemand bewusst wahrnahm. Zur Frühstückspause zog er sich in seinen Keller zurück, aß dort für sich allein, ohne Nebengeräusche ertrug er die Stille und Verlassenheit mit einer stoischen Haltung. Heute wurde er kurz vom Telefon erschreckt, Frau Glockner war am Apparat und gab einen Mängel in der Garderobe bekannt, eine Sache, die jedoch bis morgen warten musste, deswegen antwortete er nur knapp: „Morgen dann. Nicht heute." Bevor die erste Pause endete, öffnete er noch ein kleines Fach unter seiner Werkbank, griff sich eine kleine Dose mit Whiskycola und trank diese mit wenigen Zügen leer. Dann ging es wieder an die Arbeit, Stunde für Stunde, Minute für Minute werkelte er vor sich hin, putzte, reparierte und besserte aus. Die Reparatur des

Klos war nicht eben einfach, doch am Ende funktionierte die Spülung und das Wasser lief wie gewohnt ab. Als die Turmuhrglocke den kleinen Zeiger auf der vier und den großen Zeiger auf die zwölf platzierte, begann sein Feierabend. Er holte das Zweirad aus dem Keller, setzte sich auf den rissigen braunen Ledersattel und fuhr zurück zu seiner Wohnung. Wieder an der Ampel anhalten. Blick stur und ernst auf das rote Licht gerichtet. Kurz warten. Dann - gelb. Dann - grün. Dann die braunen Lederstiefel auf die Pedale drücken und weiter. Vorbei an dem Park, der nachmittags für gewöhnlich überfüllt und mit Geräuschen von spielenden Kindern ihm keinen Halt und keinen Spaziergang abverlangte, dafür hielt er an einem kleinen Supermarkt, um sich noch Bier und Whisky zu kaufen, einige Zigaretten und ein paar Dosen mit Linsen und Erbsensuppe. Als er an seiner Wohnung ankam, rannten ihn beinah ein paar Kinder über den Haufen, worauf hin er ihnen einen wilden Fluch hinterherjagte. „Ihr beschissenen Bengel! Fahrt zu Hölle, hört ihr?" Die Kinder lachten und rannten ihres Weges. In der Wohnung packte er seine Arbeitstasche in die gewohnte Ecke, räumte seine Frühstücksdose raus, bereitete alles für den morgigen Tag vor und setzte sich dann mit dem gekauften Bier vor dem Fernseher. Die Zeit bis es galt ins Bett zu gehen, verbrachte er mit Trinken und Rauchen, er ließ das Fernsehprogramm über sich ergehen und wollte mit nichts und niemanden etwas zu tun haben. Doch jeden Tag kam mit penibler Regelmäßigkeit der Moment, in dem es ihn packte, vielleicht weil der Alkohol schwermütig und sehnsuchtsvoll machte, vielleicht weil er ahnte was für ein bitteres Dasein er hier führte. Dann trank er den Whisky, der verfehlte seine Wirkung nie, zuerst wurde es schlimmer, manchmal verfluchte er sich selbst, doch wie jede gute Medizin schnell Linderung bringt, brachte auch der Whisky recht zügig den erwünschten Schlaf. Er wusste nicht, wie lange er lag oder ruhte, seine schweren Lider öffneten sich und er blickte in die Dunkelheit, orientierte sich mit seinen müden Augen und stellte fest, dass er irgendwie ins Bett gekommen sein musste. In seinem Schädel pochte wieder dieser dumpfe, drückende Schmerz, den er so gut kannte und verfluchte. Es galt die Augen wieder zu schließen, es lag nichts daran jetzt schon aufzustehen. Er durfte sich nicht dem Schmerz hingeben, durfte jetzt nicht anfangen zu denken, einfach weiterschlafen, einen dunklen, tauben Schlaf haben, nur nicht wieder wach dem Morgen entgegenfiebern. Er wollte sich umdrehen, doch – er konnte sich nicht bewegen. Jeder Versuch sich zu rühren scheiterte, er blieb reglos und steif, hatte keinerlei Kontrolle über seinen Körper. Angst kroch ihm in die Glieder, sein Atem beschleunigte sich und seine Augen standen jetzt weit offen. Kein Wort wollte ihm über die Lippen, nur ein angstvolles Stöhnen gelangte aus seinem Munde, gleich einem Schrei eines Verschütteten, dessen Rufe nie an die Oberfläche gelangten. Wieder nahm er diesen lieblichen Duft wahr, diesen ganz eigenen bedeutungsvollen Schwall, den er noch nie davor gerochen hatte, er sog ihn in sich auf, füllte seine Lungen damit, merkte dass er ruhiger wurde und hörte irgendwann nur noch seinen Herzschlag. Hörte wie es schlug, fest und kräftig, taktvoll und verlässlich. Woher kam dieser Duft? Das Fenster war geschlossen und in seiner Wohnung hatte er so etwas noch nie wahrgenommen. Seine Augen suchten im Raum nach der Ursache. Doch da war nichts, keine Veränderung oder irgendein Räucher- oder Gaukelwerk, dass diesem Duft absondern konnte. Er schloss die Augen wieder, in der Hoffnung aus diesem Alptraum zu erwachen. Doch er blieb gefangen, blieb geknechtet und gepeinigt auf seinem Bett. Er öffnete seine Augen und erblickte die gleiche dunkle Gestalt, die auch letzte Nacht ihm die Hölle verkündete. Wie eine irrwitzige Statur, die jemand in den Raum gestellt, eine schwarze Silhouette, dessen Blick mitten auf ihn gerichtet schien. Ein stummes Ding, wie ein schwebender Abgrund lag dieser Anblick auf ihm. Aus Furcht rannen neue stöhnende Geräusche aus seinem Mund, sein Herzschlag schlug vor Schreck in einem wilden Takt und schien aus seiner Brust springen zu wollen. So sehr er sich auch anstrengte, so sehr er auch versuchte seine ganze Kraft aufzubringen, nichts half. Wie gefesselt und geknebelt lag er auf dem Bett, fühlte sich ausgeliefert und hilflos, ohne Macht und Kontrolle über sein Leben. Er schloss die Augen und es ran vor Verzweiflung eine Träne seine Wange hinab. Er atmete verzweifelt ein, atmete diesen bedeutungsschwangeren Duft in sich ein. Beim Ausatmen befand er sich wieder auf seinem Sessel.

Kapitel 2

Er schloss seine Haustür ab, blieb noch kurz vor der geschlossenen Tür stehen und blickte gedankenversunken die Treppe hinab. Dieser Traum beschäftigte ihn und er rätselte, was er wohl bedeuten könnte. Was für ein Unsinn mir mein eigener Kopf vorgaugelt, die Formbarkeit der eigenen Gedanken ist wirklich beängstigend, dachte er. Langsam schritt er hinab Richtung Keller, schleppender lief er, behäbig nahm er eine Stufe nach der anderen. Alles erschien so real, er konnte den Duft beschreiben, wusste noch jedes Detail des

Traumes zu benennen, noch nie hatte er in seinen 38 Jahren so etwas erlebt. Unfug, welchen sich das Hirn erdachte, er hatte sich noch nie viel aus Aberglauben gemacht, er würde auch heute nicht damit anfangen. Er atmete entrüstet aus und ging in den Keller, um sein Fahrrad zu holen. Er strich über den rissigen Fahrradsattel und beschloss gleich heute einen neuen bei Fahrradladen Klausens zu kaufen, dieser alte war nicht mehr dienlich und musste ersetzt werden. Auf dem Weg nach draußen fiel ihm wieder diese rissige Scheibe der Eingangstür ins Auge. Heute verspürte er einen Ärger darüber, dass diese noch nie ausgewechselt wurde, immerhin bezahlte er doch seit Jahren seine Miete, sicher eine sehr billige, aber niemand sollte jeden Tag durch diese alte Tür gehen müssen. Er schwang sich aufs Rad, trat mit seinen alten braunen Arbeitsstiefeln in die Pedale und radelte los. Als er an dem großen Park vorbeikam, schaute er kurz auf die ganzen bunten Bäume, die in Reihe dort standen und die an dem heutigen Tag ein paar Sonnenstrahlen durchließen, was ein recht hübsches Bild ergab. Wieder kam ihm die Machtlosigkeit in den Sinn, dieses ausgeliefert sein, diese Wehrlosigkeit und dieses unfreie Gefühl in seiner Brust. Konnte dieser Traum eine Bedeutung haben, immerhin hatte er gestern einen ähnlichen gehabt, auch mit dieser schwarzen Gestalt, diesem furchteinflößenden Etwas. Vielleicht hatte er auch irgendwann einen Film gesehen, in dem solch eine Szene zu sehen war, doch das würde ihm sicher einfallen, der Kopf hätte sich mit dem Gedanken intensiv auseinander setzten müssen, ansonsten würde dies nie in seinem Traum erscheinen. Vorbei an der Ampel. Am heutigen Tag hatte er Glück, die erste Ampel leuchtete grün, ein Umstand, den er gedankenverloren hinnahm. Weiter die Straße entlang, Fußgängern und Hindernissen mechanisch ausweichend. Die zweite Ampel leuchtete rot, er stieg ab. Blickte mit müden Augen auf das rot, dachte jedoch beim Schauen an diese schwarze Gestalt. Dann - Gelb. Dann - Grün. Wieder aufs Rad schwingen und mit Kraft in die Pedale treten. Bei der Arbeit angekommen stellte er sein Rad wieder in den Keller, packte sein Frühstück aus, dann die Arbeitstasche an die gewohnte Stelle legen und den Blaumann anziehen. Er holte aus dem kleinen Fach eine kleine Flasche heraus, trank dessen bräunliche Flüssigkeit mit einem Zug leer, verzog dabei keine Miene und machte sich auf seiner Arbeit nachzugehen. Heute würde er die Reparatur an der Garderobe erledigen, die Frau Glockner gestern gemeldet hatte. Um 10 kommt eine Firma, die die Klimaanlagen überholt, dies musste er überwachen und kontrollieren. Sein Telefon stand heute auch nicht still, kleine Reparaturen am Orchestergraben und allgemeine reinigungsarbeiten standen an. So verging der Tag ohne besondere Vorkommnisse, ohne große Gespräche und auch ohne viele Gedanken. Zum Frühstück aß er einen Camembert mit trocknem Brot, trank eine Dose Whiskycola und machte sich dann wieder an die Arbeit. Frau Hansen vom Empfang hatte schon öfters einen aufdringlichen Alkohol Geruch bei Albrecht wahrgenommen, genauso wie der ein oder andere Schauspieler und Theatermitarbeiter, doch da Albrecht stets seine Arbeit sauber, pünktlich und ordnungsgemäß ausführte, sagte niemand etwas. Natürlich war man auch froh einen handwerklich geschickten und pflichtbewussten Mitarbeiter gefunden zu haben, der für recht wenig Geld 30 Stunden in der Woche hier arbeitete. Als Albrecht seine heutige Arbeitszeit erbracht hatte, setzte er sich direkt auf sein Rad, fuhr noch in den Fahrradladen und kaufte sich einen neuen Sattel. Die

Arbeit als Ablenkung tat ihm gut, die Gedanken beruhigten sich und dieser verrückte Alp war nicht mehr Hauptbestand seiner Gedanken. Er radelte am Park vorbei, den neuen Sattel unter dem Arm. Wieder viele Menschen und vor allem viele grölende Kinder, die seine Tritte in die Pedale beschleunigten. Vor seinem Wohnblock angekommen, machte er sich gleich an die Arbeit und tauschte seinen alten Sattel aus, der porös und rissig ihm wohl über 13 Jahre gute Dienste geleistet hatte. Er schob das graue alte Fahrrad wieder in den Keller und stellte es in die gewohnte Ecke, bevor er die Treppe zu seiner Wohnung hinauf schritt, überlegte er wie lang er jetzt schon hier wohnte, es müssen etwas über 15 Jahre mittlerweile sein. Im Treppenaufgang hing der unangenehme Duft von getragenen Schuhen und Zigarettenqualm, er merkte bereits beim Aufstieg zu seiner Wohnung das die Müdigkeit in seine Glieder kroch und er wohl heute den Schlaf unbedingt nötig hatte. Er dachte nun wieder an diesen unerfreulichen Traum, aber doch nur ein Traum, den sein Kopf erfunden hatte. Wie unwahrscheinlich, dass er heute wieder diesem Ungeheuer begegnen würde. Wie sonderbar, dass er überhaupt Träume hatte, der Alkohol ließ ihn meist traumlos durch die Nacht kommen. Er schloss seine Tür auf, vernahm eine muffige und stickige Luft, und er kam auf den Gedanken, dass er unbedingt lüften müsse, vielleicht lag es am Sauerstoffmangel dass er diese Gespinste in der Nacht erdachte. Alle Fenster wurden geöffnet, die Kühle Oktoberluft durchströmte die kleine Zweizimmerwohnung. Er öffnete sich eine Dose Whiskycola und trank sie hastig leer, er machte sich zum Abendbrot eine Erbsensuppe aus der Dose warm und schaltete den Fernseher ein. Alles wurde mit einer bitteren Traurigkeit und Gleichgültigkeit vollführt, alles Routinen und

Gewohnheiten, alltägliche und vertraute Vorgänge. Während die Suppe köchelte, öffnete er sich ein Bier und noch eine Whiskycola, langsam überkam ihn der gewohnte Zustand der Trunkenheit, seine Gedanken wurden stummer und das einfältige Fernsehprogramm zeigte eine Quizshow, die er sich anschaute, während er seine Suppe aß. „Welches Musical von Andrew Lloyd Webber basiert auf einem Film von Billy Wilder?", erklang die blecherne Stimme aus dem kleinen Fernseher. „Sunset Boulevard", antwortete Albrecht gleichgültig. Die Kandidatin im Fernseher schien unsicher und antwortete Jesus Christ Superstar, nach einem kleinen Spannungsbogen gab der Moderator bekannt, dass die richtige Antwort Sunset Boulevard sei. „Was wiegt etwa 150 bis 200 Gramm und ist das größte lymphatische Organ im Körper?", fragte der Moderator trocken. „Die Milz", murmelte Albrecht vor sich hin. Die Kandidatin schien erneut unsicher und antwortete „die Leber", der Moderator schüttelte den Kopf und damit war sie ausgeschieden. Albrecht zappte noch etwas ungeduldig von Fernsehprogramm zu Fernsehprogramm, doch alles erschien öde und anspruchslos. Er machte sich noch eine Dose Whiskycola auf und trank diese gierig aus. Es dauerte nicht lange, dass sein Zustand sich der Müdigkeit hingab und er einschlief. Etwa drei Stunden musste er so dagelegen haben, der Fernseher lief nebenher und er schlummerte friedlich vor sich hin. Die Uhr schlug nach Mitternacht, als er die Augen langsam wieder öffnete, der Schlafentzug der letzten Wochen zollte seinen Tribut. Er knipste den Fernseher aus, trank noch den letzten Schluck der Whiskycola aus und wollte sich auf den Weg ins Bett machen. Kein böser Traum dachte er, also doch alles Unsinn und Gedankenspielerei, er hatte Stunden geschlafen, ohne eine schwarze

Gestalt zu sehen, ohne gefesselt und bewegungsunfähig am Bett gegeißelt zu sein. Doch er wollte auf Nummer sicher gehen und öffnete nochmal alle Fenster um frische Luft in die Räume zu lassen, wenn dies auch nichts mit seinen Träumen zu tun hatte, so würde es jedoch bestimmt förderlich für seinen Schlaf sein. Auch hatte er überlegt Baldriantabletten zu kaufen, ein kleines Mittel was ebenso helfen könnte. Nach 10 Minuten hat sich die Oktoberkälte in den Räumen verbreitet, und er schloss nun wieder alle Fenster seiner kleinen Wohnung. Auf dem Weg ins Schlafzimmer kontrollierte er nochmals die Eingangstür, diese war sicher verriegelt, von hier ging keine Gefahr aus. Da er durch das Lüften und den langen Schlaf davor sich nun kein bisschen Müde fühlte, entschloss er noch eine von den Dosen zu trinken, diese würde sicher helfen dort weiterzumachen, wo er auf dem Sessel aufgehört hatte. Er öffnete den Kühlschrank, griff sich noch eine und wollte die Kühlschranktür bereits wieder schließen als – er die schwarze Gestalt wahrnahm. Wie erstarrt stand er da, sein Puls schnellte sprunghaft in die Höhe und er ließ vor lauter aufkommender Angst die Dose aus der Hand fallen. Er hatte das Licht noch an, nun konnte er das Monstrum besser erkennen. Das Monstergesicht besaß feine Züge, lange Haare, liebliche Lippen und eine stolze Stirn auf dem ein kleines Muttermal thronte. Auf ihren Mund trug sie ein sanftes Lächeln, ihre gütigen blauen Augen blickten ihm unentwegt aus einem unergründlich schönen Gesicht heraus an. Die fürchterliche Gestalt war eine Frau. Mit einem langen schwarzen Kleid stand Sie da, ihre blanken Arme hingen gefühlvoll an ihren schlanken Körper. „Wer bist du?", schrie er ihr entgegen. Doch die Frau antwortete nicht, sie stand einfach da, wie auch schon die Nächte davor. Jetzt konnte er sich jedoch bewegen, hatte volle Kontrolle über seinen Körper, und würde sich verteidigen können. Nun nahm er auch wieder ihren Duft wahr, es musste ihr ganz eigener Geruch sein, der Sie ankündigte, Sie begleitete und ihr anhaftete. Kein penetranter und unangenehmer, sondern, doch viel ehr ein wohltuender Geruch, nicht zu benennen für Albrecht, der sowas davor noch nie wahrgenommen hatte. Doch in der gesamten Wohnung lag nun ihr Duft. „Wie bist du hier reingekommen? Was willst du von mir?", schrie er ihr entgegen. Doch wie schon bei der Frage davor, gab die Frau in schwarz keine Antwort. Er hob langsam die Dose vom Boden auf, er merkte, wie er am ganzen Körper zitterte, wie er aus Schutz seine eine Hand zu einer Faust ballte, stets bereit sich zu wehren. Nun wollte er einen Angriff wagen, er warf die Dose auf sie, der Wurf war gut, die volle Dose flog direkt auf ihren Kopf zu, doch – glitt einfach durch sie durch. Er konnte nicht glauben, was er da sah, ein Geist, ein Gespenst oder ein böser Dämon. Er wusste nicht, was dieser Schabernack bedeutete, dies konnte nur wieder ein böser Traum sein, bald würde er wieder aufwachen und alles wäre vorbei. Er schlug sich selbst vors Gesicht, sagte zu sich selbst: „Los, wach auf, das ist nicht echt, das ist nicht real, nur ein dummer Traum." Er verpasste sich noch ein paar Schläge mit der flachen Hand in sein Gesicht. Er spürte den Schmerz, spürte das Brennen auf seiner Backe. Das konnte nicht passieren, er musste gleich aufwachen. „Hilfe", schrie er lauthals los, „Hilfe", schrie er immer und immer wieder. Doch um ihn her war alles ruhig. Er musste handeln, er konnte nicht einfach dieses Wesen hier in seiner Wohnung lassen, es bedurfte einer Reaktion, er lief zur Balkontür, wollte draußen um Hilfe rufen. Doch als er sich der Tür näherte, fühlte er wieder, wie diese starre in seine Glieder zog, wie er nicht mehr in der Lage war sich zu bewegen und die Balkontür zu öffnen. Nun wollte er wieder schreien, nach Hilfe rufen, irgendjemand musste ihn doch hören. Doch vergebens, er sah sich hilflos in der Glasscheibe der Balkontür stehen, konnte sein eigenes entsetztes und machtloses Gesicht sehen, fühlte wie es in seinem inneren brannte und schmerzte, wie sich ein Knoten in seinem Hals bildete und er nicht mehr in der Lage war klar zu denken. Das War keine Angst, das merkte er, dieser Schmerz ging tiefer, und über die gewöhnliche Angst hinaus. Panik machte sich in ihm breit, ein glühender Schmerz. Es rannen ihm Tränen aus den Augen, flossen seinen Wangen hinunter und tropften peinvoll auf den Boden. In der Scheibe sah er wie die schwarze Frau nun hinter ihm langsam auftauchte, sich ihm nährte und irgendwann hinter ihm stand. Sie schaute über das Spiegelbild ihm direkt in die Augen, zufrieden und erhaben betrachtete sie ihn, blickte ihn einfach nur an. Schaute ihm einfach in die Augen und schwieg. Die Sekunden wurden zu Minuten, und er spürte wie sein Puls ruhiger wurde, wie er anfing ganz flach zu atmen und sich innerlich schon von seinem Leben zu verabschiedeten. Nach einer gewissen Zeit zog sich die Frau langsam zurück, lief langsam zum Ausgang des Raumes, vor der Tür drehte sie sich nochmals zu Albrecht um, schritt dann hindurch und in dem Moment merkte er, wie er langsam wieder Kontrolle über seinen Körper erlangte. Sein erster Gedanke war auf dem Balkon zu gehen, er griff schon die Klinke, doch dann lies er wieder von ihr ab, schritt langsam durch den Raum und wollte schauen wo Sie hin ist, doch er konnte die ganze Wohnung ablaufen, Sie war nicht mehr da, einfach wieder fort, wie in Luft aufgelöst. Dann sackte er auf seine Knie, brach in sich zusammen und weinte bitterlich, nicht aus Angst, nicht aus Panik, nicht aus dem Gefühl das etwas Ungeheuerliches gerade passiert sei, nein - er wusste nicht warum. Er weinte bestimmt 20 Minuten auf dem Boden liegend, ohne dass er genau wusste, weshalb, ohne dass er ahnte, warum und wieso, es war ein einfaches befreiendes Weinen, er ergab sich einfach dem Gefühl, lies es zu, ohne darüber genauer nachzudenken. An Schlaf war in dieser Nacht nicht mehr zu denken. Die Stunden bis zum Morgengrauen saß Albrecht Gedankenversunken auf seinem Sessel, seine Arme angewinkelt auf den Armlehnen und seine beiden Hände umklammerten deren Enden. Er fühlte sich gepeinigt und gequält es musste eine böse Vorsehung sein, ja wahrscheinlich der Tod höchstpersönlich, der sich ankündigte. Ist er verrückt geworden? Hat er vielleicht seinen Verstand verloren oder leidet an irgendeiner Krankheit? Eine Psychose? Wahnvorstellungen? Halluzinationen? Der Blick auf seine Uhr verriet, dass es Zeit wurde sich fertig zu machen. Er stand langsam und bedacht auf, schaute sich misstrauisch im Raum um, erkannte die Whiskydose an der Tür, und auch dass diese eine kleine Kerbe durch den Wurf erlitten hatte. „Was ist das für Teufelszeug?", sagte er laut vor sich hin. Er hob die Dose auf, entschloss nie wieder Alkohol zu trinken und warf alle Dosen, die sich in seiner Wohnung befanden in den Müll. Nahm alles Bier und schüttete es in den Abfluss, auch den puren Whisky schüttete er weg. Er machte sich fertig für die Arbeit und verlies andächtig seine Wohnung. Im Hausflur angelangt traf er heute Frau Kerner, seine Nachbarin, die er seit Jahren kannte und die ihm schon immer misstrauisch beäugte. „Guten Morgen", sagte sie mit einer kratzigen Stimme. „Ich habe gestern einen ganz schönen Krach aus ihrer Wohnung gehört, gab wohl wieder ein paar Gläser zu viel?" Natürlich wusste Sie das ihr

Nachbar einen Hang zum Alkohol hatte, schon oft hatte sie ihn die Treppe hinauf schwanken gesehen, hatte mitbekommen, wie er seine Vorräte in die Wohnung brachte oder wie der markante Geruch einer Alkoholfahne ihn umgab. „Sag mal, du siehts ja aus, als hättest du einen Geist gesehen. Alles in Ordnung Jungchen?" Wie gern hätte er jetzt die Wahrheit gesagt, doch er würde sich ja lächerlich machen, er würde als Verrückter abgestempelt und darauf hatte er nun wirklich keine Lust. Frau Kerner trug einen dunkelroten Mantel, in dem ihr kurzer, fetter Körper noch mehr zur Geltung kam, ihr extravaganter Stil wäre wohl total in Mode, zumindest glaubte sie das, und ihr Glaube veranlasste, dass sie an diesem Tage einen lächerlichen Hut trug, der natürlich total in Mode war. Albrecht murmelte nur ein „tut mir leid" und verabschiedete sich. „Ach sagen sie", fragte Frau Kerner ihn noch von oben herab, „Was wird den gerade im Theater gespielt?" Albrecht musste einen kurzen Moment über diese Frage nachdenken, musterte dann erneut ihren albernen Aufzug und gab kurz zu Antwort: „irgendwas von Kafka." Er schritt eilig den Hausflur hinab zum Keller, um weiteren Gesprächen aus dem Weg zu gehen. Heute roch es hier extrem nach getragenen Schuhen, ein sehr unangenehmer Geruch, den man aber schon öfters im Hausflur wahrnehmen konnte. Er holte sein Rad heraus, öffnete die Eingangstür mit der rissigen Scheibe und machte sich auf zur Arbeit. Die Kälte an diesem Tag setzte ihn ziemlich zu, dies hatte sicherlich auch damit zu tun, dass seine alte karierte Fleecejacke an einigen Stellen löchrig und dem scharfen Oktoberwind durchlies. Sonst interessierte es ihn nicht, auch bei Temperaturen weit unter den heutigen, trug er diese Jacke und nahm das bisschen Kälte hin, doch heute wurde es unerträglich und er musste von seinem Zweirad steigen und sich kurz vor dem kalten Wind schützen. Gleich nach der Arbeit würde er sich eine neue Jacke kaufen, eine bessere und wärmere, damit er diese Tortur ab jetzt nicht jeden Tag durchmachen müsste. Wie der Zufall es wollte, machte er genau vor dem Park halt, er wärmte sich die Hände in dem er sie aneinander rieb und in seine Faust blies. Die Sonne strahlte auch heute wieder durch die Bäume, es ergab sich ein prachtvolles Farbenspiel der Natur, die bunten Bäume begehrten auf, zwangen dem Betrachter ein anerkennendes Staunen ab und der Wind raschelte durch das Geäst. Viele Menschen darunter liefen ihre Wege eilig und unachtsam gegenüber dieser Schönheit. Nie ist Albrecht dies aufgefallen, dieses beschauen und bestaunen der einfach gegebenen Dinge, schon lange hatte er dies nicht mehr gemacht. Er war ja Maler, wusste und liebte es genau solche Motive festzuhalten. Er kam ins Schwärmen, und überlegte vor seinem inneren Auge, was für Farben man benutzen könne, welche Pinsel für welches Motiv. Dann schreckte er auf, da ein Schauspieler, der auch am Theater arbeitete, ihn unverhohlen grüßte und aus seinen Gedanken entriss. Er zwang ihm ein Gegengruß ab, welcher ihn erinnerte, dass er sich wieder auf den Weg zu Arbeit machen müsse. Er schwang sich auf sein Zweirad und radelte weiter, unweigerlich kamen ihn wieder die Geschehnisse der letzten Nacht in den Sinn, die Erkenntnis, dass man ihn wohl überfallen konnte, ohne dass seine Hilferufe auch nur von jemanden ernsthaft beachtet werden. Eine Tatsache, die ihm nicht sonderlich schockierte, da er nie den Kontakt zu seinen Nachbarn gesucht hatte, noch irgendjemanden in seinem Umfeld besaß, der wohl sein Verschwinden bemerken würde. Sein gesamtes Umfeld war auf Einsamkeit konstruiert, seine gesamten Wesen machte stets alle

Probleme und Zwänge mit sich selbst aus, er rang selbst mit seinen Teufeln, gewann und verlor dabei, vielleicht sogar sich selbst. Natürlich war auch er irgendjemandes Sohn, doch seinen Vater hatte er nie gekannt, nur irgendwann die Botschaft seines totes gleichgültig hingenommen. Seine Mutter lebte eine halbe Stunde entfernt in einem kleinen Altersheim, dass er hin und wieder besuchte, doch die Gespräche mit ihr waren eine Abfolge von Belanglosigkeiten, eben den Stoff der alten Leute. Die erste Ampel leuchtete rot, heute begrüßte er den Stopp, er wärmte seine Finger und rückte seine löchrige Jacke zurecht. Dann mit den braunen Arbeitsstiefeln wieder kräftig in die Pedale treten. Die zweite Ampel leuchtete grün, er konnte fahren und den restlichen Weg zur Arbeit durchfahren. Das Fahrrad wurde verstaut und er trat den Weg in sein Quartier an, als ihm Herr Wilhelm entgegenkam. „Sehr gut, dass ich Sie hier treffe. Ich muss sie um einen Gefallen bitten, die Technik an der oberen Bühnenanlage funktionier seit den gestrigen Proben nicht mehr – sagen Sie, geht es ihnen gut? Sie sehen ja grässlich aus. Wohl eine durchgezechte Nacht, nicht wahr?" Was sollte er dazu sagen? Der Witz, dass er eine Nacht voller Trunk und Rausch gerne diesem Wahnwitz vorgezogen hätte, würde dieser Mann nicht verstehen. Er winkte einfach ab, sagte noch: „Ich werde es mir gleich anschauen", und wollte weiter in seinen Keller. Herr Wilhelm war ein kleiner Mann, dessen Körpergröße er stets mit einer übertrieben aufrechten Haltung ausgleichen wollte, was jedoch stets etwas lächerlich wirkte. Er nickte zufrieden und rief ihm noch eilig hinterher: „Wissen Sie, heute Abend soll der Prozess aufgeführt werden, bis dahin bekommen sie es doch hin?" Albrecht schaute in die grauen Augen des Mannes, nickte verständlich und erwiderte: „Ich werde sehen was sich machen lässt." In seinem Keller angekommen, packte er sein Frühstück aus, stellte seine Tasche in die gewohnte Ecke, zog seinen Blaumann an und das Erste, was er an diesem heutigen Tag unternahm, er packte all seine Flaschen, all seine Whiskydosen und hochprozentigen Flüssigkeiten in einen Sack, schaffte sie zu den Müllcontainern und warf sie dort rein, einige noch halb voll, einige sogar noch verschlossen, doch alles wurde in die Tonne gehauen. Ob der Alkohol nun wirklich etwas mit seinen Wahnvorstellungen zu tun hatte, dass wusste er nicht, er wusste nur dass etwas nicht stimmte, ein Ungleichgewicht in ihm wütete, wenn man so wollte ein böser Geist, der ihn verfolgte. Seine innere Unruhe und hastigen Gedanken bewirkten, dass er den ganzen Tag über eilig und getrieben von sich selbst umherlief, einige Mitarbeiter begannen sich zu wundern. Der sonst so ruhige und gelassene Albrecht wirkte nun unstet und zerstreut. Die ein oder andere feinfühligere Mitarbeiterin bemerkte recht wohl, dass etwas nicht in Ordnung mit ihm sei, mit dem rastlosen Albrecht, der wankelmütig von Aufgabe zu Aufgabe spurtete. Jedoch das Sonderlichste an seinem Benehmen war der Eifer, mit dem er alles bestritt, die ulkige Korrektheit, mit der er alles ausführte. So kam es, dass er einen Kleiderhaken dreimal befestigte, nur weil er nicht exakt in Reihe angebracht wurde, dass er beim Saugen des Bodens die doppelte Zeit benötigte, beim Kontrollieren der Theatersitze sogar noch länger, da er viele Sitzreihen dreifach prüfte. Das Außergewöhnlichste an seinem Verhalten war jedoch, dass er in der Pause sich nicht allein in seinem Keller zurückzog, sondern seine Arbeitstasche holte und sich draußen auf eine Bank setzte. Alles das waren Verhaltensweisen, die seine Mitmenschen bewusst oder unbewusst wahrnahmen. Sein Inneres war nur ein

Abbild seiner äußeren Taten, seine angespannten Nerven ließen seine Gedanken unruhig und fiebrig umherstreifen, einige Gedanken wurden verworfen, nur um sie einige Zeit später erneut durchzudenken. Erregt und überreizt tauschte eine Vorstellung die andere, geschäftig flatterten die Gespinste in seinem Hirn umher. Seine Gedanken kreisten nur um dieses eine Thema, wer oder was war diese schwarze Frau, konnte es möglich sein, dass nur er sie sah? Nie in seinem Leben war er Abergläubig, hatte die Personen, die mit Überzeugung davon sprachen, immer als Quacksalber, Schwindler oder Scharlatane bezeichnet. Nun jedoch deutete er die schwarze Frau selbst als ein Vorzeichen, ahnte sie als Bote des Todes, meinte dass es einen besonderen Grund für ihr erscheinen gab. Als die Uhr seinen Feierabend einläutete, gab es für ihn bisher nie einen Grund länger als nötig zu bleiben. Nun jedoch lief er noch etwas unruhig durch die Gänge des Theaters, kontrollierte die Richtigkeit der Uhren und suchte sich noch die ein oder andere unnütze Arbeit, um eine Rechtfertigung für seinen Verbleib zu finden. Als Herr Wilhelm ihn entdeckte sprach er ihn unverhohlen an: „Ich muss ihnen nochmal danken. Die Bühnenanlage funktioniert wieder einwandfrei, wirklich sehr gute Arbeit." Albrecht nickte ihm anerkennend zu und wollte sich schon wieder an die Arbeit machen. „Aber wissen sie", ergänzte er noch, „ich denke ich bin verpflichtet ihnen das zu sagen, Überstunden werden für gewöhnlich nicht von uns gezahlt." Albrecht nickte erneut verständlich, packte seine Sachen zusammen und ging in seinen Feierabend über. Auf seinem Heimweg hielt er in der Kaufhalle an, in der sich ein kleines Bekleidungsgeschäft befand, hier suchte er sich eine neue Fleecejacke heraus, ebenso kaufte er sich neue Schuh, denn seine alten braunen Lederstiefel haben ihn nun schon viele Jahre ertragen. Er radelte weiter und kam am Park vorbei, an welchen er bisher immer ungeachtet vorbeigefahren. Heute jedoch bremste er ab, blieb kurz stehen und entschied hineinzugehen, vielleicht das Bild, das er heute früh in sich aufsog, nochmals zu erleben. Er stelle sein Rad am Fahrradständer ab und lief ein Stück des Weges, er setzte einen Fuß vor dem anderen und schritt ohne besonderen Grund durch den Park. Ebenso schlichen seine Gedanken durch seinen Schädel. Ordnung müsste er wieder erlangen, bevor er keine Ordnung und Klarheit in sich schaffen konnte, solange scheute er seine Wohnung, in der er in jeden Moment dieser schwarzen Frau begegnen könnte. Er merkte die Erschlaffung, die in seinem Kopf herrschte, fühlte ein träges, dumpfes Gefühl in sich aufkommen. Eine Rast auf einer Parkbank sollte etwas Kraft und Erholung bringen. Was wäre, wenn Sie auf ihn in seiner Wohnung warten würde, was würde er dann tun? Konnte er mit solch einen Anliegen zum Arzt gehen? Man würde ihn heute noch einweisen und ihm das Stigma des Verrückten armen Teufels geben. Vielleicht gab es aber auch Tabletten dagegen, eine Medizin gegen diese Fata Morgana. All diese schweren Gedanken störten und hinderten ihn, dieses alte unbeschwerte Leben weiterzuführen, er wäre normalerweise schon lange daheim, hätte was getrunken und säße vor dem Fernseher. Sicher, auch kein erfüllendes Leben, aber doch ein angenehmeres und entspannteres, unbedeutsam und kleineres, aber doch friedlicheres und unbedrohtes Dasein. Mit einem leisen Gefühl der Befriedigung schritt er wieder zu seinem Zweirad und machte sich auf, um in seiner Wohnung dieser Frau zu begegnen.

Kapitel 3

Langsam öffnete er die Tür zu seiner Wohnung. Die Sonnenstrahlen des milden Oktobertages bahnten sich ihren Weg durch die Zimmer, ließen alles in einem milden und verheißungsvollen Licht erscheinen. Er stand lang einfach an der Tür, zweifelnd, ob er hinein gehen sollte, oder doch wieder umkehren, um sich nicht der Angst auszusetzen. Langsam und bedächtig schritt er durch die Zimmer, niemand war hier, alles stand wie immer starr und unbedeutend da. Noch immer stand die Eingangstür auf, er war nicht bereit sie so einfach zu schließen. Kurz entschlossen nahm er seinen Zeichenblock und die Stifte, steckte alles in seine Tasche und verließ die Wohnung eilig wieder. Natürlich wusste er, dass es eine Torheit sei, einem angeblichen Gespenst zu entfliehen, es musste eine Lüge seines Kopfes sein, eine Masche seines Hirns, um ihm Angst zu suggerieren. Doch dieser Laune seines Bewusstseins wollte er kein Gehör schenken, er entschied sich an die frische Luft zu gehen, auf andere Gedanken kommen, vielleicht auf ein Motiv stoßen, dass dem ähnelte, dass er heute früh gesehen hat. Natürlich konnte er nicht ewig umher wandern und die Landschaft zu Papier bringen, aber doch war es möglich die Stunden hinauszuzögern, in denen er peinvoll auf diese Frau wartete. Also wieder aufsteigen aufs Rad, wieder zum Park fahren, wo viele Menschen um ihn herum sein würden, nur nicht die Einsamkeit forcieren, nur kein leichtes Opfer seiner Gespinste sein. Er hievte das Rad in den Fahrradständer, befestigte es und band ein Schloss drum, damit es niemand klaute. Die vielen Bunten Blätter ließen die Wege des Parkes nur noch erahnen und lagen gleich einer Schicht Farbe auf den Wiesen. Der Wind blies den Leuten einen mild säuselten Wind um die Ohren, die Flecken, die die Sonne küsste, waren angenehm warm und wirkten heilend und kosend. Nach einem kleinen Spaziergang von 15 Minuten gelangte er zu einem Rondell, das von vier Bänken umgeben ward und in der Mitte einen kleinen Runden Teich beherbergte. Er setzte sich auf eine freie Bank und prüfte die Umgebung, schaute, ob es irgendwas wert sei, um es aufs Papier zu bringen. Mit einem tiefen Seufzer nahm er letztlich seinen Block hervor, sog noch einmal die milde Frische in sich ein und pustete sie langsam und beruhigend wieder aus. Er fing an die Landschaft zu zeichnen, kein besonders schweres Motiv, kein sonderlich sehenswertes, aber doch eines, um wieder reinzukommen. Der Horizont musste gelingen, die Fluchtpunktlinie und die Luftperspektive durfte nicht vernachlässigt werden und Schritt für Schritt entstand ein Abbild der Wirklichkeit. Etwa eine Stunde flog sein Bleistift über das Blatt, immer wieder bremste er sich, schaute lange auf das Bild und in die Landschaft, zuzeiten wirkte er zufrieden, dann wieder unschlüssig und zutiefst verbittert. Als das Bild fertig vor ihm lag, überkam in ein Gefühl des zutiefst nutzlosen, er riss das Blatt aus dem Skizzenblock, zerknüllte es und warf es in die Tonne. Er steckte seinen Skizzenblock wieder in seine Tasche, beobachtete noch etwas die umherirrenden Menschen und stand letztlich auf, um den Heimweg anzutreten. Die Sonne begann unterzugehen, die Kälte bewirkte das die Menschen sich alle ihrer Unterkünfte erfreuten und sie zu schätzen wussten. Albrecht stand wieder vor seinem Block, noch zweifelnd und wartend, ob er wirklich hoch in seine Wohnung gehen sollte. In ihm herrschte Angst, ein Gefühl das schon immer Anlass eines jeden

Krieges war, nun wütete in ihm ein Krieg und Tumult, der ihn knechtete und nicht erlaubte seine Wohnung zu betreten. Stets war er im Gleichgewicht, es brauchte für sein Seelenheil für gewöhnlich nicht viel, etwas zu Essen, viel Arbeit und ein wenig Gesundheit, doch jetzt war es anderes. Die äußeren Umstände haben sich nicht geändert, einzig sein gereiztes inneres machte ihm zu schaffen, er musste sich lange zur Ordnung rufen, wer war er denn, dass er Angst vor einem Gespinst hatte, eine Erscheinung, die gar nicht existierte. Er öffnete die Eingangstür seines Aufganges und schaute sich wie immer ärgerlich die langgezogenen Risse der Scheibe an. „Die wird wohl auch nie ausgewechselt, nicht wahr", erklang eine schrille Stimme von hinten. Es war Frau Kerner, die gerade noch eine Runde mit ihrem Hund gehen wollte. „Die Vermieter scheren sich doch einen Dreck um diesen Block, Hauptsache die bekommen rechtzeitig ihre Mieten, was aus dem Gebäude wird ist denen doch komplett egal", polterte Sie. Albrecht schüttelte mit dem Kopf und entgegnete: „Ich werde mich darum kümmern, es sollte wohl nicht so viel Umstände machen diese Scheibe auszutauschen." Frau Kerner musste über seine selbstsicheren Worte lachen. „Dann viel Glück, wäre ja mal was. Aber machen sie sich nicht so viele Hoffnungen." Beide gingen ihre Wege und er schritt den Treppenaufgang empor, in seinem Kopf schmiedete er einen Plan, die Genossenschaft wollte er morgen kontaktieren und jemand verantwortlich machen, jemand ein Zugeständnis abringen. Nun stand er wieder vor seiner Tür, langsam steckte er den Schlüssel ins Schloss, öffnete die Tür und trat erwartungsvoll ein. Genau wie heute Nachmittag schaute er sich genau in der Wohnung um, niemand war da, keine schwarze Frau, kein Geist oder irgendeine Veränderung. Er lehnte sich erleichtert an die Wand, und erwischte sich bei angstvollen Gedanken, doch was bringt all die Grübelei, dachte er, was nutzt es sich den Kopf zu zerbrechen? Allein durch Gedanken hat noch niemand irgendwas bewegt oder erreicht, er musste weiter machen, weiterleben und sich nicht kleinmütig in seiner eigenen Wohnung bewegen. Er nahm eine Dusche, machte sich etwas zu Essen und alles das funktionierte wunderbar, dann schaltete er den Fernseher an und verspürte kurz das Bedürfnis etwas Hochprozentiges zu trinken, Gott sei Dank hatte er heute Früh so konsequent reagiert. Wieder kam eine Quizshow auf dem Fernseher, doch er hörte nur mit einem Ohr hin, vielmehr verlor er sich darin über den morgigen Tag nachzudenken, er wolle gleich nach der Arbeit zu der Wohngenossenschaft fahren, dort jemanden zur Verantwortung ziehen und das Problem mit der Scheibe klären. Noch vor wenigen Tagen hätte er sich nie darüber Gedanken gemacht, es wäre ihm gar nicht eingefallen hier zu reagieren oder auch nur einen Entschluss zu fassen, der ihn zu solch einer Tat bewegt. Doch er merkte, dass es half in Bewegung zu bleiben, dass es die Gedanken vom eigentlichen Problem ablenkte und er bei solch trivialen Planungen nicht an die Frau dachte. Wieder schaute er sich unsicher in seiner Wohnung um, niemand war da, niemand beobachtete ihn oder zwang ihn zum Stillstand. Dann schaute er wieder unbeteiligt auf den Bildschirm und lauschte aufmerksam der Frage: „Giacomo Casanova war ein großer Verführer, doch welchen Beruf übte er ab 1785 beim Grafen Walenstein aus?" hier musste Albrecht nicht lang überlegen, er sagte laut vor sich her: „Bibliothekar", die Antwort erschien als Antwort Möglichkeit und leuchtete nach einiger Zeit grün auf. Lange saß er einfach da und schaute seine Sendungen, heute jedoch blieb er nüchtern und trank keinen Schluck Alkohol, das funktionierte und die Frau ließ sich auch nicht blicken. Er wähnte sich in Sicherheit, stand vom Sessel auf um nochmals vor dem Schlafen gehen die Wohnung zu lüften. Als er vor der Glasscheibe stand vernahm er den bereits bekannten Duft, der sich schleichend und mild in der Wohnung ausbreitete. Sofort wusste er, dass Sie wieder da war, er drehte sich nicht um blieb reglos am Fenster stehen und schloss die Augen, sein Herzschlag schnellte wieder in die Höhe, seine Gedanken rasten in seinem Kopf. Schnell das Fenster öffnen, vielleicht rausspringen und Hilfe rufen, flüchten und dem Unheil entkommen. Doch er wusste, dass er ihr nicht entkommen konnte, er schlief nicht, dies war auch kein Traum und so entschloss er sich die Augen wieder langsam zu öffnen und zurück auf seinem Sessel zu gehen. Das Herz vollführte wilde Sprünge, seine Atmung beschleunigte sich und er hatte das Gefühl, dass er sich gleich übergeben müsse. Behäbig und gedrosselt setzte er sich, krallte seine beiden Hände in die Lehnen. Sein Blick starr nach vorn gerichtet und seine volle Konzentration galt dem strömenden Duft in der Wohnung. Schaudernd legte sich der süßliche Dunst auf sein Gemüt, ängstlich und unwohl schwebte seine Stimmung über ihn, sich ergebend und nicht wehrend saß er auf seinem Sessel. Er kniff die Augen zusammen und zwang seine Gedanken dazu alles als ein infantiler Aberglauben abzutun, es existierte kein wohliger Geruch, es gab diesen Geist nicht, das alles war Unfug und nicht rational erklärbar. Die Vernunft erlaubt solche Sachen nicht, es musste eine Erklärung geben, da musste eine Ursache für diese peinigende Wirkung sein. Er gab ja eine jammervolle Gestalt ab, eine gepeinigte und gequälte Seele, doch er hatte gar keinen Grund dazu. Er öffnete langsam die Augen, immer noch starr nach vorne gerichtet, immer noch dieser Duft um ihn her, doch er traute sich nicht einen suchenden Blick zu wagen, konnte den Mut nicht aufbringen diesem Geist erneut zu begegnen. Langsam drehte er den Kopf umher, ließ seinen Blick durch den Raum schweifen und sichtete sie am Küchentisch, ihr Blick war auf ihn gerichtet und ihr Gesicht wirkte gütig und schön, ihre schlauen Augen funkelten ihn begrüßend und freundlich an. Er dreht sich wieder um, presste seinen Körper in den Sessel und kniff die Augen zusammen. „Das ist nicht wahr. Das passiert nicht. Das ist alles nur in deinem Kopf. Das hat alles nichts zu bedeuten.", betete er vor sich her. Dann öffnete er erneut seine Augen und drehte sich nochmals um, nach wie vor stand sie am Tisch mit ihrem schwarzen Kleid und in eleganter Haltung. „Was willst du hier?", fragte er mit leiser fiebriger Stimme. „Willst du – willst du mich holen? Mich umbringen?" Nun lächelte die Frau, wie man ein Kind anlächelt, das gerade eine selbstverständliche Frage gestellt hatte. Sie schritt langsam auf ihn zu, unablässig und quälend lag ihr Blick auf ihn, der peinvoll im Sessel saß. Sein Pulsschlag beruhigte sich auf wundersame weiße, sein Gemüt wurde ruhiger, träge und entspannter. „Was geht hier vor", entsprang es ihm, als er merkte wie sich sein Körper von einem Moment auf den anderen entkrampfte. „Was machst du mit mir? Werde ich jetzt – werde ich jetzt sterben?", fragte er erneut mit einer sanften und entspannten Stimme. Wieder lächelte die Frau, ohne ihn eine Antwort auf seine Fragen zu geben. Jetzt stand sie genau neben ihn, hob ihre zarten Finger und streichelte ihm liebevoll über den Kopf, er konnte sich bewegen, hätte aufspringen können, hätte laut nach Hilfe rufen und fluchtartig die Wohnung verlassen können, doch er bleib sitzen und wollte sehen was passiert. Es verblüffte ihn, dass all seine Gereiztheit der letzten

Tage verflogen, er in einer gedämpften und ruhigen Stimmung auf seinem Sessel saß und diese Frau mit erwartungsvollen Augen ansah. Ihre unbeschreibliche Schönheit blendete und faszinierte, ihr Antlitz entflammte den unbedingten Wunsch der Liebe in ihm, ein Gefühl, dass er zuletzt als Knape verspürt hatte. Ihre Anwesenheit wirkte beflügelnd und wohltuend, in ihm breitete sich Begeisterung aus, es vermehrte sich ein euphorisches Gefühl, er ahnte Glückseligkeit, eine innere Eintracht und einen unbändigen Enthusiasmus in sich. Abwechselnd und in Wellen überkamen ihn diese Gefühle, dann verbanden sie sich und wirkten gemeinsam, schon bald wieder getrennt und jedes für sich. Eine Träne wich aus seinen Augen, erst eine Einzelne, die über seine Wange lief, dann weitere. Die Frau lies von ihm ab, ihre Hand hörte auf seinen Kopf zu streicheln und alle die wunderbaren Stimmungen und Gefühle wischen in Sekundenschnelle wieder aus seinem Körper. Er blickte sie wie gebannt an, was geschah hier, was für ein absurdes Spiel verlangte diese Frau ihn ab, zu was war sie in der Lage? Er sackte in sich zusammen, er suchte in sich diese Emotionen, wo waren diese hin? Nicht ein einziges Gefühl hauste mehr in ihm, nicht eine Regung noch ein Funken von dem, was er gerade erlebt hatte. „Das muss die Hand des Teufels gewesen sein", entfuhr es ihm. „Willst du mich jetzt holen? Nimmst du mich jetzt mit? Ist es jetzt endlich vorbei?" Langsam schritt die Frau in Richtung des Sofas, sie setzte sich und blickte ihn weiter gütig und liebevoll an, gleich einer Mutter, die Geduld und Liebe für ihr Kind aufbringt. „Warum sprichst du nicht? Gib dich zu erkennen und sage frei heraus, was du von mir verlangst." Doch sie schwieg weiterhin. Sie hob den Arm und wies auf seinen Zeichenblock, der auf dem Küchentisch lag. Schnell drehte er seinen Kopf Richtung des Tisches, überrascht davon, dass sie ihn verstand und antwortete, wenn auch ohne einen Ton von sich zugeben. Er stand auf, lief hin und nahm sein Zeichenheft in die Hand. „Willst du, dass ich zeichne?", natürlich gab sie keine Antwort, weder verbal noch entfuhr ihr eine Geste. Nun setzte er sich wieder hin, blätterte durch das Heft, in dem die ein oder andere Zeichnung skizziert wurde, jedoch wurde keine endgültig aufs Papier gebracht. Nun fing die Frau an eine Melodie zu summen, harmonische Klänge, die zauberhaft in den Ohren von ihm klangen. Überrascht und perplex schaute er auf, noch nie hatte er irgendein Ton von ihr gehört, und nun war klar, stumm war sie nicht. Er kannte die Melodie nicht, wusste sie nirgends einzuordnen, konzentrierte sich auf den Rhythmus und die taktvolle Musik. Seine Augen wurden schwer, seine Gedanken träge und noch bevor er wusste, wie ihm geschah, entschlief er bei der wiegenden Melodie der schwarzen Frau. Die Nacht legte sich wie eine Decke über die Welt und kein Ton oder irgendeine Sache störte Albrechts Schlummer. Der Wecker klingelte halb 7, und auch erst halb 7 öffnenden sich seine Augen wieder, schauten gedankenlos umher und brauchten einen kurzen Augenblick zur Orientierung. Wie lange war es her, dass er das letzte Mal durchgeschlafen hatte, ohne vorher von bösen Gedanken oder schmerzenten Gliedern vor dem Schlaf zu fliehen. Auch hatte er keinen Alkohol getrunken, somit verspürte er auch keinen dumpfen Druck hinter der Stirn, kein Pochen und marterndes Gefühl, dass ihm früh begrüßte. Als die Erinnerung wieder Einzug erhielt, blickte er sich eilig um, ob sie wohl noch irgendwo sei, doch niemand außer ihm war in der Wohnung. Die Geschehnisse der letzten Nacht lagen nun wieder vor ihm ausgebreitet, die Sache ließ ihn fahrig und nervös werden. Diese Frau würde vielleicht jede Nacht auftauchen, ja vielleicht sogar am Tage, sie würde ihn überall finden können, nichts, aber auch rein gar nichts könne er mehr allein vollführen ohne Gefahr zu laufen, dass sie es mit ansah. Dann dieser lange erquickende Schlaf. Das musste ihr Werk gewesen sein, dass er mehr als 8 Stunden schlief, ohne nennenswerten Traum oder einer verheißungsvollen Vorstellung. Ihr Geruch konnte er nicht mehr riechen, die Wohnung lag wieder in ihrer alten kühlen Geruchlosigkeit, eine Sache, die ihn nie störte, heute jedoch unbehaglich und leer vorkam. Langsam erhob er sich und sammelte seine Gedanken, das Zeichenheft lag noch immer da, er hob es auf und blätterte darin, doch ebenso wie die kühle leere der Wohnung, so kühl und leer empfand er das Heft. Er verspürte den Drang zum Arzt zu gehen, doch wenn das Gerücht die Runde macht, dass er Geister sieht, dann würde er als verrückter abgetan und könnte nie wieder ruhig und vorurteilsfrei durch die Straßen laufen. Nein, er musste weiter machen, hoffen dass es sich vielleicht jetzt erledigt hat, oder ihm eine Lösung einfallen würde, die ihm von diesem Fluch befreit. Vielleicht wurde er ja wirklich verflucht, das klang jetzt so schlüssig in seinen Ohren, auch wenn sich sein Verstand dagegen wehrte. Alles wurde fertig gemacht, um zur Arbeit aufzubrechen, doch bevor er das Haus verließ, steckte er sein Skizzenheft in seine braune Arbeitstasche, mit keinem konkreten Vorhaben, allein mit der Ahnung, dass er es gebrauchen könne. Im Hausflur traf er am heutigen Morgen wieder Frau Kerner, die in einem dicken blauen Mantel daherkam. Beide tauschten ein kurzes und anerkennendes „Morgen" aus, und wollten schon wieder ihres Weges gehen als der Hund, ein kleiner Terrier namens Charly, anfing Albrecht anzuknurren und letztlich sogar anbellte. Er hatte sich nichts dabei gedacht und ging das Treppenhaus hinab, Frau Kerner wunderte sich jedoch sehr über ihren Hund, der sonst nie irgendjemanden anbellte. Das Rad wurde aus dem Keller geholt, sein Vorhaben die Reparatur der Tür voranzutreiben wurde wieder in Erinnerung gerufen beim Verlassen des Gebäudes. Vogelschwärme kämpften in der Luft mit dem heutigen Wind, die grauen Herbstwolken erlaubten keine Sonnenstrahlen, nur hier und da ein Tropfen, der die pflichtbewussten Frühaufsteher zur Eile nötigte. So stieg er aufs Rad, und mit kräftigen Tritten radelte er los. Das graue Regendunkel spiegelte nicht wider was in ihm vorging, er selbst erklärte sich für verrückt, hatte bereits „ich sehe Menschen, die nicht da sind" gegoogelt, Ursachen herausgelesen: „Schlafmangel, Erschöpfung, Schizophrenie oder eine Augenerkrankung" Es galt alles Mögliche zu unternehmen, um dieses Gespinst aus seinem Leben zu vertreiben. Vielleicht war er vergiftet, hatte vor Tagen etwas Falsches gegessen. So fuhr er völlig in seinen Vorstellungen versunken vorbei an dem großen Park, in dem heute kaum Menschen zu sehen waren. So versuchte er sich daran zu erinnern, was er wohl gegessen hatte, an dem Tag als er sie das erste Mal getroffen. Er überlegte auch ob er seine Augen kontrollieren lassen sollte, doch diese Tatsache von gestern ließ die Augen aussenvor. Das muss die Hand des Teufels gewesen sein, was waren das alles für Gefühle, längst verloren geglaubte, unbewusst vermisste Gefühle, die er in dieser Stärke noch nie gefühlt hatte, und wenn doch, dann immer nur vereinzelt, doch diese Frau hatte die Macht alles in ihm gleichzeitig hervorzurufen. Der Wind blies die losen Blätter wild umher, und ließ die graue Welt bedrohlich erscheinen. Er musste an der ersten Ampel warten, heute wirkte der erzwungene Stopp besonders peinigend, er musste die Augen zusammenkneifen, da der Wind kein klaren Blick erlaubte. Die Dauer der Rotphase wirkte viel zu lang, sie schien überhaupt nicht umzuschalten zu wollen. Dann doch. Ein kräftiger Tritt in die Pedale und weiter. Auch die Zweite Ampel nötigte ihn dazu anzuhalten, also wieder vom Rad absteigen, wieder warten und versuchen den Wind so gut es eben geht zu trotzen. Er war ja ein Knecht, er konnte sich nicht wehren gegen diese Frau, immer konnte sie auftauchen, überall Einfluss nehmen, ja vielleicht war sie es, die diese Ampel gerade umschaltete. Er versuchte sich zu besinnen, Atmete tief ein und ganz langsam wieder aus, Meditation könnte helfen wieder klar zu denken, was würde er tun können, um sich dagegen zu wehren, sie ignorieren? Ihr einfach keine Beachtung schenken und keine Reaktion zeigen, vielleicht würde sie dann einfach wieder verschwinden. Doch was war sie? Ein Engel? Vom Aussehen glich sie sicherlich genau dieser Beschreibung, doch was wollte Sie von ihm? Er griff an das Skizzenheft, sie zeigte gestern Abend darauf, sollte er zeichnen? Das konnte doch unmöglich ihr Anliegen sein. In ihm wurde immer wieder der Verdacht laut, dass sie ihn holen wird, er kurz davor sei das Diesseits zu verlassen und mit ihr ins Jenseits zu gehen. Er ahnte ein Ende seines Lebens, er hegte den Verdacht bald von dieser Erde zu scheiden. Natürlich wagte er es nicht dieser dämonischen Theorie in seinem Kopf zu folgen, doch er wusste um dessen Umstand. Am Theater angekommen kam ihn Herr Wilhelm wieder entgegen, seine kleinen Beine bewegten sich sehr schnell und ungelenk auf ihn zu. Sein weniges schwarzes Haar wurde vom Wind zerzaust und lag wirr auf seinem Schädel, er steckte in einer gelben Jacke, in der er albern daherkam, wie jeder Mann in einer gelben Jacke, dachte Albrecht: „Entschuldigen Sie, dass ich schon wieder störe, doch gestern Abend ist…", hier musste er abbrechen, da ihm eine scharfe Windböe das Wort abschnitt. „Lassen Sie uns rein gehen", sagte Albrecht und wies auf den Keller. Er verstaute sein Rad wie gewöhnlich, packte seine Tasche unter den Tisch und machte sich bereit für seine Arbeit während Wilhelm sich interessiert umschaute. „Was verstauen Sie denn dort hinten?", fragte er als er die Gemälde entdeckte. „Malerei. Nichts Besonderes", antwortete er knapp und zog sich dabei seinen Blaumann an. „Bemerkenswert. Wusste gar nicht, dass sie ein Künstler sind. Albrecht schaute ihn an, ohne auf den Kommentar einzugehen. „Na auf jeden Fall wollte ich Sie bitten sich heute einmal das mittlere Podest der Bühne anzuschauen, gestern Abend gab es hier wohl Probleme mit der Stabilität." Albrecht nickte ohne ein Wort zu sagen. „Dürfte ich vielleicht einen Blick riskieren?", fragte Wilhelm neugierig und zeigte auf die Bilder. Albrecht packte sein Frühstück aus der Tasche und nickte ihm zu und sagte noch: „Das sind wertlose Landschaftsbilder, nichts Bedeutendes." Wilhelm schaute alle Bilder sehr genau und lange an, auf einigen verharrte sein Blick lange, andere überflog er nur. Er stellte sich vor jedes Bild hin, verschränkte die Arme und streckte seinen kurzen Körper unnötig lang und wippte dabei mit den Füßen. „Nie im Leben hätte ich gedacht, dass ein Picasso in unserem Theater arbeitet. Bravo mein Freund." Beide verließen den Keller ohne weitere Worte zu wechseln, natürlich merkte Wilhelm mit was für einem wortkargen Menschen er es hier zu tun hatte, und Albrecht wusste die Schmeicheleien recht gut einzuordnen, wahre Kunst war es nicht, keine Meisterwerke oder irgendetwas von Wert. Das hatte er sich schon früh eingestehen müssen, und es vor einer Weile sein lassen. Das Podest wurde repariert, nichts Schlimmes oder kompliziertes, er musste Schrauben aufbohren die lose aber sich nicht lösen ließen, neu Bohren, wieder befestigen und alles war wieder wie vorher. Gerade als die Reparatur beendet war, sein Blick befriedigt auf dem Podest ruhte und er noch über die Arbeit grübelte, vernahm er den eleganten Geruch, der seit jeher der schwarzen Frau voraus geht. Sein Blut gefror ihm just in dem Moment als er es realisierte, er schaute sich um doch konnte sie nirgends entdecken, seine Blicke wirkten hektisch und erwartungsvoll, doch nirgends fanden sie die schwarze Frau. Schnell packte er sein Werkzeug zusammen, nur raus aus dem Theatersaal, nur weg und unter Menschen, nicht allein sein, vielleicht würden auch andere die Frau sehen. Das wäre sein großes Glück, das würde ja bedeuten, dass er nicht verrückt sei, dass auch jede andere und nicht nur er sie sehe. Er warf alles in seine kleine Werkzeugkiste, verstaute es ehr schlecht als recht und verlies fluchtartig den großen Theatersaal. Im Flur konnte er den Geruch immer noch vernehmen, doch sein suchender Blick konnte auch hier keine schwarze Frau entdecken, vorn an der Kasse saß Frau Heinrich, diese konnte ihn jetzt helfen und vielleicht sogar alles auflösen. Sie saß ganz ruhig vor ihrem Computer, schrieb scheinbar eine Mail und war auf ihren Monitor fokussiert. „Guten Morgen", sagte Albrecht hastig und noch etwas außer Atem. „Guten Morgen", antwortete sie, warf ihn dabei nur einen kurzen freundlichen Blick zu und dann starrte sie wieder auf die Mail. Natürlich wusste er das niemand damit rechnet, dass er ein Gespräch suchte oder sich womöglich unterhalten wollte. Doch er sagte: „Grauenhaftes Wetter heute, nicht wahr?" Wieder blickte Frau Heinrich irritiert zu ihm auf, der jetzt genau vor ihr stand.

„Riechen sie auch diesen merkwürdigen Geruch?", fragte er, in der Hoffnung eine positive Antwort zu bekommen. Die Frau hob ihre Nase und roch aufmerksam, doch sie schüttelte den Kopf, richtete dann wieder ihre zu große Brille und verneinte die Frage: „Alles riecht wie immer, würde ich meinen." Genau diese Antwort wollte er nicht hören, dies bedeutete, dass wirklich nur er diesen Duft wahrnahm, und bei Gott, diesen Geruch konnte man nicht überriechen. „Wahrscheinlich haben Sie Recht, ich bilde mir den Geruch wahrscheinlich nur ein", entgegnete er ihr beschwichtigend, damit er in ihren Augen kein komisches Verhalten offenbarte. „Wahrscheinlich rieche ich das Putzmittel noch." Frau Heinrich lächelte und wendete sich wieder gleichgültig ihrer Mail zu. Die schwarze Frau war nirgends zu erblicken, so entschloss er seiner Tätigkeit einfach weiter nachzugehen, griff sich seine Werkzeugkiste und schritt eilig und nervös davon. Im Außenbereich brachte er einen neuen Briefkasten an, der Alte war in die Jahre gekommen und wurde durch Streiche zu Sylvester ziemlich in Mitleidenschaft gezogen. Auch draußen roch er diesen Duft, zwar nicht so intensiv und vordergründlich, aber doch konnte er auch hier ihre Präsenz wittern. Immer wieder blickte er gereizt und erregt umher, suchte angespannt die Umgebung nach ihr ab, doch nirgends konnte er sie finden. Als der Briefkasten angebracht und das Klopapier auf den Toiletten aufgefüllt waren, entschloss er sich heute nur noch in der Nähe von Kollegen zu arbeiten, einfach um nicht allein zu sein und im Falle ihres Erscheinens, zu testen ob nur er sie sehen konnte oder auch andere. Seine Pause verbrachte er heute im Pausenraum, in denen bereits Frau Glockner von der Garderobe und Frau Hansen vom Empfang saßen, als er hereintrat. Beide unterhielten sich jovial und vorzüglich miteinander, zumindest bis er den Raum betrat, denn bisher hatte er noch nie hier gegessen. Da dies nicht nur eine Prämiere für ihn war, sondern auch für die Kollegen, entstand eine kurze Gesprächspause, doch nach dem diese überstanden war, gackerten beide unverhohlen weiter. Er hatte gerade sein Frühstück ausgepackt als Olaf Reimers mit Wilhelm den Pausenraum betrat. Herr Reimers gehörte zur Theaterleitung und stellte einen schmalen, großen Mann dar, dessen riesige Knollennase ein jedem in die Augen stach. „Was für ein seltener Gast", fing er an. „Wie kommt es, dass sie uns heute beehren?" Albrecht schaute ihn kurz überrascht an, als hätte er nicht damit gerechnet mit jemanden ins Gespräch zu kommen. Er zuckte mit den Schultern und gab gleichgültig zur Antwort: „Abwechslung lässt jede Mahlzeit besser schmecken." Herr Reimers musste schmunzeln und konnte den verwunderten Blick nicht von ihm lassen. „Wussten Sie schon, dass an ihm ein wahrer Künstler verloren gegangen ist", warf Wilhelm ein. „Heute früh durfte ich seine Gemälde begutachten, ich kann nur sagen Bravo. Was dieser Mann auf die Leinwände zaubert, ist überaus bemerkenswert." Albrecht schüttelte entschieden den Kopf und antwortete: „Nichts als Stümperei, ich bitte sie nicht zu übertreiben. Belanglose Leidenschaft… Ein Hobby, jedoch gewiss nicht der Rede wert." Herr Reimers nickte anerkennend und nachdenklich zu ihm. „Nun, jede Kunst, so gut oder schlecht sie auch sein mag, ist ein Sieg des Künstlers, ein Sieg der Fantasie", ergänzte Herr Reimers. Zustimmend nickend und mit strahlenden Augen pflichtete Wilhelm ihm bei. Es wurde gegessen und Albrecht beteiligte sich an keiner der Gespräche. Er als Einzelgänger mochte dieses Gerede und Gequatsche nicht, es wurde über belanglose Sachen gesprochen, die alle wichtig klangen, doch alle unwichtig waren. Dann machte er sich wieder an seine Arbeit, saugte den Flur, putzte nochmals die Scheiben und kontrollierte den Theatersaal. Die Zeit verstrich ohne einen nennenswerten Vorfall, auch wenn er wusste, dass ihre Präsenz überall vorhanden war, sie ihn jeden Moment überfallen und beherrschen konnte, ihn in die Knie zwingen und wortlos werden lassen konnte. Immer achtete er darauf, dass er nicht allein, immer achtete er darauf das ein Mitarbeiter in der Nähe war. Wieder fiel er seinen Mitmenschen auf, denn er wirkte wie ein aufgescheuchtes Tier, das eine Gefahr witterte und in Daueralarmbereitschaft umherlief. Einige Kollegen tuschelten bereits über ihn, bemerkten dieses mysteriöse und angespannte Verhalten des sonst ruhigen und ausgeglichenen Mannes, dass er heute sein Frühstück im Pausenraum zu sich nahm, wurde ebenso argwöhnisch aufgenommen und sein Bestreben nicht aufzufallen fiel allen Mitmenschen dadurch auf. Der Tag verstrich und es galt den Heimweg anzutreten, nicht vergessen hatte er sein Vorhaben zu Wohnungsgenossenschaft zu gehen und die Reparatur der Tür zu erzwingen. Er radelte in Richtung des Parkes, da dort in der Nähe auch die Büros der Wohnungsverwaltung lagen, das letzte Mal als er dort gewesen, hatte er seinen Mietvertrag unterschrieben. Der Park selbst war heute wieder gut gefüllt, da das anfänglich stürmische und kalte Wetter sich verzogen hatte und der Sonne etwas Spielraum ließ. Vor dem Bürokomplex angekommen überlegt er noch, wie die Dame von der Wohnungsgenossenschaft hieß, mit der er damals seine jetzige Bleibe besichtigt hatte, es musste irgendwas mit I gewesen sein, eine sehr mürrische Person, deren Laune so unbeständig wie das Aprilwetter daherkam. Er betrat den Eingangsbereich des großen Gebäudes und gelangte in die Lobby mit der vorhandenen Rezeption. Es saß eine junge Dame am Empfang und er erklärte sein Anliegen. Die Dame nickte und griff zum Hörer, wählte eine Nummer und sagte: „Frau Ilendorf? Hier ist ein Mann, der Glaube zu ihnen will, es geht um eine Eingangstür in der Steinteich Straße", sie legte den Hörer auf und bat ihm einen Moment Platz zu nehmen. Er setzte sich auf einen edlen dreinschauenden Ledersessel, und blätterte durch einige herum liegende Magazine, als er wieder aufblickte konnte er seinen Augen nicht trauen, am anderen Ende des Raumes stand sie, die Frau in schwarz. Er erschreckte sich und warf die Zeitschrift auf den Tisch und schnellte aus dem Sessel auf, seine Atmung wurde schneller, sein Puls erhöhte sich binnen Sekunden wieder um das Dreifache und er knirschte die Zähne vor Anspannung. Den ganzen Tag hatte er ihren Duft wahrgenommen, nirgends konnte er sie entdecken, doch jetzt tauchte sie auf, nicht in seiner Wohnung, sondern draußen, in der ganz normalen Welt, wo auch andere Leute lebten und wirkten. Er lief wieder zur Rezeption, an der die junge Dame noch immer saß, er konnte nicht fragen, ob sie auch diese Person dort hinten sah, das würde ihn wieder den Ruf eines Verrückten verleihen, doch er musste es wissen, konnten auch andere Menschen sie sehen. Er stellte sich also in die Richtung der schwarzen Frau vor die Rezeption hin und stellte eine belanglose Frage: „Entschuldigen Sie", fing er an und bekam die Aufmerksamkeit der Frau. „Können Sie schon sagen, in etwa, wie lang", hier stockte er kurz und blickte nach hinten zu der schwarzen Frau, die noch immer an Ort und Stelle stand. „Wie lange es in etwa noch dauern wird?"

„Nicht mehr lange, sie hat nur noch einen Kunden bei sich, noch etwas Geduld dann sind sie dran", sie lächelte ihn bei den Worten freundlich an, doch bemerkte nichts von dieser Frau. Würde Sie auch den Geist wahrnehmen, dann hätte sie reagiert, ganz bestimmt, niemand nimmt eine schwarze schattenhafte Gestalt einfach so hin. Er wollte jedoch ganz sicher gehen und startete noch einen Versuch, genau neben der schwarzen stand eine große afrikanische Feige als Deko, er zeigte darauf und fragte: „Sagen Sie, ich frage mich wie diese Pflanze wohl heißt, können sie es mir wohl sagen?" Die Frau lächelte und erkannte wohl einen unbeholfenen Flirtversuch, doch sie zuckte nur mit den Achseln. „Mit Pflanzen kenne ich mich leider nicht so gut aus", gab sie locker wieder. In diesem Moment öffnete sich die Tür und Frau Ilendorf trat mit einem Kunden heraus. Frau Ilendorf hatte einen dunkelgrauen Blazer an und trug ihr braunes Haar in einem Dutt gebunden. Sie lief auf Albrecht zu, reichte ihm die Hand und begrüßte ihn mit freundlichen Worten. „Können Sie uns vielleicht helfen? Der Herr fragte mich gerade nach dem Namen dieser Pflanze", fragte die junge Dame von der Rezeption. Frau Ilendorf schaute jetzt ebenfalls in die Ecke, in die die schwarze Frau noch immer stand. „Das ist ein Ficus oder auch afrikanische Feige genannt, ich kann ihnen die Adresse von einem Laden geben, da gibt es wundervolle Zimmerpflanzen." Auch Sie konnte den Geist nicht erkennen, irgendeine Reaktion hätte kommen müssen, einem Geist wäre man mit dieser lockeren Ladenempfehlung nie begegnet. Frau Ilendorf wies ihn in ihr Büro, und mit einem unsicheren Blick Richtung der Frau lief er los, um die Sache mit der Tür zu klären. „Ich kann mich an sie erinnern", freute sich Frau Ilendorf. „Es ist schon einige Zeit her, aber ich weiß noch, wie ich ihnen die Wohnung

44

damals gezeigt habe. Also worum geht es?" Er setzte sich mit einem zutiefst unsicheren Blick auf einen der Stühle, musste sich sammeln und erst wieder im hier und jetzt ankommen, bevor er leicht entrückt und weltverloren entgegnete: „Ja, es ist einige Zeit her", er drehte sich nochmals um, schaute, ob er sie vielleicht irgendwo im Raum entdecken konnte, doch da war niemand. Er merkte, dass seine zerstreute Art auf die Vermieterin einen irritierenden Eindruck machte, ihre Augen bemusterten ihn besorgt von oben bis unten. „Ich bin wegen der Eingangstür hier. Diese hat jetzt seit Ewigkeiten einen Riss in der Scheibe, ich würde gern, dass diese repariert wird." Sie schaute ihn verständlich an, machte sich eine Notiz auf einen kleinen Zettel und sagte: „Ja, ich habe davon gehört, doch der Glaser ist aktuell allein. All seine Arbeiter rennen ihm weg und er kommt nicht hinterher, die Schwere der Arbeit macht es wohl unmöglich Personal zu finden."

„Die Tür ist seit - weiß Gott wie lang in diesem Zustand, ich bin sicher es wird sich ein Termin finden.", sagte Albrecht mit Frust in der Stimme, da die Aussage der Frau ihm nach einer Ausrede klang. „Nun schauen Sie", fing sie an zu erklären, „Ich würde ihn heute gleich anrufen und dann wird sich ein Termin finden." Er zeigte auf das Telefon. „Dann bitte, ich würde hier warten." Die Sache war ihm ernst, er wusste, wie das Laufen wird, alles wird im Sande verlaufen, dieses Spiel hatte sie bereits mit anderen Bewohnern abgezogen. „Wenn ihnen so viel daran liegt, ich werde ihn anrufen." Sie griff zum Hörer und wählte die Nummer, man hörte, wie es dreimal läutete und dann ging eine tiefe Männerstimme ans Telefon. Sie erklärte die Problematik mit der Tür und dann hörte er wie der Mann am anderen

Ende redete, lange und ausführlich redete. Er schaute sich derweil wieder nervös im Raum um, doch auch diesmal war keine schwarze Frau zu erkennen. Frau Ilendorf sprach ins Telefon: „Bleiben Sie kurz dran. Also Herr Gonie, die Scheibe ist bereits da, doch wie ich ihnen gesagt habe, es fehlt ihm einfach die Zeit diese einzubauen." Er machte eine Handbewegung und zeigte auf den Hörer, welcher ihm auch überreicht wurde. „Hallo hier ist Herr Goni von der Steinteich Straße, ich hole die Scheibe ab, und würde Sie selbst einbauen. Geben Sie mir bitte ein Termin und dann komme ich vorbei."

„Im Grunde habe ich damit kein Problem. Nur wissen sie wie das funktioniert?"

„Ich habe das selbst schon etliche Male gemacht, sorgen Sie nur dafür, dass die Scheibe passgenau ist, und um den Rest kümmere ich mich." In seiner Stimme spiegelte sich eine Gereiztheit und Anspannung seines inneren Seelenlebens wider, der Mann am anderen Ende merkte, wie ernst es ihm war, und da seine Situation und Auftragslage nichts anderes zu lies, willigte er ein. Er schlug vor ihm die Scheibe heute noch persönlich vorbeizubringen. Beide verabschiedeten sich und Albrecht stand auf, um sich höfflich von der Frau Ilendorf zu verabschieden. Sie äußerte noch berechtigte Zweifel und fühlte sich übergangen, doch er winkte ab und verließ den Raum, sicher war dieses Vorgehen unhöflich und sicher auch unangemessen, doch er wollte die Sache einfach geklärt wissen und vor allem wollte er nachsehen, ob die schwarze Frau noch draußen stand. Doch Sie war weg, auch ihr Geruch lag nicht mehr in der Luft, sie war verschwunden, doch er wusste, es war nur eine Frage der Zeit, bis sie wieder auftauchte. Der Glaser brachte die Scheibe noch am selben Abend vorbei und Albrecht baute das alte brüchige Glas aus, setzte die neue Scheibe ein und die Arbeit war erledigt. Frau Kerner sah, wie er die Arbeit selbst erledigte und konnte sich ein anerkennenden Kommentar nicht verkneifen. Nach getaner Arbeit informierte er seine Vermieterin, und Frau Ilendorf wollte ihn die entstanden Kosten von seiner nächsten Miete abziehen. Man könnte meinen, dass er all das getan hat, um endlich ein langgesehenes Problem zu lösen, doch er empfand diese Arbeit vielmehr als eine Ablenkung und sah sich in den Momenten der Arbeit nicht konfrontiert mit Gedanken über einen Geist oder Dämon, sondern in den Momenten des tun, konnte er seine Konzentration auf die kaputte Scheibe lenken. Nun ist es auch verständlich, dass er nach getaner Arbeit nicht sofort seine Sachen packte und in seine Wohnung ging, er blickte noch lange auf die neue Scheibe und seine Gedanken wanderten noch einige Zeit um die Arbeit umher. Zwischen all den Dingen verging viel Zeit, so dass er erst um 9 Uhr abends vor seiner Tür stand. Der Schlüssel steckte bereits, doch er stand einfach da und wagte es nicht ihn im Türschloss zu drehen, wagte nicht hineinzugehen, um ihr am Ende zu begegnen. Er zog den Schlüssel wieder raus und machte sich auf, um noch etwas spazieren zu gehen, noch etwas den Herbstabend in sich aufzusaugen und in der Dunkelheit zu versinken. Er lief durch die kleine Stadt mit all den vielen gefallenen Blättern, die bunt und verlassen die Wege bedeckten. Es waren noch einige Menschen unterwegs, die ihrer Wege gingen, sich unterhielten und alle wirkten so leicht und unbeschwert, hatte denn nur er solche Probleme? Es sind nun schon einige Tage vergangen, an dem Sie ihn das erste Mal heimgesucht hatte, er konnte sich nicht vorstellen so leicht und unbedacht wie all diese Leute durch die Straßen zu gehen. Was stimmte nicht mit ihm? Er war unglaublich fremd, und fühlte sich fehl am Platz. Die Welt lag hart und schwer vor ihm und er wusste, dass dieses zersetzende Angstgefühl überall lauerte, wusste dass es egal war, wie weit er lief, fliehen konnte er vor ihr nicht. Zuzeiten kamen ihm längst vergessene Gedanken in den Sinn, Vorstellungen, die er mit Qual kaputt dachte und das Erkennen der Lächerlichkeit peinigte ihn. Zuzeiten wirkte alles in seinen müden Augen nutzlos, nicht seine täglich erbrachte Arbeit, nicht die Kontakte und Menschen, die er traf, nicht einmal das abendliche Fernsehprogramm, es war das gesamte Dasein, das komplette Leben, das ihm ohne Wert erschien. Schon oft fühlte er solche Ahnungen, erkannte den Verführer in seinem Kopf und rief sich schnell wieder zur Ordnung, doch der Keim war vorhanden, diesen konnte er zuzeiten pflegen und dann aber immer wieder ganz gut vernachlässigen, nur sterben wollte dieser Keim nie. Schon oft bemerkte er beim Aufwachen, dass diese fratzenhafte Maske ihm ein Theater vorspielte, das all seine Bemühungen der Verdrängung bei der kleinsten Unachtsamkeit zerbrach und ihm gefährliche Gedanken vorgaukelte. Er setzte sich auf eine verlassene Bank, die verborgen vor seinem Umfeld im Dunkeln lag, er zückte seinen Zeichenblock aus seiner Tasche und begann seine Umgebung zu skizzieren. Recht leicht war es die Gebäude aufs Blatt zu bringen, die Bäume und all das Konstante der Welt festzuhalten, schwerer erschienen die Menschen, die nur flüchtig und regsam an ihm vorbeiliefen. Er entschloss sich die Skizze ohne Menschen zu zeichnen. Packte nach einiger Zeit seinen Skizzenblock wieder in seine Tasche und trat den Heimweg an. Wieder stand er vor seiner Haustür, steckte zögerlich den Schlüssel ins Schloss, drehte diesmal um und betrat die

Wohnung. Leer und verlassen lag sie da, ebenso wie er sie heute früh verlies. Die Uhr zeigte 11, er nahm eine Dusche und selbst dabei kam er sich beobachtet vor, er aß noch etwas und versuchte ständig ihren Duft wahrzunehmen, doch da war nichts, noch nicht, er wusste, dass sie kommen würde. Er dachte noch über den Tag nach, über den Erfolg mit der Tür und der Tatsache einen Sieg eingefahren zu haben gegen die Wohnungsgenossenschaft. „Wer Erfolg haben will, der muss eben manchmal den Leuten seinen Willen aufdrücken", hörte er die Worten Frau Kerner noch in seinem Ohr, welche sie heute beim Anblick der neuen Scheibe zu ihm sagte. Jetzt ist der Eingang wieder in Ordnung, das ist wichtig dachte er, es musste alles wieder in Ordnung kommen, im inneren wie im äußeren durfte nichts dem Zufall überlassen sein, er muss sich kümmern und alles fügen, damit alles unversehrt und heil bleibt und wieder heil wird. Er musste die Zügel wieder in die Hand nehmen und selbst der Kapitän seines Lebens werden, ansonsten ging der verloren und könnte sich gleich selbst begraben. Die Angst machte einen Feigling aus ihm, ohne Zweifel eine blasse untugendhafte Gestalt und einen neurotischen Narren. Er schöpfte Kraft aus seinen eigenen Gedanken und sprach sich selbst Mut zu, und gab seinen Kopf den Befehl eine Illusionskraft aufzubringen, welche in der Lage war Hoffnung zu kreieren. Ja, wo Leben war, war auch Zuversicht, sagte er zu sich selbst. Lass die Frau nur kommen, soll sie über ihn hereinbrechen, soll ihn knebeln mit all ihrer teuflischen Macht und innerlich brechen, er lebt und atmet und morgen bricht ein neuer Tag an, an dem er wieder aufsteht und voller Zuversicht lebt und atmen wird. Ja und wenn nicht – dann würde er es eben hinnehmen, nur durfte er sich nicht auf den Abgrund fokussieren und diese Gestalt über sich siegen lassen. Er stand auf, atmete tief aus und sein fester Blick streifte durch die leere Wohnung, suchte sie, ja wollte sie sogar finden, damit er ihr sicher und resolut gegenübertreten konnte. Ja soll sie doch kommen, dachte er sich, als er sich entkleidete und ins Bett legte, soll sie versuchen mich zu brechen, mich vernichten und mich in die Hölle werfen, ja soll sie mich doch holen und mein Fleisch und Geist martern, doch ich werde bestehen. Noch lange hatte er solche Gedanken, die ihn wachhielten und keinen Schlaf und Traum an ihn heranließen. Dann endlich tauchte wieder dieser Geruch auf, umkreiste seine Nase und spielte mit seinen Sinnen. Sofort setzte er sich auf, schaltete das Licht ein, suchte, schaute und versuchte Sie zu erblicken. Alle starken Gedanken verflogen binnen Sekunden, sein großes und Mächtiges Ideenkonstrukt fiel wie ein Kartenhaus in sich zusammen. Dann erschien sie langsam vor seinem Bett, schaute ihn wie gewöhnlich einfach an, wirkte ruhig und selbstsicher, strich sich langsam das Haar zurück und hatte einen koketten Gesichtsausdruck, eine herausfordernde Mimik. Er versuchte ihr ebenfalls mit einem mutigen Gesicht zu begegnen, ob es klappte, ganz sicher war er nicht. Ein leises Summen erklang im Raum, wieder diese Melodie, wieder diese einlullende und müde machende Harmonie, die um seine Ohren tanzte und alles um ihn wage und unwirklich erscheinen ließ. Hatte er gerade noch Angst, hatte er gerade noch einen Schauer oder sogar eine aufkommende Panik in sich verspürt, so war jetzt alles anderes, alles ruhiger und tauber, alles vergessen und nicht greifbar. Er kämpfte dagegen an, wollte sich ihr nicht ergeben und sie nicht wieder gewinnen lassen, er versuchte sich aufzurichten und ihr gegenüberzutreten, wollte ihr die Stirn bieten, ihr zeigen, dass man das nicht mit ihm machen kann. „Nicht mit mir", stammelte er noch halb schlaftrunken zu ihr, doch das letzte, was er zu Gesicht bekam, bevor seine Augen sich schlossen, war ihr friedliches und sanftes Antlitz, das ihn unentwegt sanftmütig anlächelte.

Kapitel 4

Der nächste Morgen begann mit dem Klingeln des Weckers, er hatte wieder eine Nacht durchgeschlafen, wieder ohne bösen Traum einfach die Nacht verstreichen lassen. Er stand auf, wunderte sich noch und erinnerte sich dann wieder an die Begegnung letzte Nacht. Er versuchte sich an die Melodie zu erinnern, sie zuzuordnen und ihr eine Bedeutung zukommen zu lassen, doch er hatte diese noch nie gehört. Nun war sie nicht nur in der Lage ihn zu fesseln, ihn zum Schweigen zu bringen, jetzt konnte sie ihm auch einfach einschlafen lassen. Was hatte dieser Spuk nur zu bedeuten? Er saß noch lange auf der Bettkante und versuchte allem einen Sinn anzudichten und für alles eine Lösung zu finden. Doch in ihm breitete sich nur ein Gefühl der Leere aus, umso länger er darüber nachdachte, umso mehr Gedanken er sich machte, desto unentschlossener wurde er. Er musste eine Entscheidung fällen, er durfte sich nicht abhängig machen von zu vielen Träumereien und falschen Hoffnungen. Er konnte sie nicht dominieren, stets war sie es, die ihn beherrschte und knechtete, aber musste er sich damit abfinden ein Knecht zu sein? Was konnte er tun? Was lag in seinen Händen? Er stand auf, machte sich fertig und ging raus, um den letzten Arbeitstag der Woche anzutreten, denn heute war Freitag und morgen müsste er erstmal nicht befürchten, dass er auf Arbeit für verrückt gehalten oder unangenehm auffallen würde. Er packte seine Sachen zusammen, etwas zum Frühstück in seine blecherne Brotdose, dann etwas Tee in eine Thermoskanne und auch das Skizzenbuch packte er in seine braune Ledertasche. Im Hausflur gab es am frühen Morgen schon einen Krach, da der Hund von Frau Kerner vor seiner Haustür, seit neusten stets Radau machte, Albrecht ahnte, dass es mit der schwarzen Frau zusammenhängen müsse, denn was sonst konnte der Hund wittern. Das brachte ihn auf den Gedanken sich selbst einen Hund anzuschaffen, aber was sollte es bringen einen knurrenden und Bellenden Hund in der Wohnung zu haben, das würde sie auch nicht abhalten ihre Anwesenheit zu zeigen. Frau Kerner hatte heute einen ihrer langen Mäntel an, der Heutige war beinahe orange und stach einem direkt ins Auge, der dazugehörige Hut dagegen bedeckte ihr dickliches Mondgesicht in einem zarten blau. Sie schaute ihn misstrauisch an. „Was halten Sie da in ihrer Wohnung, dass mein kleiner Charly ständig knurrt und auf irgendetwas anschlägt." Er zuckte nur mit den Achseln und sagte lapidar: „Wenn ich das wüsste." Im Hausflur roch es heute am frühen Morgen nach Zigarettenqualm, da sich Herr Dietrich von der zweiten Etage immer bereits im Hausflur eine Zigarette anzündet, obwohl er bereits auf dem Weg nach draußen war. Er holte sein Rad aus dem Keller und machte sich auf dem Weg. Also wieder vorbei am Park und deren eilig wirkenden Menschen, die sich ihren Weg zwischen Laub und Matsch bahnten, einige Regentropfen ließen das Wetter heute noch unangenehmer daherkommen, und veranlasste die Leute dazu ihre Regenschirme aufzuspannen. Albrecht fühlte eine angenehme frische im Kopf, denn er war ausgeschlafen und erholt, eine Tatsache die ihm wie ein Segen vorkam, nach den vergangenen Wochen und Monaten. Er konnte sich nicht daran erinnern, wann er das letzte Mal ohne Schmerz im Kopf und trockenem Mund aufgewachte. Es fühlte sich gut an. Die zwei roten Ampeln schalteten heute auf Anhieb auf grün, so dass er direkt weiterfahren konnte ohne abzusteigen. Er versuchte sich zu erinnern wann er das letzte Mal dieses Glück hatte, doch es war gut so, der Regen wollte nicht aufhören und einen Regenschirm hatte er auch nicht bei sich. Als er das Theater aus der Ferne schon sehen konnte, stieg ihm unverhofft wieder ihr Duft in die Nase, der verheißungsvolle Duft schärfte binnen Sekunden seine Sinne, erweckte seine Aufmerksamkeit und ließ ihn angespannt und nervös zum Theater radeln. Schon wieder und immer wieder, nie hatte er ruhe, nie konnte er sich sicher sein, immer musste er mit ihr rechnen. Hinter jeder Ecke konnte sie nun lauern und ihn erfassen und frei nach ihrem Willen bestimmen. Er hielt inne, atmete tief durch und versuchte sich ins Gedächtnis zu rufen, dass er gestern Abend Mut geschöpft und Kraft gewonnen hatte, allein aus seinen Gedanken. Warum sollte das nicht auch jetzt wieder funktionieren. Er schloss die Augen, versuchte sich genau auf das Gefühl zu fokussieren, das in ihm hauste und ihn bestimmte, er würde ihr entgegentreten, ihr mit all seiner Energie, die Stirn bieten. Er war nicht verrückt und ist nach wie vor bei klarem Verstande. Er öffnete die Augen wieder und von der Seite kam eine lange schmale Person auf ihn zu gelaufen, die markante Nase ließ keinen Zweifel zu, es war Herr Reimers, der wohl ein Anliegen hatte. „Einen wunderschönen guten Morgen Kollege." Mit einem übertriebenen Lächeln stand Herr Reimers vor ihm und schaute in seine erwartungsvollen Augen. „Nun schauen sie nicht so verdutzt, das steht ihnen nicht gut zu Gesicht. Weswegen ich hier bin, schauen sie, wie sie ja wissen, wurden einige Büroräume neu eingerichtet und umgestaltet, alles sieht neu und wunderbar aus, auch dank ihrer Hilfe. Doch die Wände machen noch einen furchtbar traurigen Eindruck, hier muss ich gestehen, dass ich an unser Gespräch im Pausenraum gedacht habe. Ja und sehen sie, das Lob von Wilhelm war nicht zu überhören, ich frage mich, ob es vielleicht möglich wäre, eine Kostprobe fürs Auge zu bekommen? Sie verstehen?" Herr Reimers suchte neugierig eine Regung im Gesicht von Albrecht, dieser war ebenso aus seiner inneren Welt gerissen, dass er nicht sofort eine Antwort auf diese Frage gab. „Ja!", entgegnete er dann mit einiger Verzögerung, dafür aber schnell und resolut, um nicht in Verdacht zu geraten. „kommen sie doch mit, ich stelle mein Rad nur schnell ab und dann gehen wir in meine Werkstatt." Er schob sein Zweirad zum Ständer und nutzte die kleine Pause des Dialoges, um sich zu sammeln und wieder im Hier und Jetzt mit klarem Kopf zu agieren. Immerhin handelte es sich hier um seinen Chef, und nicht um irgendeinen Theatermitarbeiter, genau hier sollte er keinen verwirrten Eindruck hinterlassen. „Kommen Sie doch", sagte er mit mutiger Stimme, „ich will nur schnell die Tür aufschließen. Er trat in seine kleine Werkstatt, schaltete das Licht an und von einer Sekunde auf die andere gefror ihm das Blut in den Adern. Sie war schon da, die Frau in schwarz saß bei den Gemälden seelenruhig und ohne Regung auf ihn wartend. „Na wollen sie nicht eintreten?", fragte Herr Reimers ungeduldig von hinten. „Doch, doch…", antwortete er mit zittriger Stimme und trat in den Keller. Er zeigte auf die Gemälde im hinteren Bereich des Raumes, wartete auf eine Reaktion von Herr Reimers. Konnte er sie sehen? Konnte auch er sie wahrnehmen? Er schaute ihn gespannt und erwartungsvoll an, gleich einem Kind, welches der Mutter eine Ungerechtigkeit aufzeigen will, und hofft, dass sie diese beseitigt. Herr Reimers Gesichtszüge wurden tatsächlich härter und sein Blick verfinsterte sich. „Das darf doch nicht wahr sein!", brach es aus ihm heraus. Hoffnung blitzte in Albrecht auf, hatte er jemanden, der ihn erlösen konnte, war er nicht verrückt? „Wie kann man hier nur arbeiten?", setzte er seine Rede fort. „Das Licht ist trübe und Platz haben sie hier auch keinen. Wie soll ihnen hier ein gutes Gemälde gelingen?" Er erlöste ihn nicht, er konnte sie auch nicht sehen, die Frau, die einfach dasaß und völlig in sich ruhte, beobachtete und alles von einer Sekunde auf die andere verändern konnte. Herr Reimers war sich keiner Gefahr bewusst und schritt zu den Gemälden, die teilweise unter Tüchern verborgen und gedrängt, dicht an dicht an der Wand lehnten. Er schritt langsam und mit prüfendem Blick durch die Reihen und beschaute und prüfte jedes Bild sehr aufmerksam, er war ein Kunstliebhaber, das wusste Albrecht, normalerweise würde er auf seine Meinung etwas geben, doch heute war die Szene mit der Frau und Herr Reimers zusammen in einem Raum eine Überforderung, so dass er kein Gedanke daran verschwendete zu gefallen. Er stellte seine Tasche langsam in die gewohnte Ecke, machte sich bereit für sein Tagewerk und schaute ungeduldig abwechselnd auf die Frau und auf Herr Reimers. „Ich muss schon sagen, sehr gut. Alles andere als eine Stümperei. Nein, nein, ganz fabelhaft und gelungen. Ich merke, dass sie ein gutes Auge haben. Ich mache ihnen einen Vorschlag, ich werde nächste Woche mit meinen Kollegen vorbeikommen, schließlich kann ich mich nicht über ihn hinwegsetzen, und dann werde ich ein oder zwei Gemälde aus ihren kargen Kellerverlies befreien. Natürlich nur mit ihrer Erlaubnis und für einen gewissen

Preis. Selbstverständlich." Herr Reimers stand jetzt genau neben ihr und betrachtete noch das eine oder andere Bild. „Puh, und kalt ist es hier. Wie können Sie nur hier unten Zeichnen?" Das Lob für seine Kunst hatte er nickend entgegengenommen und sagte: „Nun manche Kunst benötigt eine gewisse Kälte, um zu entstehen." Er lief zur Tür, um unauffällig anzudeuten, dass er gehen und sich an die Arbeit machen wolle. Doch Herr Reimers, schaute eine Weile noch von Bild zu Bild, versunken und grübelnd machte er nicht den Eindruck, dass er so schnell gehen wolle. „Wissen Sie", fing der wieder an, „Sie sollten sich am Porträtieren probieren, ich sage ihnen, sie haben ein Auge dafür." Nun machte er sich auf den Weg zur Tür und verließ den Keller. Albrecht schaute noch ein letztes Mal auf die Frau, die noch immer dasaß und ihn anschaute. Als Herr Reimers weg war und er allein und außer Sichtweite, musste er sich hinknien und nach Luft ringen, es war also Gewissheit, nur er allein konnte sie sehen, nur er allein hatte ein Problem, musste sich verstellen um nicht als Verrückter in irgendeine Klinik eingewiesen zu werden. Er musste einen Feind in seinen Kopf haben, die Vernunft ist ihm wohl schon zum Opfer gefallen, doch wie konnte er diesem Herre werden? Vielleicht sollte er doch zum Arzt und sich Tabletten verschreiben lassen, ja sicher würde es Medizin geben, welche es erlaubte, ein normales und ruhiges Leben zu führen. Doch zu welchem Arzt sollte er? Man würde ihn als einen verrückten abstempeln und mit Drogen vollpumpen, so dass er gar nichts mehr selbst bestimmen kann. Nein! Es würde die Runde machen, dass er ein Geist sieht und wer wollte dann schon was mit ihm zu tun haben. Das bedeute ja, dass man schwach und verletzlich sei, wahnsinnig und nicht bei Sinnen. Er würde weiter machen, würde sich nichts anmerken lassen und das

Monster in seinem Kopf besiegen, oder wenn schon nicht bezwingen, dann doch aber damit leben. Sie tat ja nichts, sie mischte sich in das Gespräch mit Herr Reimers nicht ein und war still und ließ ihn komplett in Ruhe. Doch sie konnte Macht über ihn ergreifen, in jedem Augenblick seines Lebens. Er machte sich auf, um nochmals im Keller nachzuschauen, doch er musste feststellen, dass sie jetzt weg war, keine Frau, die ihn beobachtete oder schweigend auf dem Stuhl saß. Auch der Geruch ist mit ihr verschwunden. Licht aus, Tür wieder zu und nach vorne geschaut. Er hatte lange darüber nachgedacht, was hatte er für eine Wahl? Er musste davon ausgehen, dass sie jetzt immer da ist, dass sie ihn sein gesamtes restliches Leben begleiten werde, er hätte resignieren können, mit der Panik und dem Gefühl der Verlorenheit sein restliches Dasein fristen zu müssen. Oder aber er stellt sich ihr, lernt mit ihr zu leben, was auch immer das genau bedeuten würde. Er atmete tief ein, schloss die Tür zum Keller zu und machte sich auf den heutigen Tag zu nutzen und seiner Arbeit nachzugehen. Die Uhren wurden dieses Wochenende umgestellt und da dieses Wochenende keine Vorstellung stattfindet, wollte er heute Nachmittag schon einmal alle Uhren auf die neue Uhrzeit ändern. Dann musste er endlich einmal die Blätter vor dem Gebäude entfernen, die den Rasen bedeckten und mannigfaltige kleine Arbeiten an der Bühne waren noch offen. Der Geruch verschwand nach dem Treffen im Keller, er redete sich ein, dass er vorerst nichts mehr zu befürchten hätte, auch wenn er wusste, dass dies nur eine Ausrede sei, da sie ihn ständig überraschen konnte. Er entschloss sich sein Frühstück wieder im Pausenraum einzunehmen, um unter Menschen zu sein, die Vorstellung allein im Keller mit ihr zu verweilen machte ihn doch etwas Sorge und bereitete ihn verständlicherweise ein mulmiges Gefühl in der Magengegend. „Guten Morgen", begrüßten ihnen die zwei Frauen von gestern, heute schon mit einer gewissen Selbstverständlichkeit, die er auch wahrnahm, was ihn beruhigte. Wilhelm trat ebenso in den Pausenraum, seine kleine Statur fiel ihm heute besonders ins Auge, er hatte trotz kleiner Körpergröße einen beinahe normalen Oberkörper, seine Beine waren das Problem, etwas zu kurz, etwas zu unförmig. Was bewirkte, dass er einen komischen wackelnden Gang beim Gehen vollführte, der bei genauerer Betrachtung Anlass zu einigen Spott geben könnte. Er setzte sich neben ihn, heute allein, Herr Reimers sei wohl noch anderweitig beschäftigt. „Ich habe gehört deine Kunst stößt nicht nur bei mir auf Wohlwollen?", fing er an. „Ich hoffe, dass ich was die Weitergabe dieser Empfehlung betrifft, nicht zu forsch agiert habe?" Um ehrlich zu sein hatte er noch gar nicht genauer über das Angebot nachgedacht, stets war nur die Frau Gegenstand seiner Gedanken und Überlegungen. Er antwortete dann: „Nein - Mach dir keine Sorgen, es hat mir nichts ausgemacht."

„Das ist gut, ich fände es nämlich Schade, ein paar solcher Kunstwerke im Keller eines mittelmäßigen Theaters verkommen zu lassen." Jetzt schauten die beiden Frauen halb beleidigt und fragend auf Wilhelm. „Ja, Mittelmaß meine Damen, da müssen wir uns nichts vor machen." Die beiden schüttelten verständnislos den Kopf und tuschelten und aßen weiter. Wilhelm lehnte sich zu Albrecht und flüsterte ihm ins Ohr: „Gewöhnliche Leute sehen keine Unterschiede." Wilhelm zeigte erhöhtes Interesse an ihm. Der Umstand, dass der unwichtige, wortkarge Hausmeister eine Art schweigsamer Künstler sei, weckte im höchsten Maße die Neugierde in ihm. Immer wenn er Wilhelm im Theater begegnete merkte er wie er eine Reaktion der Begeisterung von ihm bekam, eine Tatsache, die ihn störte, da er selten auf der Suche nach Interaktion war, doch er ihn ständig ein Gespräch aufbürdete. Den ganzen Tag über konnte er weder den Geruch der Frau wahrnehmen, noch erschien sie ihm an irgendeinem Punkt seines Arbeitstages. Doch er wusste genau, dass der Besuch heute früh nicht ihr letzter gewesen war, spätestens abends in seiner Wohnung würde sie wieder kommen, dessen war er sich bewusst. Als die Uhr den Feierabend einläutete, nahm er sein Rad, doch hatte er bereits entschlossen, dass er nicht heimfahren wollte, sondern in den Park, um noch etwas zu zeichnen, vielleicht ein neues Motiv finden, um es mal wieder seit langer Zeit auf Leinwand zu malen. Nun lief er lange und unbefriedigt auf den künstlich angelegten Wegen, viele Menschen streiften seinen Weg und wirkten noch geschäftiger als sonst, da das Wochenende sie alle begierig machte noch ihre Einkäufe zu erledigen. Er setzte sich auf eine freie Bank, zückte seinen Zeichenblock und brachte ein Motiv aufs Papier, welches den Park und im Hintergrund die grauen, monotonen Blöcke zeigte. Seine Versunkenheit und volle Konzentration widmete er diesem Bild, er wurde wie gewöhnlich gedankenlos und fokussiert, völlig hingegeben und demütig gegenüber der Kunst. Strich für Strich und Linie für Linie füllte sich das Papier und seine Augen wurden nach gut ein oder zwei Stunden müde, so dass er entschloss, weiter durch den Park zu streifen. Er beschaute die Landschaft und die Menschen, die an ihm vorbeiliefen und erinnerte sich wieder an die Worte von Herrn Reimers, dass er sich doch einmal an einem Porträt versuchen sollte. Er malte gern Landschaftsbilder, liebte den Anblick der Natur, mochte die Poesie der Farben und deren romantisches Zusammenspiel. Stets das Zusammenspiel zwischen Nähe und Distanz, Mustern und Gebilden, ob ein tosendes Meer oder einfach die Antwort des Menschen ein kleinen Flecken Natur in die Stadt zu bringen. Schon oft hat ihn ein Anblick überwältigt und er setzte sich hin, nahm sich die Zeit und hörte genau zu, und brachte alles aufs Papier. Er hatte noch nie diesen unbedingten Willen bei einer Person verspürt, noch nie ein Gesicht als höchst bedeutend und wichtig empfunden. Doch einmal, das musste er gestehen, hatte er es tatsächlich versucht. Ein Selbstbildnis hatte er gezeichnet und es als unwesentliches abgestempelt und es über allen Maßen geringgeschätzt. Er setzte sich wieder auf eine Bank, schaute noch umher als erst leicht und dann allmählich immer kräftiger der bekannte Geruch in seine Nase zog. Dieser deftig zahme Duft, der reizend, schön und lieblich daherkam, teuer und anregend um seine Nase wehte. Er wusste was folgte. Natürlich nicht wann oder wo, doch sie würde wieder erscheinen, das war ihm bewusst. Er erhob sich, lief durch den Park doch zwang sich nicht suchend umherzuschauen, sondern richtete seinen Blick gen Himmel und hinab zu dem leeren, laubbedeckten Boden. Dann ging es Richtung Wohnung, und sicher wusste er das jeder Schritt, den er vollführte, ein Schritt zu ihr war. Er schnappte sein Fahrrad und radelte in die Dämmerung des Abends, und von weitem konnte er seinen Block erkennen und auch eine schwarze Gestalt. Sie stand an der Eingangstür, als würde sie auf ihn warten, er hatte sie nicht gesucht, wusste dass sie kommen würde, dass hatte ihr Duft ihn schon lange verraten. Er lief sicher und bewusst auf sie zu, zeigte keine Scheu ihr offen zu begegnen und wollte ihr auch nicht zeigen, dass sie ihn klein bekommen könnte. Es war niemand außer den beiden weit und breit zu sehen, dessen versicherte er sich, bevor er sich an sie wendete. „Ja komm doch mit hoch, du sollst nicht umsonst gewartet haben", sprach er mutig zu ihr, als würde er mit einer guten Freundin reden. Natürlich antwortete sie nicht, wie immer schaute sie aus ihren anmutigen blauen Augen auf ihn, schwieg und verströmte eine wunderliche Präsenz. Er öffnete die Eingangstür, fasste nochmal an die Scheibe, die er selbst gewechselt hatte, komischerweise machte ihm das Mut, befeuerte sein Selbstbewusstsein. Er packte das Fahrrad mit derselben Selbstverständlichkeit in den Keller, wie er es immer tat. Sie folgte ihm auf Schritt und Tritt, ließ ihn nicht aus den Augen und wandelte hinter ihm her. „Vorsicht vor dieser Stufe", sagte er, „Sie ist nicht nur brüchig, sie neigt sogar dazu einzufallen. Doch umso höher wir kommen, desto sicherer wird es. Ist nur der Anfang, bei dem man etwas aufpassen muss." Wie immer lief er die vielen Treppen hinauf. „Man merkt schon, wie es einen fertig macht, doch jetzt sind wir ja da." Er sprach mit ihr stets wie mit einer Freundin, die man schon Jahre kennt und nichts vor ihr zu befürchten hätte. Er schloss seine Tür auf und trat in die Wohnung, wartete bis auch sie eintrat und versuchte seine gespielte Gelassenheit mit Kommentaren wie: „Soso, dann fühl dich wie zu Hause. Natürlich habe ich nicht aufgeräumt, obwohl ich hätte wissen müssen, dass du kommst. Lass dich nicht stören von all den Tand und Plunder, der in den Ecken liegt, ich will nicht, dass du stolperst und dich verletzt, also sei vorsichtig. Es ist auch ziemlich dunkel hier, doch ich kann dir versichern, dass die Augen sich recht bald daran gewöhnen, einige Sachen, die jetzt vielleicht bedeutend erscheinen, wirst du nach einiger Zeit auch nicht mehr wahrnehmen." Er sagte das halb zu sich selbst, da er keine Antwort von der Frau erwartete. Nervös spielte er mit einem kleinen Feuerzeug, dass sich in seiner Hosentasche befand, er kramte es heraus und erinnerte sich, dass er es heute im Theater gebraucht hatte. Ein kleines rotes Feuerzeug, er blickte es verträumt an und steckte es dann wieder in die Hosentasche. „Setz dich doch. Möchtest du vielleicht etwas trinken?" Die Frau schaute jedoch nur auf einige Bilder, die an der Wand hingen. „Du fragst dich sicher was das für Bilder sind? Diese dort? Entschuldige, ich habe mich so daran gewöhnt, dass ich sie schon gar nicht mehr sehe." Er blickte jetzt lange auf die Bilder, erinnerte sich an längst vergessene Momente und die Zeit, in der alles besser schien. Er lächelte und vergaß für eine kurze Weile, dass er nicht allein war. „Die Bilder sind Erinnerungen, nicht der Rede wert, Erinnerungen, nur Erinnerungen." Der Geist schien sich jetzt zu interessieren für seine Wohnung, schaute sich langsam und neugierig um, so dass er etwas ins Plaudern geriet. „Ich wohne hier schon eine Weile. Natürlich könnte man hier mehr Mühe und Arbeit reinstecken, ja vielleicht sollte ich diesen Ort wirklich mehr Leben und Liebe einhauchen. Doch unter uns, ich wüsste nicht woher. Ich wüsste nicht einmal warum. Ich habe mich so daran gewöhnt, da hilft es auch nicht ein paar Dinge zu tauschen. Dinge, die nach einer gewissen Zeit wieder genauso wirken wie die Alten." Die Frau schritt ins Nebenzimmer und er folgte ihr. „Das hier ist das Arbeitszimmer. Was das für ein Haufen dort ist? Das ist Kram und Zeugs, ich müsste es einmal aufarbeiten, aber die Zeit – ich werde es sicherlich irgendwann tun." Die Frau lief zu einem Gemälde, das er vor einiger Zeit von sich selbst malte. „Das ist ein Selbstporträt", sagte er und schaute ihr dabei ins Gesicht. „Es gefällt dir nicht, das sehe ich an deinem Blick. Doch sieh, ich habe aufgehört zu versuchen, dass es anderen gefällt. Sicher, vielleicht sind die Farben etwas zu dunkel und ja, die Konturen wirken etwas undeutlich, aber…", hier kam er ins Nachdenken, legte den Kopf schräg und schaute lange auf sein Selbstportrait, merkte dann, wie traurig es ihn machte in dieses gequälte Gesicht zu blicken. „Es ist nicht gut, du hast recht. Nein, es ist sogar scheußlich, ich werde es vernichten, es spiegelt nichts als eine traurige Fratze wider, niemand sollte in eine traurige Fratze blicken, nicht wahr. Er nahm es und zerknüllte das Papier, konsequent und schonungslos, die Frau verzog keine Miene bei der Handlung. „Wofür sind leere Papierkörbe sonst gut, als darin seinen Müll zu verstauen." Der Anblick seines tottraurigen Gesichtes auf dem Bild machte ihm zu schaffen, er merkte, dass die ganze Verfehltheit seines Lebens sich plötzlich auf sein Herzen legte. Er setzte sich auf seinen Sessel und war schockiert über diese Erkenntnis und mehr noch als betrübt, er fühlte ein verwirktes Leben, fühlte ein Schauer von Wehmut und Sehnsucht nach verlorenen Chancen. Die Frau in Schwarz tauchte langsam hinter ihm auf, legte ihre Hand langsam auf seine Stirn und durch ihn floss wieder dieses unbeschreibliche Gefühl der Ekstase und Glück, ein Regen aus Freude und Hoffnung, Seligkeit und Wonne, alles zusammen, ohne Begrenzung alles ineinanderfließend durchströmend durch seinen Körper. Er atmete das Leben und sein gesamtes Vermögen binnen Sekunden in sich ein, schöpfte das Gold des Daseins und schaute in die Augen des Universums. Alles in wenigen Sekunden, alles im Angesicht von ihr. Von dieser Schönheit von dieser Frau in schwarz. Diese blauen Augen, diese stolze Stirn mit einem kleinen Mal darauf, ihre vollen, betörenden Lippen und ihr edles Haar, er wusste nicht, wie Engel aussehen, doch sie musste einer sein. Sie ließ wieder von ihm ab und er sackte in sich zusammen, fühlte nun absolute Leere und keine innere Regung mehr. Er blickte sie nur an, schaute auf sie und wartete was noch kommen mochte. Sie lief langsam ans Ende des Raumes und fing wieder an zu summen, wieder diese bekannte Melodie, er wusste was kommt und er ließ es zu. Er schloss die Augen und verfiel in einen festen und tiefen Schlaf.

Kapitel 5

Samstag früh, er saß am Küchentisch. Allein. Nur er mit seiner Tasse viel zu starken schwarzen Kaffee. Er argwöhnte über seinen Verstand, stellte seinen Geisteszustand in Frage und suchte nach Ursachen für dieses irrsinnige Theater, in dem er sich als Statist oder mehr noch als Marionette fühlte. Er fragte sich was passieren würde, wenn all dieser Wahn noch schlimmer, noch heftiger zu Tage tritt. Würde er dann noch mehr Geister oder Dämonen in seinen Alltag sehen? Für gewöhnlich verschlimmert sich eine Krankheit im Verlauf ihres Daseins, und verbessert sich nicht. Noch mehr als eine schwarze Frau würde er wohl nicht ertragen, damit könnte er nicht umgehen, wahrscheinlich würde er sich dann selbst ein Ende setzten und aus dem Fenster springen, mit dem Kopf voran und das Genick knacken und stauchen, auf dem Boden zerstampft liegen. Ja vielleicht ist die schwarze Frau aber auch nur da, um ihn zu holen, sie war bis jetzt immer gnädig und sanftmütig zu ihm. In seiner Vorstellung würde sie einfach seine Augen schließen, ihre Hand auf seinen Kopf legen und er würde mit all den wahrhaftigen Gefühlen zerfließen und ins nichts übergehen. Ja, vielleicht war sie nur ein Fährmann zur anderen Seite, vielleicht konnte er nur noch nicht ihren Preis zahlen? Konnte es sein, dass das Leben nicht Preis genug ist? Ja, er argwöhnte mit seinem Verstand, mit seinen selbstzerstörerischen Gedanken und dem Teufel in seinem Kopf. Doch er argwöhnte auch mit seinem Herzen. Jetzt saß er am Tisch und betastete es, fühlte dessen Schläge, die gleichmäßig und taktvoll das Blut durch seinen Körper pumpten. Doch er erinnerte sich, dass sein Herz in letzter Zeit kräftig und angstvoll pochte, natürlich verständlich im Angesicht eines bösen Dämons, doch aber für ihn ungewöhnlich. Vielleicht ging seinem irrationalen Geisteszustand eine Erkrankung des Herzens voraus? Die Aufmerksamkeit, die er diesem Organ zukommen ließ, war auf alle Fälle ungewöhnlich für sein bisheriges Leben. So klopfte er sich ab, hörte in sich hinein und versuchte jede noch so kleine Veränderung in seinen Leben festzustellen, nur um zu ergründen, was ihn in diese Lage gebracht hat. Er argwöhnte nicht nur mit Verstand und Herzen, unweigerlich musste er auch mit seinen kleinen Leben argwöhnen. War es wirklich er, der sich im Spiegel in die faltigen Augen blickte, spiegelte diese staubige Wohnung ihn wirklich wider? All dieser bedeutungslose Tand und unnütze Plunder in seinen Zimmern, diese vielen kleinen Dinge, die ihm fremd und unwirklich daherkommen, bedeuten sie etwas? Würde er auf der Stelle tot umfallen, dann würde er sicher lange liegen, bis irgendjemand den beißenden Leichengeruch bemerken würde. Sicher würde der Hund von Frau Kerner anschlagen, doch das tut er auch jetzt schon, der Leichengeruch befindet sich scheinbar jetzt schon in der Wohnung. Doch würde man ihn nach Wochen oder Monaten dann doch finden, vielleicht weil eine Rechnung nicht bezahlt, und der

Gerichtsvollzieher kommt, um sein Recht einzufordern. Dann wäre diese Wohnung alles, womit man ihn je in Verbindung bringt, es würden Leute kommen, die der Vermieter anordnet, um die Wohnung auszuräumen. Man würde viel nutzlose Kunst finden, abgegriffene Bücher und Möbel, die es zu beseitigen gilt. Man würde versuchen mit Hilfe dieser Dinge, sich ein Bild zu zeichnen von ihm, doch alles, was hier stand, war ihm Zweckdienlich, aber nichts, was ihm auch nur im Ansatz etwas anging. Nichts, was auch nur ansatzweiße jemanden die Farbe und die Leinwand böte, um sich ein Bild von ihm zu machen. Natürlich waren da noch die Gemälde, die im Keller des Theaters standen. Ja vielleicht waren diese wenigen Werke, das Einzige, was er in seinem Leben wirklich hinterlassen würde. Der Gedanke bot ihm keinen Trost, denn wahre Kunst, und das wusste er, sah anders aus. Er trank seinen starken, schwarzen Kaffee, stand vom Tisch auf, und zog los, um neues Equipment zum Zeichnen zu besorgen. Frau Wegehorst war die Verkäuferin in einem kleinen Laden für Kunst oder Malerei Utensilien, alle die öfters hierherkamen, nannten sie nur liebevoll Erna oder sprachen über die alte Erna, damit wusste jeder wer gemeint war. Albrecht betrat ihren kleinen Laden und sie stand wie gewöhnlich hinter der Theke und erkannte sein Gesicht auf Anhieb, da er öfters hierherkam, um Materialien für die Arbeit zu kaufen, um Farbe, Pinsel oder allerhand Zubehör zu erwerben. „Na guten Morgen der Herr", eröffnete sie das Gespräch. „Eine neue Jacke und neue Schuh, sag bist du es wirklich?" Sie schlürfte lässig an ihrer Tasse und musterte ihn von oben bis unten. „Grüß dich Erna", sagte er herzlich. Er mochte sie, die Alte war ihm im Laufe der Zeit durch ihre natürliche Art ans Herz gewachsen. „Ich brauch Papier, Farbe und allerlei Dinge"

„Na dann erwarte nicht, dass ich es dir raussuche, du kennst dich ohnehin hier besser aus", sagte sie in einem scherzhaften Ton und tat genau das Gegenteil von dem gesagten. „Wie kommts, dass du dich mal wieder blicken lässt?"

„Na du weißt ja, wir Künstler brauchen ab und an auch mal eine kreative Muse, und dann kommen wir unter den Vorwand der Zeichenutensilien zu dir."

„Gut gesagt, gut gesagt mein lieber. Nimm das Papier, günstiger, aber eigentlich besser." Er packte alles unter den Arm, kaufte noch all die anderen Dinge, die er benötigte und trat an die Kasse. „Du siehst nicht gut aus", sagte sie in einem ernsten Ton und blickte ihn besorgt an. „Nicht dass du das jemals tätest, aber irgendwie…", sie schüttelte besorgt den Kopf und hoffte eine ehrliche Antwort von ihm zu bekommen. Er schaute in ihre besorgten Augen und nickte nach einer Weile. „Ich habe in letzter Zeit nicht so gut geschlafen", entgegnete er mit fester Stimme. Die Antwort war nicht gelogen, und die Wahrheit nicht auszusprechen, sicher hatte er durch die schwarze Frau die letzten zwei Nächte gut geschlafen, doch wenn er ehrlich war, fühlte er sich ermattet und ausgelaugt, da sich seine Gedanken nur um sie drehten, keine anderen Vorstellungen mischten sich in seinen Kopf. Alles, was er aktuell tat, waren nur Ablenkungen und Manöver, um den Geist etwas zu entspannen. Doch ganz egal was er auch versuchte, es dauerte nicht lange dann wandelte er wieder auf den bekannten Spuren und sie war wieder präsent und wütete in seinen Kopf. „Pass auf dich auf", rief die alte ihm noch hinterher. „Das werde ich, ja das werde ich Erna." Wieder in seiner Wohnung fing er an aus seinem Skizzenblock Motive herauszusuchen, malte und verfeinerte diese, wollte etwas erschaffen und blieb doch letztlich unbefriedigt und frustriert. Blatt für Blatt füllte er mit Landschaftsbildern, die alle samt nichts wert waren. Er legte alles zur Seite, warf resigniert seinen Stift gegen die Wand und zerknüllte das bekritzelte Papier. Zu ungenau, nicht realistisch genug und alles zu gewöhnlich, viel zu gewöhnlich. Er legte seinen Kopf in seine zwei Hände, merkte wie ihm ein Gefühl der Hoffnungslosigkeit überkam, gern hatte er Landschaften gezeichnet, gern ihre Konstanz und Einfachheit bewundert, stets dieses leblose und starre geschätzt und gesucht, doch jetzt konnte er es nicht mehr ertragen. Es liefen heiße Tränen aus seinen Augen, Verzweiflung und Wut breiteten sich in ihm aus, die Erkenntnis, dass er Mittelmaß und bedeutungslos sei, dass sein Tod früher oder später genauso viel bedeutet wie sein Leben, denn wer nichts bedeutet, solange er lebt, wird es nach seinem Tod auch nicht mehr zu Ansehen schaffen. Er quälte sich lange mit solchen unnützen Gedanken als der altbekannte Geruch erneut in seine Nase stieg. Er richtete sich auf, atmete tief und befriedigt ein, schloss die Augen und sagte: „Ich dachte schon du lässt mich im Stich." Sogleich tauchte sie hinter ihm auf, schritt langsam um ihn herum und blickte ihn tief und schweigsam in die Augen. „Warum beendest du es nicht einfach? Ich weiß du kannst es. Ich weiß du wirst es. Warum das unvermeidliche noch lange hinaus zögern? Tu es!" Sie setzte sich auf einen Stuhl am andern Ende des Zimmers und blickte ihn unberührt seiner Worte an. Er schob seinen Stuhl nahe ihren und setzte sich ihr frontal gegenüber. Beide schauten sich einfach an, tief in die Augen, Angesicht zu Angesicht, ohne ein einziges Wort zu wechseln und ohne auch nur eine Geste oder Regung zu zeigen. So saß er ihr beinahe eine Stunde gegenüber, schaute nicht nur in ihre hellen blauen Augen, sondern schaute auch dahinter, erkannte einen Himmel und eine Höhle gleichermaßen, entdeckte hinter ihrer Gottähnlichkeit ein genauso großes Chaos und hinter ihrem immerwährenden seichten Lächeln ein tottrauriges Gesicht. Um eine Sache ganz zu erfassen, muss auch immer der Gegensatz erlebt werden. Die Fülle braucht die Leere, genauso wie die Ordnung das Chaos benötigt. Er sah alles in ihr, hinter ihrem stillschönen Lächeln, steckte ein lauthässlicher Schrei. Über ihrer strahlendhellen Präsenz entdeckte er jetzt mattdunkle Konturen, die diese Frau erst möglich machten. Er hatte den Eindruck, dass er sie verstand, er hatte das erste Mal eine Ahnung, wer sie sein könnte und was sie durchgemacht hatte. Jetzt zückte er sein Zeichenheft, hob den Stift wieder auf und begann sie Strich für Strich zu zeichnen, die Linien rasten über das Papier, glitten ineinander und übereinander her, er schraffierte und schattierte, fügte Detail für Detail hinzu und setzte Akzente, bis er alles wieder verwarf und das Blatt mit seiner üblichen Konsequenz zerriss und wieder von vorne anfing. Hier gelang ein Ausdruck nicht, da stimmten die Proportionen nicht überein und dort erfasste er nicht den Kern von ihr. Sie war sündhaft schön, doch es nutzte ihm nichts dies allein aufs Papier zu bringen, er wollte auch ihr inneres, ihre eigene Wahrheit offenbaren, ein Portrait musste auch immer hinter die Oberfläche gelangen, ansonsten war es nichts wert. Immer wieder verwarf er das gezeichnete, hier passte die Spitze der Nase nicht genau, dort erschien der Rand des Auges nicht korrekt, bei einem weiteren Versuch wirkte es nicht lebendig genug. „Du fragst dich, warum ich immer wieder von vorne anfange?", sprach er dabei zu ihr. „Es gibt Dinge, bei denen die Mittelmäßigkeit einfach unerträglich ist, die

Malerei gehört ganz bestimmt dazu." Die schwarze Frau saß fortwährend auf dem Stuhl, schaute ihn immer mit dem gleichen bitter sanften Ausdruck an, und kein Maler könnte sich ein besseres Modell vorstellen, ohne eine große Regung saß sie stundenlang da. Zeichenblatt für Zeichenblatt flatterte auf den Boden, manche wurden abrupt abgebrochen und auf einen neuen wieder begonnen. Stunde für Stunde verging, tief in der Nacht blickte er auf eine Zeichnung, die ihn zumindest nicht abschreckte, ja sogar eine Wallung der Befriedigung in ihm aufkommen ließ. Seine Hände waren eingefärbt und verkrampften, den Schmerz spürte er erst jetzt vollkommen, in dem Zustand der totalen Versunkenheit vernahm er nur seine Kunst, vernahm er nur das unbedingt gelingen müssen. Die alte Wanduhr zeigte halb 4 morgens, der neue Tag hatte bereits begonnen und er bekam jetzt seine komplette Erschöpfung zu spüren. Die Frau stand langsam auf, summte ihre bekannte Melodie vor sich hin. Erschrocken und entsetzt schreckte er ebenfalls hoch, merkte jetzt auch Schmerzen in den Beinen und im Rücken, die unnatürliche Körperhaltung, die er eingenommen hatte, verlangte ihren martervollen Tribut. Beim Zeichnen selbst spürte er nichts, das musste sie gewesen sein, sicher hatte sie ihn betäubt und unempfindlich für alles gemacht. Doch kaum stand er auf zwei Beinen, brach er zusammen, lag auf dem Boden und hörte nur noch ihr melodiöses Summen. Langsam legte sich das Schwarz des Schlafes über seine Augen, das letzte, was er sehen konnte, waren ihre blanken Füße, die in einem kraftlosen Dunkel verschwanden.

Nach wenigen Stunden wachte er wie gerädert und erschöpft aus einem unerquicklichen Schlaf auf, der harte Boden bot weder Komfort noch irgendeine Art der Erholung. Sein Kopf schmerzte und die Verspannungen waren spürbar. Er kochte Kaffee und fing dann an seine Zeichnungen, die er gestern aufs Papier gebracht hatte zu sortieren, die meisten waren nicht fertig und nicht zu gebrauchen. Viele lagen zerrissen und zerknüllt auf dem Boden. Er musste feststellen, dass nach all den ganzen Stunden, nur eine brauchbare Zeichnung dabei war, diese jedoch war unbedingt gelungen und bot ihm ein befriedendes Gefühl. Nun galt es weiteres Papier zu kaufen, weitere Zeichensachen, der gestrige Abend hatte viele Stifte verschlissen, er benötigte Nachschub. Er zog sich also an und richtete sich etwas, um erneut zu Erna zu fahren. Es war Samstag früh, die Straßen waren ungewöhnlich leer, nur wenige Frühaufsteher und Arbeitende trieb es zu dieser Tageszeit raus. Doch Erna hatte bereits auf, das wusste er. Als er mit seinem Fahrrad vor ihrem kleinen Lädchen hielt, stand sie gerade draußen und rauchte eine Zigarette. Sie hatte eine Strickjacke an und schaute ihn mit ihren Fragenden Augen an. „So früh schon hier? Hast wohl was vergessen?" Er schüttelte nur mit dem Kopf und ging schnurstracks in den Laden, griff sich Papier, neue Pinsel und Farbe. „Und das Sprechen hat er wohl auch verlernt", entgegnete Sie noch, als er an der Kasse stand. „Entschuldige Erna, ich… Ich brauch einfach noch mehr Sachen zum Zeichnen." Sie lachte laut auf und antwortete: „Das sehe ich. Aber vor allem brauchst du einen Arzt, du siehst aus als wurdest du von einem Bus angefahren. Was ist mit dir? Ich mache mir ernsthaft Sorgen." Er winkte ab und erblickte sich im Spiegel, der über der Kasse hing. Erna übertrieb nicht, er sah nicht gut aus, nein er sah ganz und gar schrecklich aus. Er war blas und hatte Augenringe, die ihm nicht gut zu Gesicht standen. Erschrocken von seiner eigenen Gestalt, bezahlte er schnell die ganzen Dinge, packte alles schnell zusammen und wollte den Laden schon wieder verlassen. Er gab wohl eine ziemlich verwirrte Figur ab, so dass Erna ihn noch fragte, ob er vielleicht etwas essen oder trinken wolle. Er antwortete schnell: „Danke. Nein. Ich muss los, hab noch was vor." Er schritt schnell durch die Tür, schwang sich wieder auf sein Rad und fuhr gegen den kalten Wind dieses Tages an. Er fuhr zum Theater, in seinem Keller waren Leinwände und er könnte hier seine Skizze in Ruhe mit Farbe zu Papier bringen. Er drehte den Schlüssel um, zögerte noch kurz bevor er die Tür öffnete, schließlich könnte sie bereits drinnen sitzen und er wollte nicht Gefahr laufen einen Schreck zu bekommen. Doch ihr Duft lag nirgends in der Luft, sie würde kommen, da war er sich sicher, doch vorerst musste er allein arbeiten. Er schaltete das Licht an, richtete eine leere Leinwand her und begann zu malen. Der Leser wird nicht glauben, wie unser Protagonist ausschaute, doch man wäre an diesem Tag nie auf die Idee gekommen sein Antlitz zu zeichnen, denn es war unmöglich sein Antlitz mit einem positiven Adjektiv zu belegen. Seine Augenringe gruben sich in sein Gesicht, seine Wangenknochen waren klar sichtbar, da er selbst das Essen in den letzten Tagen sträflich vernachlässigt hatte. Nein er sah nicht gut aus, Dreitagebart und zerzauste Haare mochten seinen Künstlerdasein den Rest geben. Jeder der ihn beobachtet hätte, wäre Zeuge einer wahnhaften Gestalt geworden, die, ohne ihre Umgebung zu realisieren und ohne sie auch nur im Geringsten zu schätzen die Leinwand mit seinem Pinsel und seiner Farbe zu Leben erweckte. Wie lange er saß, tut hier nichts zur Sache, doch als er den Pinsel beiseitelegte, begann die Sonne bereits unterzugehen und die Dämmerung legte sich auf die Kühle des Tages. Sein Gesicht selbst beherbergte einige Farbtupfer und ungeschickte Striche. Doch das Bild war nach Stunden der Arbeit fertig und ebenso sehr gelungen wie der Künstler mit seinen Kräften am Ende. In Farbe erstrahlte die schwarze Frau. Ihr eleganter Körper ragte dem Auge reizend entgegen, ihre schlanken wohlgeformten Finger und ihr langes glattes Haar, ihr breiter voller Mund mit ihren verführerischen hellen blauen Augen neigten sich gütig und fordernd dem Betrachter entgegen. Gleich ein tiefvioletter Schatten ragt ihr feiner, langer Körper dem Auge entgegen. Er fühlte jedoch nichts, weder Befriedigung oder Freude, keine Angst oder Erschöpfung, keine Regung in ihm machte sich besonders bemerkbar, einzig ein toter Schleier lag in ihm. Die Pinsel wurden beiseitegelegt, er nahm seine Jacke zog sie über und verließ seinen Keller genauso wortlos wie er gekommen war. Die gesamte Heimfahrt schien er wie in Trance zu verbringen, keine Reize und keine äußerlichen Einflüsse vermochten ihn zu erwecken, einzig die Begierde nach Schlaf und Erholung breitete sich in ihm aus umso näher er seiner Wohnung kam. Er betrat sie, warf all seine Kleidung in die Ecke und gleich einem toten fiel er in sein Bett und schlief einen langen Schlaf.

Kapitel 5

Der Sonntagmorgen begann sehr spät für ihn, denn er lag und schlief lange, als würde er all den verlorenen Schlaf der letzten Tage nachholen wollen. Als seine Augen sich schließlich müde und orientierend öffneten, schauten diese in die gleißende Helligkeit, die sich den Weg ins Zimmer bahnte. Ohne eine Regung blieb er liegen und verweilte lange beim Betrachten der tanzenden Sonnenstrahlen, die mit wechselnder Stärke, den Raum fluteten. Ebenso wie die gleißende Pracht durch den Raum schwebte, so breitete sich auch wieder ihr unverwechselbarer Geruch in seinem Schlafzimmer aus. Er wusste, dass sie da war, vielleicht direkt hinter ihm, oder im Wohnzimmer, es konnte auch sein, dass sie sich nur ankündigte, doch das machte keinen Unterschied, sie wird da sein. Frau Kerner wohnte über ihn und hörte gerade sehr laut Radio, nicht nur das, sie sang auch mit ihrer schrillen Stimme das Lied auf einer unverwechselbaren Art mit, so dass er sein Kopf unter dem Kissen packte und hoffte, dass es bald aufhören möge. Doch vergeblich. Frau Kerner animierte ihren Hund dazu ihren Gesang mit lautstarkem Bellen zu beenden, was dazu führte, dass der Gesang in Schimpfen des Hundes überging. Er gab es auf einfach in seinem Bett liegen zu bleiben, und kämpfte sich aus seinem Bett heraus und schreckte unfreiwillig auf, als er feststellte, dass sie am Bettende saß, als hätte sie die gesamte Zeit über ihn gewacht. Wie versteinert blickte er sie an, entsetzt darüber, dass sie zu so früher Stunde gekommen ist, dass sie vielleicht sogar den ganzen Tag bleiben könnte. Er zog sich schnell etwas an und verschwand schnell aus dem Raum, kochte Kaffee und erledigte seine Morgentoilette mit einer inneren und äußeren Gereiztheit. Wie sollte das ab jetzt laufen, würde sie ihn immer und überall begleiten und erscheinen? Wäre er ab jetzt nie wieder allein und müsste sich mit ihr alles Teilen? Sowohl Momente als auch seine intimsten Augenblicke? Er setzte sich an seinen Frühstückstisch und trank seinen Kaffee langsam und gedankenversunkenen. Sie saß jetzt wieder auf dem Sofa, und schaute mit ihrem schönen und gütigen Blick auf ihn. „Wie soll das mit uns laufen? Wirst du mich jetzt rund um die Uhr begleiten? Mich immer und überall anschauen mit deinen hellen blauen Augen? Du musst das doch verstehen, irgendwann muss das hier ein Ende haben." Doch er wusste, dass sie ihn nicht antwortete, sie antwortete nie. Stets und ständig schaute sie nur auf ihn und stellte all seinen Worten nur ein kühles, erhabenes Schweigen entgegen. Langsam und bedächtig trank er aus seiner Kaffeetasse und versuchte sich vorzustellen wie sein Leben mit ihr als seine ständige Begleiterin aussehen würde. Wieder versuchte er ihr Abbild vor seinen Augen abzuschütteln, als könne man sie durch Fokussieren auf Vernunft und Verstand einfach verschwinden lassen. Er schloss die Augen und konzentrierte sich, sagte sich immer wieder vor, dass er hier allein sei, dass die Erde sich dreht und das newtonsche Gravitationsgesetz nach wie vor Bestand habe, dass 1+1=2 sei und es Geister einfach nicht gäbe. Doch es half alles nichts, beim Öffnen seiner Augen saß sie unbeeindruckt auf dem Sofa, diese Übung versuchte er mehrere Male, doch es half nichts, sie schaute ihn weiterhin an. Er wurde von seiner geistigen Übung abgelenkt, da sein Magen ihn daran erinnerte, dass er schon sehr lange nichts mehr gegessen hatte. Der Blick in seinen Kühlschrank war mehr als ernüchternd, nicht eine Scheibe Brot befand sich in seiner Wohnung, selbst wenn, er hatte nichts, was er auf dieses Brot hätte streichen oder belegen können. Er entschloss sich etwas überzuziehen und rauszugehen, um sich etwas bei Willis, eine kleine Gaststätte ein paar Minuten von hier zu kaufen. Er schnappte sich seine Jacke, überlegte kurz ob er sich vielleicht noch rasieren sollte, doch der Anblick von ihr nötigte ihm zur Eile. Er verließ die Wohnung und spurtete die Treppe hinab, draußen angekommen steckte er die Hände in die Hosentasche und machte sich zu Fuß auf den Weg. Das kleine Gasthaus hatte er schon lange nicht mehr besucht, doch dieser Ort war nicht für Veränderung gemacht, alles behielt hier seinen längst verblühten Glanz und versprühte für ihn den Zauber der Beständigkeit. Er setzte sich und zog seine Jacke aus, als aus der Küche ein junges, schlankes Mädchen erschien. Ihr volles Mondgesicht strahlte ihn freundlich an und reichte ihn eine Karte, er bestelle ein Wasser und entschied sich für Käsespätzle. Die Kellnerin lächelte ihn unentwegt an und schien ihn mit ihren Blicken zu mustern. Es störte ihn, dass sie ihn anschaute und scheinbar geringschätze, und seine ungepflegte Art verurteilte, er hat hier schon öfters gegessen, freilich schon Monate her, vielleicht auch über ein Jahr, doch noch nie hatte man ihn so angeschaut. In der Zeit als er auf sein Essen wartete dachte er an nicht viel, er war des Denkens müde, und fühlte sich nach dem gestrigen Tag, nach dem Vollenden des Gemäldes ausgebrannt und ausgelaugt. Der viele Schlaf, den er genossen hatte, änderten an der Tatsache nichts, es war gut, dass er jetzt etwas Richtiges zu essen bekomme, das würde ihn wieder stärken und neue Kräfte erwecken. Er merkte jetzt auch dass sein Kopf sich dumpf und schwer anfühlte, gleich einer beginnenden Erkältung, die sich durch Kopfschmerz ankündigte. Er fing an seine

Schläfen mit Zeige und Mittelfinger kreisend sanft zu massieren, schloss seine Augen dabei und konzentrierte sich allein auf den Schmerz in seinem Kopf, der sich pulsierend ausbreitete. Er bildete sich ein schon wieder ihren Duft wahrzunehmen, doch dass musste aus der Küche kommen, dort hörte man geschwätzige Stimmen und das Hantieren des Küchenpersonals. Immer weiter kreisten seine Finger um seine Schläfen, Käsespätzle, erinnerte er sich, war ein Essen, was seine Mutter für ihn stets zubereitet hatte, meist als er als junger Knabe von der Schule gekommen ist. Es herrschte dann immer ein friedlicher Zauber in seinem Gemüt, ganz egal wie schlimm der Tag auch gewesen sein mochte, die Mutter und ihre Käsespätzle boten Trost und Sicherheit, er verband dieses Gericht mit Heimat und Frieden. Seine Schulzeit war nicht eben eine einfache, Mathe und Chemie wollten ihm nicht so recht gelingen, er musste sogar eine Klasse wiederholen, da seine Noten laut den Lehrern nicht den Leistungen entsprachen. Es nutzte nichts, dass er die Musik mochte und in Kunst brillierte, was zählten waren Mathematik und Deutsch, Fächer, in denen er stets Mühe und Fleiß aufbringen musste, um eine mittelmäßige Leistung zu erzielen. Doch ganz egal wie schwer und hart der Schulalltag auch immer gewesen, das nachhause kommen war immer eine trostreiche Option. Wie schön diese Gedanken doch waren, diese heiligen Erinnerungen einer behüteten Kindheit und einem Zuhause das Liebe beherbergte. Er konnte sich dieses Gefühl ja immer wieder hervorrufen, das spürte er jetzt, das funktionierte und war eine wichtige Erkenntnis. Alles, was er brauchte, schlummerte in ihm, von außen konnte niemand ihm helfen, dessen war er sich bewusst, jeglicher Krieg der Seele konnte nur durch die eigenen Friedensrichter beendet werden. Eine lange Weile hing er diesen Gedanken nach, massierte dabei seinen pulsierenden Kopf und sah sicher für die Ausenstehenden komisch und entrückt aus. Ein lauter Krach aus der Küche erschreckte ihn und ließ ihn aus seiner inneren Gedankenwelt erwachen. Ein Blitz fuhr durch ihn durch als er merkte, dass die schwarze Frau ihm genau gegenübersaß. „Das darf doch nicht wahr sein", entfuhr es ihm mit klagender Stimme. Die junge Kellnerin hörte seine Worte, schritt kurzerhand zu ihm hin und fragte: „Ist alles in Ordnung? Kann ich ihnen noch etwas bringen?" Er schaute sich erschrocken um, ob irgendeiner der Gäste auf die schwarze Frau reagieren würde, doch alle verhielten sich komplett normal, die Hoffnung, dass man ihn hier an der Nase herumführt und er nur einem großen Scherz unterliege, musste er begraben. „Nein, nur die Käsespätzle, ansonsten nichts." Die Frau nickte und war schon wieder im Begriff zu gehen als ihm eine Idee durch den Kopf schoss. „Warten Sie noch kurz", ergänzte er. „Könnten Sie mir einen Gefallen tun? Könnten Sie sich einen Moment zu mir setzen?" Er wies auf den Stuhl, auf dem die schwarze Frau saß. Die Kellnerin schien überrascht und perplex, zuckte dann jedoch mit den Schultern und setzte sich bereitwillig zu ihm. Die schwarze Frau stand nun auf und schritt langsam aus dem Restaurant. Er konnte es nicht glauben, dass sie so bereitwillig ihren Platz freigab und einfach verschwand. Sein erstauntes Gesicht konnte er nicht verbergen, was die Kellnerin ebenso bemerkte und erwähnte: „Sie hätten wohl nicht damit gerechnet, dass ich mich zu ihnen setze?"

„Ich hätte tatsächlich nicht mit dieser Reaktion gerechnet."

„Und wie geht ihr Plan weiter? Oder hört er hier an dieser Stelle bereits auf?" Er faste sich jetzt an seinen Hinterkopf und war in

Gedanken noch bei dem Weggang der schwarzen Frau, doch er merkte, dass er sich jetzt in eine Situation katapultiert hatte, aus der er so leicht nicht wieder herauskam. Er musste reagieren und eine Interaktion aus dem Hut schütteln. Er stellte sich kurz vor und erfuhr, dass ihr Name Sina lautete. „Wissen Sie, ich brauche eine neutrale Meinung. Ich kenne eine Frau, die mich seit einigen Tagen immer und immer wieder aufsucht, zu den unmöglichsten Zeiten und an den unpassendsten Orten. Ich muss nicht erwähnen, dass mir das unangenehm ist und ich es nicht möchte. Was würden Sie tun?" Ein einfältigeres Thema ist ihm auf die Schnelle nicht eingefallen. Sina musste lächeln und strich sich ihr Haselnussbraunes Haar hinter die Ohren und schaute ihn irritiert an. „Nun, ich würde versuchen sie nicht in meine Nähe zu lassen, sollte das nicht funktionieren, dann würde ich es in einem Gespräch versuchen zu lösen. Ich weiß nichts über diese Frau, aber – Sie sollten ihr klipp und klar sagen, dass sie ihr Verhalten nicht tolerieren." Es erklang eine kleine Glocke, woraufhin die Kellnerin eine Geste in Richtung der Küche machte. „Das sind ihre Käsespätzle, ich sollte sie wohl servieren. „Ja, bitte", gab er locker zur Antwort und war doch froh, dass die Situation durch das Essen aufgelöst wurde. Natürlich konnte er mit diesen Tipps nichts anfangen, aber Sina wusste auch nicht, dass es sich hier um einen Geist oder Dämon handelt, der ihn nur anschaut und kein Wort von sich gibt. Die Frau kam mit den Käsespätzle in der Hand wieder und servierte sie ihm. Er bedankte sich nochmals bei ihr, auch wenn ihre Worte komplett nutzlos waren, so hatte Sina doch geschafft, dass die schwarze Frau verschwunden, ja man könnte sagen, sie hatte sie vertrieben. Ob das nun wirklich ihr Werk gewesen oder es irgendein anderen Grund hatte, so wollte er doch dieser Spur weiter nachgehen.

Selbst ihr Geruch war verschwunden und nicht mehr wahrnehmbar, was auch immer es war, es half. „Würden Sie mit mir ausgehen?", entfuhr es ihm, ohne über die Bedeutung dieser Worte genauer nachgedacht zu haben. Die gesamte Tragweite dieser Frage, wurde ihm erst bewusst als er sie bereits gestellt hatte, er könnte einen Korb bekommen, könnte dieses Essen wohl nicht mehr genießen und das Bezahlen würde zu einer einzigen krampfigen Angelegenheit verkommen. Ebenso würde er wohl dieses Lokal nicht mehr besuchen können, denn immer würde auch Sina Dasein. Zu Anfang war sein Blick erwartungsvoll und bestimmt, doch nach fortschreiten der Sekunden und Augenblicke, in denen er auf eine Antwort wartete, verfinsterte sich seine Mimik und wurde kalt und ängstlich. „Sie sind mir ja einer", fing sie an und lächelte ob dieser plötzlichen Frage. „Ich mache ihnen einen Vorschlag. Sie essen jetzt ihre Käsespätzle, trinken ihr Wasser, und je nachdem wieviel Trinkgeld sie mir geben, entscheide ich." Der Gesichtsausdruck von ihm lockerte sich, er spielte den selbstsicheren und starken, nickte und wendete sich seinem Essen zu. Die Kellnerin bediente derweil weiter andere Gäste und schenkte ihm weiter keine Beachtung. Nun war dieses Essen eine einzige Marter, er konnte nur froh sein, dass sie den Anstand besaß, ihm erst nach dem Essen alle Hoffnung zu rauben und eine Absage zu erteilen. Der Umstand, dass er sich jetzt in einer inneren Aufregung befand, änderte nichts daran, dass die Käsespätzle nicht im Geringsten so schmeckten wie bei seiner Mutter, er sie jedoch trotzdem gierig aß, da er erst jetzt richtig merkte, wie leer sein Magen war. Der Teller war leer und sein Wasser hatte er auch getrunken, jetzt musste er nur noch bezahlen und das sollte es gewesen sein. Er könnte nie wieder hierherkommen. Er musste von allen guten

Geistern verlassen sein, dass er auf die Idee kommen konnte sie zu fragen, er, der das Spiel mit den Frauen noch nie verstanden hat. Nun sollte er nach all den Tagen der Aufregung also auch noch dies auf sich bürden. Er hob die Hand Richtung Sina. Sie lächelte und kam erwartungsvoll auf ihn zu. „Nun, ich hoffe es hat geschmeckt?" Er nickte nur und zückte sein Portemonnaie, um die Rechnung zu begleichen, die Worte der Kellnerin schwirrten ihm noch durch den Kopf, das Trinkgeld wäre ausschlaggebend über ein Date mit ihr. Sina nannte den Preis des Essens und er versuchte gar nicht einen gewissen Prozentsatz in seinem Kopf zu errechnen, er legte noch 10 Euro Trinkgeld daneben und schaute Sie unsicher an. Niemals hätte er 10 Euro Trinkgeld gegeben, dies erschien ihm viel zu viel und außerdem fühlte es sich so an, als würde er eine Dirne Geld anbieten. „Ich mache ihnen einen Vorschlag. Sie behalten das Trinkgeld, und laden mich dafür am Mittwochabend ins Theater ein." Er schaute sie mit fragenden Augen an. „Ins Theater? Am Mittwoch?"

„Genau das sind die Daten, die ich ihnen gerade gegeben habe. Nun schauen sie doch nicht fortwährend wie ein Fisch. Ich würde gern die Galotti sehen, und diese wird am Mittwochabend aufgeführt."

„Ja, das stimmt", entfuhr es ihm mit einer Erleichterung. „Ich arbeite im Theater, also es ist mir durchaus bewusst, dass die Galotti am Mittwochenabend aufgeführt wird." Sina klatschte vor Begeisterung in die Hände und freute sich über diese Aussage so sehr, dass ihr Augen anfingen zu funkeln. „Sie arbeiten im Theater? Sind sie ein Schauspieler?" Er schüttelte eilig den Kopf, diese Frage hatte er erwartet, da sie von so ziemlich jeden kam, dem er erzählte, dass er am Theater arbeitet. „Nein, Nein... So verwegen bin ich dann doch nicht, ich bin nur der Hausmeister." Sie lächelte unentwegt und nickte ihm verständlich zu. „Sehr schön, ich würde vorschlagen, dass sie mich am Mittwoch um 6 hier abholen, ich gebe ihnen meine Nummer und dann haben wir einen schönen Abend." Sie schrieb ihre Nummer auf eine Servierte, lächelte ihm nochmal freundlich zu und ging dann wieder ihres Weges. Er stand auf und konnte sein Glück gar nicht begreifen. Er hatte ein Date mit einer Frau. Er, der niemals daran gedacht hätte, der es sich zuzeiten zwar vorgestellt hat, wie er einmal eine Frau ausführen würde, doch nie ernsthaft den Mut aufgebracht hätte eine Frau anzusprechen. Als er das Lokal verlies wusste er noch nicht so recht, was er von all dem halten sollte. Die Arbeit im Theater machte ihn nicht gleich zu einem Theatergänger noch einem Liebhaber. Ja, er empfand sogar einige Schauspieler als schlechte Menschen, da viele sich zu extravagant und sich zu schnöselig geben, er war sogar der Meinung, dass einige auch im privaten eine Rolle spielten, was ihn den Umgang mit Schauspielern immer etwas fragwürdig erscheinen ließ. Doch für sie würde er gerne abends dorthin gehen, gleich Morgen würde er zwei Billets kaufen, es schossen ihm Gedanken in den Kopf bezüglich seiner Kleidung und seiner Frisur, er faste die Entscheidungen zum Frisör zu gehen und sich gleich morgen einen Anzug zuzulegen. Wenn er an sie dachte, dann wurde er aufgeregt.

Auf seinem Heimweg wusste er bereits wer ihm daheim erwarten würde, die Möglichkeit, dass sie nicht mehr kommen würde, schloss er vollkommen aus. Tatsächlich roch er ihren Duft wieder, als er seiner Wohnung näherkam, als er sie schließlich betrat nahm er sie auch wahr. Sie saß auf dem Sofa, als hätte sie auf ihn gewartet. Die

Beine übereinander gekreuzt und die Hände ruhten geduldig auf ihren Schoß, ihre langen Haare fielen ihr über die Schulter und ihre gütigen blauen Augen schauten ihn empfänglich an. „Na das hast du ja vortrefflich eingefädelt", sagte er als er sie dort sitzen sah. „Was sagst du jetzt? Ich habe eine Verabredung, und du bist sicherlich nicht ganz unschuldig daran. Ja hätte ich sie nicht gebeten, dass sie sich auf deinen Platz setzt, dann wäre ich mit ihr wohl nie ins Gespräch gekommen. Ja, ganz fantastisch." Er schaute sie an, doch keine Regung und kein Ausdruck deutete auf eine Antwort hin. Er setzte sich jetzt direkt neben sie, schaute nachdenklich auf ihre schönen Finger, und langen geraden Arme. „Weißt du, ich bin jemand der die Dinge immer beim Namen nennt, doch du hast bisher keinen, und selbst wenn, würdest du ihn mir nicht nennen." Er schaute ihr wieder gespannt und interessiert ins Gesicht, doch wieder dieselbe Ausdruckslose Mimik, die sie immer zeigte. „Nun, wenn du mir keinen Namen nenne willst, dann werde ich dir einen geben." Er dachte lange nach, ersann den ein oder anderen Namen für sie, doch keiner passte so recht zu ihr, keiner wollte ihm mit Wohlwollen über die Lippen kommen. Doch dann hatte er es. „Ja, du bist wunderschön, doch sicher nicht von dieser Welt, von welcher du auch immer sein magst, du bist Lucy! Ja gewiss, du bist meine Lucy, und ich glaube du wirst es auch solange ich lebe bleiben." Noch einige Zeit saß er einfach neben ihr, dicht an dicht, ohne dass ihre Nähe ihm auch nur im Geringsten störte, ohne dass er das Verlangen hatte zu fliehen oder nach Hilfe zu rufen. Er versuchte sich vorzustellen, wie sein Leben wohl aussehen würde, mit ihr als sein beständiger Begleiter, ob sie wohl immer verschwinden würde, wenn Sina in der Nähe wäre. Was würde wohl passieren? Er musterte sie von oben bis unten, fühlte ein unglaubliches verlangen sie zu berühren, ihre zarten Gesichtszüge und ihre stolze Stirn mit ihrem kleinen Muttermal, ihre langen braunen Haare, ihre vollen süßen Lippen. Er spürte ein unglaubliches Verlangen danach sie zu berühren und stellte sich ganz dicht vor sie hin, so nahe, dass ihre Nasenspitzen sich beinahe berührten, ihre Blicke trafen sich und er schaute lange und intensiv in ihre hellen blauen Augen. Er versuchte sie zu küssen, langsam und zärtlich nährte er sich ihren Lippen. Von dem unbedingten Verlangen getrieben ihre Schönheit zu spüren. Doch scheinbar war das zu viel des Guten, in einem Moment blitzte es durch ihm durch und er konnte sich nicht mehr bewegen. Seine Kehle wurde gedrückt, dass es ihm die Luft raubte, er rang nach Atem doch merkte, dass es nicht möglich war auch nur einen Zug Luft in seine Lunge zu bekommen. Lucy stand jetzt langsam auf und zwang ihn auf die Knie. Er dachte, dass er jetzt sterben müsse, dass es jetzt so weit sei und Panik durchdrang seinen gesamten Körper. Er keuchte die Worte: „Bitte. Aufhören." Merkte wie sich langsam ein Schleier über seine Augen legte, und er anfing das Bewusstsein zu verlieren. Sein Herz raste und pochte in seiner Brust und schien bereit jeden Augenblick aufzuhören und für ewig zu ruhen, seine Augen waren weit offen und spiegelten das Entsetzen und die Furcht wider. Lucy stellte sich genau vor ihm hin, blickte nach wie vor mit demselben großzügigen, milden Ausdruck auf ihn herunter und lächelte jetzt. Zum ersten Mal, seit er sie getroffen hatte, lächelte sie. Zufrieden. Zart. Milde. Doch ein Lächeln auf ihren Lippen, ein Ausdruck ihrer Macht. Das alles war sie, dass alles konnte sie. So wie das Drücken am Hals gekommen, genauso löste es sich von einem Moment auf den anderen. Er rang gierig nach Luft, tiefe und befreiende Züge durchströmten seine

Lungen und sein Körper wurde wieder mir Sauerstoff versorgt. Er schaute sie voller Entsetzen an, er realisierte wieder, dass sie ihn komplett in der Hand hatte, dass alles, was er machen konnte, Hoffen war, dass sie ihm nicht ins Jenseits schickte. Es rann eine Träne aus seinem Auge, er merkte, wie sie ihn wieder umschlang, nicht am Hals, doch all seine Glieder waren bewegungsunfähig und während all der Zeit flossen heiße Tränen aus seinen Augen, auf seinem Gesicht formte sich der Ausdruck des Entsetzens und in ihm breitete sich ein dunkler Schauer aus. Sie hatte aufgehört zu lächeln, ihre gewohnte Mimik befand sich auf ihrem Gesicht. Sie trat zu ihm und legte ihre Hand auf seinen Kopf, er wusste was jetzt kommen würde, es durchströmten ihn wieder so viele mannigfaltige Gefühle. In einem Moment bekam er Gänsehaut vor Glück und fühlte sich federleicht im nächsten hätte er laut loslachen können, dann wieder eine Woge der Euphorie, die sein Lachen in ein Lächeln verwandelte, alles das ging über in einen warmen Regen, der ihm überströmte mit einem Gefühl von Liebe und Innigkeit, gefolgt von einer Schwerelosigkeit des Wohlempfinden. Jedes Gefühl anders, doch jedes Gefühl kam aus ihm und war gleich und bekannt, nicht in diesem Ausmaß, doch aber bekannt und vertraut. Er hatte alles schon einmal gefühlt und durchlebt. Dieser Segenreiche Ausdruck gipfelte in einem Rausch, erreichte seinen Zenit und er schloss seine Augen, um alles zu genießen, seine Lippen formten ein Lächeln und er ging in völliger Seligkeit unter. In Sekundenschnelle verschwand alles wieder und er fand sich auf dem Boden liegend. Sein Atem war schwer und erschöpft von dem erlebten, von dem unkontrollierten und ausgelieferten Zustand, in den sie ihn versetzte. Noch bevor er verstand, was mit ihm geschah hörte er, wie sie anfing ihre Melodie zu summen. Er schaute nochmals zu ihr hoch, wie sie ihn anschaute und dann legte sich der tiefe und schwere Schlaf über ihn.

Kapitel 6

Seine Augen öffneten sich langsam und behäbig, alles um ihn her bekam nach und nach wieder eine scharfe Kontur und wurde schmerzhafte Realität. Er lag die ganze Nacht auf dem Boden, gezüchtigt und bestraft von ihr musste er diese Qual erdulden. Draußen herrschte noch tiefste Nacht, auf halb 5 Uhr morgens zeigte seine Wanduhr. Das also war sein Schicksal. Lucy war nicht dazu da, um mit ihr zu spielen, sollte man ihr zu nahe kommen dann musste man leiden, nach Atem ringen und hoffen, dass alles gut ausgeht. Ihr Lächeln ging ihm nicht mehr aus dem Kopf, dieses sanfte und sich langsam formende Lächeln auf ihren Lippen geisterte noch durch seinen Kopf. Hatte sie Spaß daran ihn zu quälen? Sollte ihr das etwa Freude bereiten? Er stand langsam auf, betastete seinen Hals und konnte es noch deutlich spüren, ihre Schlingen und unsichtbaren Griffe waren noch klar und schrecklich in seiner Erinnerung. Was war das für ein Spuk, welcher Agonie musste er sich hier aussetzen, und wie oft würde er sich dieser noch stellen müssen? Ihre Krallen hatten sich tief in sein Bewusstsein gegraben, waren spürbar und wüteten laut und unaufhörlich in seinem Kopf. Er verrichtete seine Morgentoilette und machte sich wie gewöhnlich bereit für den Arbeitstag, doch all das geschah mechanisch und roboterhaft, hastige Gedanken beschäftigten ihn, diese Frau, die er Lucy taufte, war ein tiefes Geheimnis dessen Deutung für sein Leben von größter Wichtigkeit war. Der Blick in den Spiegel erschreckte ihn erneut, seine Sorgenfalten zeigten einen alten Mann aber doch nicht ihn, seine innere Unruhe wurde lediglich nach außen gespiegelt und er blickte in ein schlechtes Abbild seiner selbst. Der Blick aus dem Fenster zeigte einen stürmischen und verregneten Tag, sehr passend, dachte er und entschloss sich heute auf das Rad zu verzichten. Er packte seinen Regenschirm aus und wollte zu Fuß gehen, normalerweise würde er bei diesem Wetter den Bus nehmen, doch warum nicht laufen, genug Zeit war vorhanden. Er spannte den Schirm über seinen Kopf aus und schritt eilig Richtung Theater. Die Autos rasten an ihm vorbei, die Passanten nahmen weder ihn noch er sie wahr, und sein gesamter Weg wurde begleitet von finsteren Gedanken und unwahrscheinlichen Überlegungen. Natürlich würde sie auch heute wieder kommen, das war mittlerweile nicht mehr die Frage, wann sie kommen würde, lag auch nicht in seiner Hand. Der Regen prasselte auf den Regenschirm als er gerade am Park vorbeilief. Eine Stimme schreckte ihn auf und es kam Frau Kerner mit ihren Hund Charly auf ihn zu gerannt. „Entschuldigen sie, dass ich sie so früh störe, doch ich muss sie um einen Gefallen bitten. Mein kleiner Charly rastete seit Monaten immer total aus, wenn er an ihrer Wohnungstür vorbeiläuft. Wäre es vielleicht möglich, dass er einmal kurz ihre Wohnung betritt, damit dieses Schauspiel endlich ein Ende hat? Ich meine, er wird sehen, dass sich darin nichts befindet, was ihn irgendwie Sorge bereiten muss." Er schaute sie mit großen Augen an, harsch herausgerissen aus seinem inneren Konflikt wusste er nicht auf Anhieb, was er sagen sollte. „In meine Wohnung?", fragte er nur verdutzt. „Schauen sie, ich kenne ihn, er ist sehr neugierig, und wenn er erstmal das Geheimnis gelüftet hat, dann legt sich sein Verhalten ganz schnell." Er wusste nicht, was er davon halten sollte, es kam ihm dreist und unangebracht vor, doch jetzt die Frage zu verneinen würde ihn nur verdächtig und merkwürdig erscheinen lassen. Ja vielleicht wäre es wirklich interessant zu wissen was passieren würde, wenn er Lucy begegnet. „Meinetwegen", antworte er kurz und knapp, „Ich würde ihnen Bescheid geben, wenn es mir passt." Frau Kerner nickte eifrig und Albrecht wusste nicht wer von den beiden nun wirklich neugieriger war, der Hund oder Sie. „Das wird nicht lange dauern, nur ein kurzes Schnuppern und dann wird sich sein merkwürdiges Verhalten sicher legen", ergänzte sie noch. Beide verabschiedeten sich kurz und gingen wieder ihres Weges. Er schaute ihr nochmal hinterher und wunderte sich nach wie vor über diesen seltsamen Wunsch, doch tat es als überambitioniertes Verhalten eines Hundebesitzers ab. Die zwei Ampeln wurden heute vor seinen Augen rot und er musste in einer Gruppe von anderen Menschen kurz warten, bevor er seinen Weg zügig weiter gehen konnte. Als er beim Theater ankam erkannte er schon vom weiten Herr Reimers mit einem weiteren Kollegen. „Da sind sie ja mein Freund", begrüßte er ihn überschwänglich. „Ich hatte meinen Kollegen erwähnt? Er wollte sich doch gern die Bilder selbst anschauen, da er meinen Geschmack wohl sehr geringschätzt." Beide reichten ihm zur Begrüßung die Hände. Albrecht schloss die Tür auf und schaltete das Licht an, da er ihren Geruch auch nicht wahrgenommen hatte, rechnete er auch nicht mit einem unangekündigten Besuch von Lucy. „Treten sie doch ein, die Bilder stehen dahinten." Er verstaute seine Tasche wie gewöhnlich und machte sich für die tägliche Arbeit bereit als die beiden sich die Bilder anschauten und schnell jedoch vor dem

Gemälde von Lucy stehen blieben. „Albrecht!", sagte Herr Reimers voller erstaunen in der Stimme. „Haben sie das gemalt?" Jetzt erst wurde ihm wieder bewusst, dass das Gemälde von ihr ja noch hier stand, in all den verrückten Stunden hatte er es komplett vergessen. „Das ist fantastisch", waren die Worte des bis dahin stumm gebliebenen Kollegen. Beide standen vor dem Bild und betrachteten es mit kritischen Künstleraugen, schüttelten hier und da ungläubig den Kopf und erkannten wohl ganz große Kunst in dem Gemälde. Auch Albrecht stellte sich jetzt zu den zwei und schaute auch auf das Bild, doch er erschauerte beinahe bei dem Anblick von ihr. Auch fand er den ein oder anderen Zug nicht sonderlich gelungen, im großen beschrieb sie das recht genau, doch ihre komplette Würde und Schönheit konnte das Bild doch nicht wieder geben. „Wer ist diese Frau", fragte Herr Reimers ihn. „Nur eine Frau, vielleicht ein teuflischer Engel." Beide schauten ihn aufgrund dieser Worte fragend an. „Es ist einfach grandios, es ist wahrhaft das Beste, was ich seit langem sehen durfte." Sein Kollege pflichtete ihm nickend bei. „Steht es zum Verkauf?" fragte Herr Reimers ihn mit neugierigen Augen. „Ob es – zum Verkauf steht?", wiederholte Albrecht mit langsamer Stimme. Er hatte sich darüber noch keine Gedanken gemacht, doch merkte, dass er einige Begehrlichkeiten in den beiden geweckt hatte. Doch was wussten die beiden schon, diese Frau war in der Lage ihn von einer Sekunde auf die nächste einfach zu vernichten, diese Frau konnte sicherlich Begehrlichkeiten erwecken, doch beim Versuchen diese zu berühren oder auch nur wirklich zu begreifen, bei der kleinsten Schwäche würde sie zuschlagen und könnte sie in Grund und Boden stampfen. Natürlich gibt dieses Gemälde all das nicht wider, dieses Bildnis einer Frau, war nur ein starres Abbild von etwas ganz Großen, war nur der Versuch etwas einzufangen, was sich in Wirklichkeit nicht einfangen ließ. Es ärgerte ihn jetzt, dass sie das nicht begreifen werden, dass sie es wohl auch nicht verstehen können und er mit dieser Erkenntnis allein und verlassen leben müsse. Jeder würde das Bild sehen, und eine wunderschöne Frau wahrnehmen, doch aber nicht das wahre Wesen, das dahintersteckte. Die Vorstellung, dass dieses Bild irgendwo hängt und man es stets missversteht und nicht begreift, diese Vorstellung rief tiefe Abneigung in ihm hervor. „Das Bild steht nicht zum Verkauf", sagte er kurz und knapp. „Sie wollen nicht verkaufen", wiederholte Herr Reimers anerkennt nickend. „Nun, ich bin sicher wir könnten uns auf einen angemessenen Preis einigen." Albrecht schüttelte vehement den Kopf wies auf die Tür und sagte: „Ich würde die Herren jetzt bitten zu gehen. ich habe heute wirklich noch einiges zu Tun. Jedes Bild können Sie wählen, dieses Jedoch ist nicht zu verkaufen." Die Beiden standen verdutzt da und konnten diese Reaktion nicht nachvollziehen. „Nun warten sie doch, ich – ja ich wollte sie mit meinem Kaufangebot nicht erschrecken oder beleidigen. Nur wenn es schon nicht zum Verkauf steht, dann lassen sie es doch bitte wenigstens nicht hier in dieser Kammer verrotten. Ich würde vorschlagen, dass wir es Rahmen und im Theater ausstellen." Albrecht merkte jetzt wieder, dass er zu gereizt und zu sehr reagiert hatte, das machte ihn verdächtig und er wollte gerade nicht irgendein Verdacht erwecken. Er nickte, und stimmte den Vorhaben wortlos zu. Die beiden schauten sich noch die anderen Gemälde an, die sicher alle nicht an das Bildnis von Lucy herankamen, aber es wurden doch drei Bilder gewählt. Herr Reimers versprach einen großzügigen Preis zu bezahlen und die Beiden waren im Begriff wieder zu gehen als Albrecht noch eine Bitte äußerte. „Wäre es möglich, dass ich noch zwei Karten für die Mittwochvorstellung bekommen könnte?" Herr Reimers musste lächeln und stimmte versöhnlich zu, er solle sie an der Rezeption abholen und nur sagen, dass diese auf seine Rechnung gehen.

Der Arbeitsalltag verging ohne große Vorkommnisse. Er kam am heutigen Tage nur schleppend voran und Herr Reimers bestand darauf das Bild von Lucy noch heute in den Eingangsbereich des Theaters zu platzieren. Es wurde in einem edlen Rahmen gepackt und für jeden der durch die Eingangstür trat war es gut sichtbar. Die Reaktionen waren mehr als positiv, denn jeder der vorbeikam, blieb kurz stehen, schaute darauf und erkannte etwas wunderbares. Albrecht empfand es nicht gerade als angenehm, dass seine Lucy für jeden sichtbar, aber für niemanden verständlich war. Das Lob, dass er für dieses Gemälde am heutigen Tage erhielt, verstummte direkt in seinen Ohren. Er wollte nichts hören von Kunst und irgendwelchen Superlativen, im tiefsten inneren wollte er es wieder in seinem Keller wissen. Wilhelm stand lange vor dem Bild und als Albrecht gerade den Eingangsbereich saugte, rief er ihn heran. „Sag, mein Freund, kann es wahr sein, dass wirklich du das vollbracht hast?" Er kratzte sich an die Stirn und antwortete: „Es ist von mir, doch es ist ganz und gar nicht richtig, dass es hier steht." Die verwunderten Augen von Wilhelm musterten ihn genau. „Es ist dir nicht recht? Was meinst du damit? Ich habe schon gehört, dass du es nicht verkaufen willst, doch ein Künstler, der seine Kunst vor der Welt verbergen will, ist doch ein Dieb." Wieder schüttelte er den Kopf und fühlte sich missverstanden. „Ich will es nicht verramschen, es liegt nichts an diesem Bild. Jeder, der es betrachtet sieht nur einen Engel, eine Schönheit und etwas Vollkommenes, etwas absolut Vollkommenes."

„Aber Albrecht, es hat nichts mit Vollkommenheit zu tun. Zweifelsohne ist sie sonderbar schön, doch bei weitem nicht perfekt. Sie hat ein kleines Muttermal auf der Stirn und ihre Lippen wirken hier und da spröde. Auch befindet sich ein kleiner Fleck unterhalb ihres rechten Auges." Albrecht stampfte erzürnt mit dem rechten Fuß auf und sprach mit lauter Stimme: „Es reicht! Das ist es, was ich meine! Niemand würde dieses Bildnis verstehen. Niemand kann sehen was dahinter steckt, jeder würde nur bewundern oder kritisieren, aber keiner könnte sehen, wer sie wirklich ist. Was nutzt ein Bild, wenn man nicht sehen kann, was gemeint ist? Du siehst ein Muttermal und einen Fleck unter dem rechten Auge als ein Makel an, dabei ist es Teil ihrer Göttlichkeit! Das Bild wird nicht verkauft, da es nicht verstanden wird, da es nicht gelungen ist." Wilhelm lächelte vor Freude seines Eifers. „Welch eine Freude dir zuzuhören. Die Lebenswelt der Porträtierten scheint dir wirklich am Herzen zu liegen. Wir leben in einer Medienübersättigten Zivilisation, Porträtfotografien sind schlichtweg inflationär und allgegenwärtig und ganz und gar blass, fade, ausdrucks- und bedeutungslos. Doch welch ein Glück, dass es jemanden wie dich gibt, der alles zeigen will, nicht nur das vordergründige, mir scheint auch das abgründige. Doch mein Freund, es wird immer eine nichtsichtbare Seite des Menschen geben, wir zeigen eben immer nur das, für was wir bereit sind den Preis zu zahlen. Du bist ein wahrhaftiger Künstler, doch auch deine technischen Fähigkeiten haben grenzen, die Gesamtheit eines Wesens kann niemals in einen Moment erfasst werden." Das

Bildnis von Lucy war für ihn eine Offenbarung, die niemand auch nur im geringsten als Offenbarung oder Problem wahrnahm. Die Worte von Wilhelm, zeigten es und ließen ihm verstehen und verstummen. Er wollte nicht versuchen einen Blinden die Farbe zu erklären, also schwieg er. Wilhelm betrachtete noch eine ganze Weile das Porträt und lobte ihn für den ein oder anderen gelungenen Blickwinkel. Nach einer kurzen Pause fragte er neugierig: „Nun sag mir aber, wer ist diese Grazie auf dem Bild? Du scheinst große Gefühle für sie zu haben. Hast du ihr Herz mit dem Gemälde gewonnen?"

„Es macht keinen Unterschied, wenn ich dir einen Namen nenne. Ihr Herz gewinnen bedeutet nichts Gutes und ist wohl nicht möglich."

„Mir scheint du sprichst gern in Rätseln. Doch auch vollkommen egal, lass dir von einem guten Freund einen Rat geben. Dieses Bild, ist einiges Wert, was auch immer du damit machst, schätze es selbst nicht gering und mache weiter so." Er zückte einen kleinen Zettel aus seiner Hosentasche auf dem eine sehr hohe Summe stand. „Ich will dich nicht verführen, doch ich würde bereuen sollte ich es nicht probiert haben." Albrecht schüttelte nur den Kopf, warf ihm den Zettel vor die Füße und schritt davon.

Er stand vor dem kleinen Frisörladen, der unscheinbar und versteckt zwischen einem kleinen Kiosk und einem Schuhladen sein Dasein fristete. Einzig das verblichene Schild mit einer Schere und einem Kamm darauf verriet, dass hier ein Handwerk betrieben wurde . Er schaute sich nervös um, denn auf dem Weg dorthin hatte er bereits wieder ihren Duft wahrgenommen. Sie würde also gleichkommen, urplötzlich auftauchen und er wusste nicht, wie sie ihm begegnen würde nach dem gestrigen Abend. Er trat eilig in den Laden und begrüßte eine extravagante Frau, die sich sofort bei seinem Hereintreten hinter der Ladentheke erhob und ihn begrüßend anlächelte. Sie trug einen dunklen Blazer und darunter blitzte ein blau weiß gestreiftes Shirt hervor. Ihre roten Haare und die voll tätowierten Arme rundeten das Bild der Frau stimmig ab. „Wie kann ich ihnen helfen?", erklang es aus ihren roten bemalten Lippen. Albrecht erklärte, dass er einen neuen Haarschnitt benötige, und die Frau nickte ihm zu, und pflichtete ihn voll und ganz bei, denn seine Haare waren mittlerweile sehr ungepflegt und lang. Sie wies ihn auf einen Stuhl, legte einen Umhang zum Schutz über ihn und faltete einen Papierkranz um seinen Hals. „Wie hätten Sie es denn gern?", fragte die junge Frau ihn. Doch bei ihren Worten legte sich sofort ein Kloß in seinen Hals, als er in den Spiegel blickte, stand nicht nur die Frau mit dem dunklen Blazer neben ihn, sondern auch Lucy, die ihn wie gewohnt aus ihren blauen Augen heraus betrachtete und ihm einen ungeheuren Schauer einjagte. „Ist alles in Ordnung?", fragte die junge Frau nochmals, da er seine Gesichtsfarbe verlor und auf ihre vorige Frage keine Antwort gab. „Alles in Ordnung", gab er mit gespielt fester Stimme wieder. „Nun dann, sagen sie mir wie ich ihnen die Haare schneiden soll." Lucy stand heute nicht nur regungslos da, sie führte ihre Hand zu ihm hin, er ahnte was gleichkommen würde, sobald sie ihn berührte, passierte stets etwas verrücktes, und er hatte darauf keinerlei Einfluss. Im schlimmsten Fall würde er zuckend zusammenbrechen und die arme junge Frau würde wohl einen Krankenwagen rufen, vielleicht besser gleich einen für die Irrenanstalt dachte er. Sein Herz pochte kräftig und schnell in seiner Brust, die Hand von ihr wies auf seine langen Haare, und sie gestikulierte unmissverständlich, dass diese ab sollten. „Die Haare sollen ab?", flüsterte er gedankenlos und damit rechnend, dass er gleich einen Zusammenbruch erleiden würde. „Ihre langen Haare? Also einen kurzen Haarschnitt?", fragte die Friseurin, die irritiert war, aufgrund seines komischen Verhaltens. Lucy nickte, scheinbar war ihr Wunsch, dass er seine langen Haare ablege, seine langen Haare, die er schon seit... Er erinnerte sich nicht, als Kind hatte er einmal kurze Haare getragen, seitdem jedoch trug er sie lang. „Ich möchte das meine Haare abkommen", sagte er jetzt bestimmt. „Ich möchte einen Kurzhaarschnitt." Die junge Frau schaute ihn fragend und etwas entgeistert an, scheinbar hatte sie mit einer einfachen Aufgabe gerechnet. „Wie kurz wollen wir die Haare schneiden?", sie wies auf eine Länge und macht einen Vorschlag, Albrecht schaute auf Lucy, die verneinend den Kopf schüttelte. Auch Albrecht schüttelte den Kopf. Die Hände von der jungen Frau setzten weiter oben an. Lucy schüttelte wieder den Kopf, auch Albrecht schüttelte wieder den Kopf und sagte entschlossen: „Kürzer!" Die Frau atmete tief durch und fragte die Seiten mit Rasierer? Lucy nickte und Albrecht sagte: „Ja, alles ab und die Seiten mit Rasierer." Die junge Frau machte sich an die Arbeit und verpasste ihm einen modernen Kurzhaarschnitt, er saß dabei gleichgültig auf dem Stuhl und sah mit an, wie seine Haarbracht vor seinen Augen fiel. Lucy stand die ganze Zeit hinter ihm und verzog wie gewöhnlich keine Miene. Sie hatte ihn also berührt, ohne auch nur einen Ausbruch in ihm zu erzeugen, auch das war möglich und lag komplett in ihrer Hand. Er war ein Gefangener, ein Knecht und ein Sklave, der ihrer Meinung und Anweisung unterlag. Das fühlte sich nicht gut an, er merkte, wie er mit seiner Freiheit bezahlte, merkte wie er mit seinem Frieden bezahlte. Sein Gesicht verfinsterte sich und die Friseuse bemerkte es mit Unbehagen. „Sagen sie bitte nicht, dass es ihnen nicht gefällt." Er schüttelte jedoch den Kopf und sagte: „Es ist genauso, wie es sein soll." Die junge Frau war nach einer Weile fertig und entfernte den Umhang, zeigte mit dem Spiegel auf den rasierten Hinterkopf, Lucy nickte und Albrecht nickte ebenso. Er bezahlte und bedankte sich, verließ den Laden und machte sich auf den Heimweg. Er hatte jetzt kurze Haare, und das merkte er bereits an der Kühle an seinem Kopf. Auf dem Heimweg blickte er in Scheiben von Parkenden Autos, sein Spiegelbild war ihm völlig fremd und neu, seine Haare waren weg, er konnte es immer noch nicht glauben. Warum wollte sie, dass er sich die Haare kurz schneiden lässt, sicher musste er zum Frisör aber, was hatte das zu bedeuten? Die Dunkelheit hatte sich bereits über die Stadt gelegt und er lief langsamen Schrittes zu seiner Wohnung, strich sich immer wieder über den Kopf, betastete seine nun kurzen Haare, wusste nicht recht, was er davon halten sollte. Sina ging ihm durch den Kopf, würde es ihr gefallen? Schließlich stimmte sie einem Date mit einem langhaarigen Albrecht zu, was aber würde sie zu dem Neuen sagen? Überhaupt machte ihm der Gedanke an Mittwoch Angst, er wusste nicht, wie man mit einer Frau umgeht, es war sein erstes Date. Er ist 38 Jahre, damit schon lange nicht mehr jung, im Gegenteil, er merkte, wie alt er war und fühlte sich sogar noch älter. In ein paar Monaten würde er 39 Jahre werden, das ist quasi die 40, das ist, ohne lange drumherum zu reden steinalt und merkwürdig für so ein junges Ding. Sina war vielleicht 28 Jahre, sie sah jedoch deutlich jünger und dynamischer aus. Was würde man über ihn sagen? Das er jetzt seinen Johannistrieb nachgibt? Desto mehr er darüber nachdachte, umso weniger Mut konnte er schöpfen. Er musste sich mit ihr unterhalten, es war ja gut, dass sie ins Theater gingen, in der Vorstellung ist ein Gespräch nicht möglich, das schenkte ihm Stunden des Schweigens und nichts sagen müssen. Doch davor musste er reden, würde er Blumen kaufen? Wäre das zu viel? Auch danach musste er reden, doch worüber, sie würde ihn bestimmt wahnsinnig komisch und albern finden, wenn sie es nichts bereits tat. Am besten er würde das Treffen absagen und jeden Ärger aus dem Weg gehen. Ja! Das würde er tun, er fasste den Entschluss und wollte gleich zu ihr gehen. Das Lokal, in dem sie arbeitete, war nur Minuten entfernt und er lief gezielt in ihre Richtung. Er würde ihr sagen, dass es nicht funktionieren würde, dass er etwas anders vorhatte oder ihm etwas dazwischengekommen wäre. Wie sollte das auch weiter gehen? Was würde er tun, wenn sie sich am Ende in ihn verliebt? Er konnte sich die Szene nicht vorstellen, was würde passieren, wenn er sie in sein kleines Leben ließe? Sie wäre früher oder später enttäuscht von ihm, sie würde seine Unzulänglichkeiten am Anfang nicht bemerken, doch mit der Zeit würden sie ihr auffallen, ja nicht nur ihr, nein auch ihm würden sie dann, wie Schuppen von den Augen rieseln. Es würde in Enttäuschung und Schmerz enden, Liebe endet immer in Enttäuschung und Schmerz. Er sollte allein bleiben, diese Zweisamkeit ist nicht für ihn gemacht. Er konnte das Lokal bereits sehen, in dem sie arbeitete. Doch sein entschlossener Gang wurde von dem erneuten Geruch von Lucy unterbrochen. Schonwieder Sie? Lucy war ja auch ein Faktor, den er in keine Rechnung mit einbeziehen konnte, wie sollte das gehen? Was wenn sie eben nicht verschwand, sobald Sina in der Nähe war? Eine Menage a Trois wäre keine Lösung, irgendeine von den Beiden müsste dann gehen. Er schaute sich nervös um, doch auch wenn er sie roch, konnte er sie noch nicht sehen. Er lief weiter auf das Lokal zu, in das man von außen hineinsehen konnte, da es zwei große Fenster besaß. Ja, sie kellnerte auch heute, sah elegant und reizend aus, wie auch schon vor ein paar Tagen. Es waren nicht viele Gäste an diesem Tag im Restaurant, und sie hätte bestimmt für sein Anliegen kurz Zeit. Als er zur Eingangstür schritt stand urplötzlich Lucy da. Er schreckte zusammen, da binnen Sekunden noch niemand dort zu sehen war. Er schaute sie mit entsetzten Augen an, ahnte was sie wollte, wusste dass er jetzt nicht zu Sina kommen würde, Lucy würde es verhindern. Es schien als wolle sie, dass er sich mit Sina treffe, es schien als würde sie alles arrangieren und ihm gar keine Wahl lassen. Er machte kehrt und lief eilig davon, ohne mit Sina zu reden, ohne die Sache zu klären und ihr eine Ausrede für Mittwoch vorzutragen. Er lief eilig und ohne Umwege zu seiner Wohnung, hatte hastige Gedanken und peinvolle Vorstellungen in seinem Kopf. Wollte nicht dieses Leben führen, wollte nicht von einem Schatten im Verstand durch sein Leben gejagt werden. Wie sollte das funktionieren, heute hatte er sich die Haare geschoren und was kommt morgen? Er war nicht mehr der Kapitän seines Lebens, er war fremdgesteuert und nicht selbstbestimmt. Wie sollte alles werden, wenn er gar keinen Einfluss darauf hatte, wenn er ein einfacher Spielball einer höheren Macht war? Als er seine Wohnung betrat war sie bereits da und wartete auf ihn. „Was machst du aus mir?", schrie er ihr entsetzt entgegen. „Du machst einen Narren aus mir. Schau wie ich aussehe. Was ich auszustehen habe wegen dir. Verschwinde und gib mir meinen Frieden wieder." Natürlich bekam er keine Antwort. „Du zwingst mir deinen Willen auf. Du lässt mich an nichts anderes denken und beeinflusst alle meine Handlungen. Warum tust du das? Womit habe ich das verdient?" Er brach zusammen, sackte auf seine Knie und weinte bitterliche Tränen der Verzweiflung. „Verschwinde", schrie er ihr erneut laut entgegen. „Verschwinde", erklang es erneut wie ein leiser Widerhall aus seinem Mund. „Verschwinde", flüsterte er leise vor sich hin. Keine Antwort, kein veränderter Gesichtsausdruck von Lucy, nur ihr immerwährend schöner Blick. „Du verfolgst mich auf Schritt und Tritt und bist da, wenn ich nachhause komme, du manipulierst mein Verhalten und bestimmst meinen Alltag, fesselst mich und zwingst mich auf die Knie, singst mich in den Schlaf, nur um mich am nächsten Tag erneut zu peinigen." Er schüttelte den Kopf und stand langsam wieder auf, schritt zu seinem Sessel und setzte sich resigniert und ermattet auf das weiche Polster. Seine müden Augen blickten ins Leere, seine Gedanken waren erschöpft vom ständigen Suchen eines Ausweges. Doch es gab ja einen. Es gab immer einen Ausweg, immer eine letzte und gültige Lösung. Langsam stand er auf, schritt zur Balkontür und öffnete sie. Er rechnete damit, dass Lucy ihn jeden Moment stoppen würde und er wieder gelähmt und bewegungsunfähig wäre, doch es geschah nichts, sie ließ ihn gewähren und griff nicht ein. Er schritt langsam und bedächtig nach draußen, der kalte Wind blies ihm scharf um die Ohren. Er griff mit seinen Händen fest und bedeutend ans Geländer, blickte in den Abgrund und spürte einen leichten Schwindel aufkommen. Das Ende lag dort unten und alles könnte aufhören, wenn er seinem Verlangen nachgäbe, wie gut und befreiend, dass er einfach springen, dass niemand etwas dagegen tun konnte. Aber würde sie es zulassen? Würde Lucy es erlauben? Sobald er zum Sprung ansetzen würde, wäre es vorbei, da sie ihn stoppen würde. Er atmete tief ein. Stellte sich vor wie er kopfüber auf dem Boden krachen würde, wie er sein Genick brechen und seine Knochen zersplittern würden. Alles vorbei und alles Leben wäre verlebt und hinüber. Keine Gefühle, die quälen, keine Gedanken, die hastig kreisen, keine Sorgen und Nöte. Seine Hände pressten sich jetzt so fest um das Geländer, dass das Blut aus seinen Fingerkuppen wisch. Er schloss die Augen und stellte es sich ganz deutlich vor, in seinem Kopf konnte er alles, seine Gedanken waren frei, diese konnte sie nicht fesseln und manipulieren, hier konnte er sich seinen Ausweg mit vergnügen kunterbunt ausmalen. Langsam öffnete er die Augen wieder, schaute in die Ferne und ließ seinen Blick wieder begierig Richtung Abgrund gleiten. Er löste den festen Griff, stand noch eine ganze Zeit wie versteinert auf seinen kleinen kargen Balkon. Warum lohnt es sich weiterzuleben? Das Wissen, so dachte er immer, dass man bei einem Selbstmord auch immer Freunde, Familie oder liebende Menschen mit in den Abgrund zieht, ist wohl der größte Hemmschuh. Doch nichts von allem war bei ihm vorhanden. Und doch vermochte er nicht zu springen, und doch gelang es ihm nicht diesem Leben zu entsagen. Er betastete gedankenversunken das kleine rote Feuerzeug in seiner Hosentasche. Was er besaß, war Lucy. Ja gewiss würde sie ihm sowieso daran hintern. Ihn, Albrecht Goni, den Knecht eines Geistes. Er ging wieder in die Wohnung. Lucy war weg, dort wo sie ihn gerade noch aus ihren blauen Augen heraus angeschaut hatte, war jetzt ein leerer Stuhl und lag eine nichtgelesene Zeitung. Er setzte ich wieder auf seinen Sessel und blickte noch lange einfach ins Leere. Schließlich holte er seinen Skizzenblock, öffnete ihn und malte sie aus der Erinnerung. Zeichnete ihre volle Figur auf dem Balkon, an dem Platz, an dem er geradestand und in den

Abgrund blickte, ohne dass er sie jemals dort gesehen hatte, zeichnete er sie in ihrer vollen Pracht und Würde, wie sie hinabblickte und ihre Gedanken sollten auch einen Ausweg finden, denselben Ausweg, den er gerade nachging. Auch sie sollte es spüren, sein Verlangen, auch sie sollte es begierig und sehnsuchtsvoll vermissen, das Gefühl von absoluter Freiheit. Lange saß er dort, lange und versunken in seine Zeichnung saß er und ließ sich von nichts und niemanden ablenken. Am Ende des Abends legte er die fertige Zeichnung beiseite und merkte wie erschöpft er wirklich war. Der Kummervolle Schlaf legte sich über seine Augen.

Kapitel 7

„Sag bist du es?", waren die Worte von Wilhelm, der ihm früh in seinen kleinen Keller besuchte. „Ich muss schon sagen, der unscheinbare Hausmeister wird zum gutaussehenden Künstler binnen weniger Tage. Du verstehst sicher, dass ich beeindruckt bin." Albrecht zog gerade seinen Blaumann an und schaute überrascht auf Wilhelm, der lässig hereinspazierte. „Nein, deinen Eindruck kann und will ich nicht verstehen, sag einfach was du willst, ich habe eine Menge zu erledigen heute." Wilhelm betrachtete beim lässigen Durchschreiten des Kellers die umstehenden Gemälde und sagte wie beiläufig: „Ich habe gehört du hast eine Verabredung morgen, im Theater?"

„Woher weißt du das?", fragte Albrecht erschrocken, da er eigentlich der Meinung war, dass niemand davon wissen könne. „Nun, du wirst nicht überrascht sein, dass die Leute von dir reden. Ja sie reden nicht nur, nein sie schwatzen über den begnadeten Künstler, der vor Wochen noch ein unscheinbarer Hausmeister war, der nach Whisky und kleinen Leben gerochen hat. Dein Kunstwerk steht gut sichtbar im Eingangsbereich und jeder will wissen, wer du bist. Und zwei Karten für die Galotti? Man muss kein Sherlock Homes sein, hier reicht eine gesunde Neugierde." Albrecht schaute ihn scharf an. „Mir wäre lieber du besäßest eine gesunde Zurückhaltung."

„Nun, ich für meinen Teil interessiere mich auch nicht für deine weiblichen Eroberungen, meine Neugierde gilt viel mehr deinen Gemälden. Sag mir, hast du bereits neue Bilder?" Es gefiel ihm nicht, dass Wilhelm ein so ausgeprägtes Interesse an ihm zeigte, doch er öffnete seine Arbeitstasche und zückte seinen Zeichenblock, er zeigte ihm das Bild, dass er gestern Abend skizziert hatte. „Diese Frau hat es dir angetan, nicht wahr? Doch das Bild ist – überaus gut." Wilhelm schaute lange fokussiert und aufmerksam darauf. „Bravo, ausdrucksstark und einfach gelungen." Das Talent derer die es scheinbar in Überfluss besitzen, zieht beständig auch Menschen an, die es selbst bei sich vergeblich suchen. Wilhelm war eben dieser vergeblich suchende und er hatte ein unglaubliches Interesse daran es bei Albrecht zu finden und sich dabei vielleicht selbst in ein rechtes Licht zu rücken. „Ich will unbedingt, dass du weiter malst, nicht diese langweiligen Landschaftsbilder, Bilder wie dieses. Sie wirken so echt und tiefgründig. Ich könnte eine Ausstellung organisieren, doch dafür bedarf es noch einige dieses Kalibers. Was sagst du dazu?" Er wusste nicht genau, was er dazu sagen sollte, für einen Künstler ist es etwas ganz besonderes, wenn er feststellt das seine Arbeit Anklang bei anderen Menschen findet, doch die Bilder von Lucy waren etwas besonderes für ihn, beschrieben mehr als nur die Schönheit einer einzelnen Frau. Doch es reizte seine Vorstellung eine eigene Ausstellung mit seinen Namen zu versehen, gleichzeitig wurde ihm bange bei solchen Gedanken. „Nun stelle es dir doch nur einmal vor", fing Wilhelm wieder an. „Eine Vernissage, die alle deine Bilder in einem wirkungsvollen Licht darstellt, wir platzieren sie für ein ausgewähltes Publikum und lassen deinen Namen endlich auf der Kunstlandkarte erscheinen." Er schaute Albrecht mit großen und erwartungsvollen Augen an. „Allein wir brauchen noch mehr Bilder von diesem Kaliber." Er wies erneut auf das Bild von Lucy. „Nun wir werden sehen", antwortete er kurz und knapp. „Du bist kein Mann der großen Worte", sagte Wilhelm. „Das sollst du auch nicht sein, nur bitte verschwende nicht dein Talent und konzentriere dich." Albrecht nickte und verließ den Keller mit den Worten: „Schließ die Tür, wenn du gehst." Der Arbeitsalltag verging, ohne dass er sich großer Herausforderungen gegenübersah. Er bemerkte jedoch das seine Mitarbeiter ihn anders anschauten, dass er plötzlich wahrgenommen wurde, wenn er den Raum betrat. Kleine Begrüßungen und neugierige Blicke waren das Resultat seines Bildes, waren das Ergebnis von Lucy. Herr Reimers lief ihm über den Weg, doch anstatt er an ihm schweigend vorüber ging, lächelte er Albrecht an und erwähnte noch, dass seine Bilder wirklich hervorragend ins Büro passten. Auch die Damen im Pausenraum unterbrachen ihr Geschwätz, als er den Raum betrat und grüßten ihn höfflich lächelnd. Alles kleine Gesten, die er vor einigen Wochen noch nie erhalten hätte. Zuerst breitete sich ein unangenehmes Gefühl in ihm aus, da er es als lästig und unbehaglich empfand diese Begrüßungen zu erwidern. Nach einer Zeit jedoch gewöhnte er sich an diese warmen Worte der Mitarbeiter und erst jetzt wurde ihm das Verhalten vor dem Bekanntwerden des Lucy Bildens recht bewusst, was seine Kollegen für ihn in ein noch schlechteres Licht rückte. Als die Arbeitszeit vorbei war, verabschiedeten sich alle freundlichst von ihm und auch er nahm pünktlich seine Tasche und brach auf, da der Geruch von Lucy erneut verheißungsvoll in seine Nase zog. Doch er fühlte keine Überraschung oder irgendeine andere Regung in sich. Es war klar, dass sie heute kommen würde, ja um ehrlich zu sein, hatte er bereits früher mit ihr gerechnet. Bevor er den Heimweg zu seiner Wohnung antrat, wollte er noch eine Abendgarderobe kaufen, da er der Meinung, dass keines seiner Kleidungsstücke einer Frau wie Sina gefallen könnte. Auf seinem Weg erblickte er wieder Frau Kerner, die mit ihrem Hund eine Runde spazieren ging. So gleich erinnerte er sich wieder an das gestrige Gespräch, und er verspürte den Drang nicht von ihr gesehen zu werden, da er ihre Aufdringliche Art heute nur schwer ertragen konnte. Auch konnte es sein das Lucy jeden Augenblick erscheinen würde, er zwang sich zur Eile, damit er alles ohne ihre Präsenz kaufen konnte. Er bog in eine Seitengasse ab und entzog sich somit dem Blick seiner Nachbarin. Nach einer kurzen Strecke gelangte er zum Bekleidungsgeschäft, an dem er schon viele Male vorbei gegangen, jedoch heute das erste Mal hinein ging. Er schritt durch den Laden und konnte sich für keine der ausgestellten Kleidungsstücke entscheiden, ihn verließ schnell der Mut und die Lust irgendein Stück anzuprobieren. „Kann ich ihnen helfen?", erklang eine zarte weibliche Stimme hinter ihm. Sein Blick fiel auf eine sehr junge Frau, dessen roter Wollpullover ihm direkt ins Auge stach, ihre schulterlangen glatten schwarzen Haare fielen elegant und reizend über ihre schmalen Schultern. Nun wollte er schon ablehnen, damit er den Laden wieder verlassen konnte, doch der verlockende Anblick des jungen Dings brachte seine Männlichkeit zum Erklingen und er sagte: „Ja, warum nicht. Ich suche ein Outfit für einen Besuch ins Theater." Sie lächelte entgegenkommend und schritt gleich gezielt durch die Gänge und suchte gezielt Sachen zum Anprobieren heraus. Sein Blick verfolgte mit wohlwollen die schlanke Gestalt, wie sie für ihn durch die Gänge glitt, sein Blick jedoch blieb nicht an ihr hängen, sondern an Lucy, die jäh am Ende des Raumes auftauchte. Auch jetzt gefror ihm weder das Blut in den Adern, noch erhöhte sich sein Herzschlag sonderlich, er wusste ja, dass sie kommen würde, dass es ausgerechnet hier passiert, nun auch das hatte er bereits geahnt. Die junge Verkäuferin, brachte ihm zwei komplette Outfits, die sie ihm lächelnd und mit noch einigen Worten übergab, doch er hatte jetzt kein Ohr mehr für sie, er konzentrierte sich auf Lucy, die langsamen Schrittes auf ihn zukam. Er Verschwand in eine Umkleidekabine und zog das erste Outfit an, es passte und sah an ihm außergewöhnlich ungewohnt aus, da er sich selbst seit Jahren nur in Arbeitskleidung steckte und sich nicht erinnern konnte, wann er das letzte Mal so eine feine Kleidung getragen hatte. Beim heraus treten stand die Verkäuferin immer noch da und neben ihr wie eine gute Freundin stand Lucy. „Wie gefällt ihnen das Outfit? Also meiner Meinung nach steht es ihnen ausgezeichnet." Lucy schüttelte mit dem Kopf. „Ich würde das andere nochmals anprobieren", sagte er und vertraute Lucys Kopfschütteln. Was Mode anging, wusste er, dass er keinerlei

Geschmack besaß, hier vertrauter auf ihre Meinung, die Verkäuferin ist vielleicht eine gute Beraterin, ist jedoch voreingenommen, da sie gern etwas verkaufen will, das merkte er. Er zog auch das zweite Outfit an und fühlte sich ziemlich overdressed darin, als er heraustrat, lächelte die Verkäuferin wieder und sagte dieses sogar noch besser aussehe als das davor. Er schaute auf Lucy die erneut mit dem Kopfschüttelte. „Nein", sagte er entschlossen. „Könnten sie bitte noch ein weiteres suchen, dieses wird es auch nicht werden." Wieder streifte ihr schlanker Körper durch die Regale und nahm das ein oder andere Stück zu sich. In der Zwischenzeit schritt auch Lucy durch die Gänge, zeigte auf eine Hose, und er nahm die Hose, zeigte auf Hemd und Jacke, und er nahm Hemd und Jacke, die sie zeigte. Die Verkäuferin schaute überrascht als er zielgerichtet alles griff. Als er in die Kabine verschwand und alles anhatte, sahen sogar seine Augen, dass es dieses Outfit werden würde. Er trat heraus und die Verkäuferin nickte anerkennend. „Da hätten sie meine Hilfe gar nicht gebraucht", scherzte sie. Auch Lucy nickte ihm anerkennend zu, was bedeutete, dass er genau diese Sachen kaufte. Er bezahlte alles und machte sich auf den Heimweg. Wieder mit dem Wissen das Lucy ihren Willen bekommen hatte, doch was auch immer er ab jetzt tat, sie würde wohl stets ihren Willen bekommen. Er wusste als er die Tür zu seiner Wohnung aufschloss, dass sie bereits da sein würde und auf ihn wartete. Bevor er den Schlüssel jedoch umdrehte und ihr gegenübertrat, erinnerte er sich an Frau Kerner, die den neugierigen Wunsch geäußert hatte, ihren Hund in seiner Wohnung herum schnüffeln zu lassen. Der Gedanke, dass diese Frau oder ihr Hund seine Wohnung betrat, war ihm zwar vollkommen zuwider, jedoch interessierte ihm schon, wie sich die Situation mit Lucy und den

Hund gestalten könnte. Er zog den Schlüssel wieder heraus und entschloss sich einen Aufgang höher bei ihr zu klingeln und sich das gesamte Theater anzuschauen. Auch müsste er Frau Kerner auf der Straße nicht mehr meiden und könnte ihr wieder offen begegnen. Als er an ihrer Haustür klingelte, hoffte er, dass es ihr gerade überhaupt nicht passte und er störte. Der Hund bellte, als die Klingel ertönte und man hörte von draußen Frau Kerner, die ihn versuchte zu beruhigen. „Ach Sie sind es, ich musste zweimal hinschauen, ihre neue Frisur steht ihnen wirklich gut zu Gesicht", begrüßte sie ihn. „Ich hoffe, ich komme nicht ungelegen", log er sie an. „Sie wollten ihren Hund in meiner Wohnung schnüffeln lassen, damit er nichts mehr zu befürchten hat." Frau Kerner nickte eilig und wollte sich nur schnell noch etwas passendes anziehen. Der Kleine Charly machte sich bereits Hoffnung, dass er nochmals in den Genuss eines Abendspaziergangs komme, und schritt freudig vorneweg. Als die drei die Eingangstür von ihm erreichten, fing er sofort an zu bellen und geriet in eine Art Panik als würde ein Gewitter bevorstehen. „Na da siehst du es. Sein Verhalten ist erst seit wenigen Tagen so, und ich bin sicher er würde sich beruhigen, wenn er nur erst feststellt, dass es nichts gibt, vor dem er Angst haben muss." Albrecht zuckte gleichgültig mit den Schultern und öffnete die Tür zu seiner Wohnung. Er trat als erster ein und erblickte Lucy, welche am Küchentisch saß und mit ihrer gewohnten gütigen Körperhaltung verharrte. „kann ich ihn losmachen?", fragte Frau Kerner. „Tun Sie sich keinen Zwang an", antwortete er gleichgültig und war gespannt was wohl gleich passieren würde. Charly rannte in die Wohnung, schnüffelt hier und schnüffelte dort und lief dann kerzengerade auf Lucy zu. Setzte sich vor sie hin und schaute sie einfach nur an, als würde er gut erzogen sein und einen Befehl von seinen Herrchen zum Verbleib erhalten haben. „Es ist erstaunlich, was hat er denn bloß?", sagte Frau Kerner, doch achtete sie eigentlich überhaupt nicht auf den Hund, sondern blickte sich neugierigen Blickes in der Wohnung um. Der Hund konnte Lucy auch wahrnehmen, er merkte, dass sie dort saß, vielleicht konnte er sie nicht sehen, aber doch merkte er, dass sie da war. Lucy beugte sich jetzt zu dem kleinen Hund hin, und Charly wackelte wie wild mit dem Schwanz. Albrecht beobachtete die Szene mit äußerstem Interesse, wohingegen Frau Kerner mehr Augenmerk auf seine Wohnung legte. „Bei ihnen ist es aber düster, ihre kleine Lampe macht ja nicht sonderlich viel Licht. Auch sind ihre Fenster so verdreckt, ich habe ein hervorragendes Gerät zum Fensterputzen, da sind sie in 20 Minuten mit allen Fenstern durch." Die Worte von Frau Kerner überhörte er, denn die Szene zwischen den Hund und Lucy begeisterte ihn viel mehr, als dass er ihre belanglosen Putztipps überhaupt wahrnahm. Er war nicht verrückt, dieser Hund konnte auch sehen, was er sah, dieser Hund war seine Rettung und seine Absicherung, dass er nicht verrückt oder wahnsinnig sei. „Das ist großartig", flüsterte er begeistert vor sich her. Frau Kerner schaute ihn an und dachte er meine ihr Tipp zum Fensterputzen. „Ja, das geht superschnell und das Ergebnis ist viel besser." Lucy beugte sich jetzt langsam zu Charly herunter und begann ihn zu streicheln, worauf hin er sich auf den Rücken drehte, damit sie seinen Bauch verwöhnte. „Verrückter Hund", bemerkte Frau Kerner. „Aber das habe ich gemeint, jetzt wird er sicher nicht mehr bellend an der Wohnung vorbeilaufen. Sagen sie, haben sie diese Bilder selbst gezeichnet?" Sie hatte eine herumliegende Skizze von Lucy entdeckt und sie sich sofort unter den Nagel gerissen. „Sie können aber gut malen, es ist ja gerade so, als würde man dieser bezaubernden Frau gegenübersitzen. Sagen sie, sind sie Künstler?" Albrecht nickte, war jedoch noch immer der Szene mit dem Hund zugewandt. „Ja hervorragend, einfach hervorragend", gab sie begeistert wieder und entdeckte eine Zeichenmappe, in der sie unverblümt und ungefragt anfing, herumzublättern. „Die sind ja wunderschön", sagte sie mit dem Blick auf Albrecht gerichtet. Jetzt wurde es ihm bewusst und unangenehm, dass das Hauptaugenmerk nicht auf ihren Hund lag, sondern auf die alleinige Neugierde dieser Frau. Er mochte nicht, dass sie so herumschnüffelte und sagte: „Ich bin sicher, dass ihr Hund nun besser schlafen kann, nachdem er nichts mehr in meiner Wohnung zu befürchten hat. Ich muss sie bitten, denn ich habe noch einiges vor heute. Dabei wies er höfflich und bestimmt auf die Tür. Die Nachricht kam bei Frau Kerner an und sie bedankte sich herzlich für sein Verständnis und seine Zeit, die er opferte. Charly ließ sich nach wie vor von Lucy verwöhnen und als sie aufhörte ihn zu streicheln, richtete er sich wieder auf und blickte sie erwartungsvoll an. Als Frau Kerner ihn rief, bewegte er sich keinen Meter, erst als Lucy ihm das Zeichen zum Gehen gab, entfernte er sich eilig und ohne Umwege aus der Wohnung. „Was für ein komischer Hund", bemerkte Frau Kerner noch. „Wissen sie, meine Freundin hat etwas übrig für Kunst, ich kenne sie schon lange, nur hat sie leider so selten Zeit für mich, immer kommt ihr irgendwas Wichtiges dazwischen. Wie dem auch sei, sie ist auf der Suche nach jemanden der so eine künstlerische Ader besitzt, wie sie sie eben haben. Darf ich ihr ihren Kontakt vermitteln? Vielleicht können sie sich gegenseitig nützen?" Albrecht nickte gleichgültig, denn er war nur froh, dass diese Frau seine Wohnung jetzt wieder verließ. Er schloss die Tür und blieb allein in seiner Wohnung zurück, er musste Lächeln, da er ein beglückendes Gefühl in sich spürte. Nein, er war nicht verrückt! Er hatte nur ein Gespür oder Instinkt, welcher wohl nur Tieren vorenthalten war. Diese Erkenntnis lies ihn innerlich jubeln und frohlocken. „Es besteht also Hoffnung", sagte er zu Lucy gewandt. „Ich bin nur ein Tier, gleich einem Hund. Nur das der Hund mehr liebe erfährt, als du mir jemals zugestehen wirst." Lucy hob ihren Arm und zeigte auf den Skizzenblock. „Was willst du mir sagen?", fragte er überrascht über ihre plötzliche Geste. „Willst du die Bilder sehen?" Lucy schüttelte mit dem Kopf. Er überlegte und lief bedächtig zu dem Zeichenblock hin. „Willst du, dass ich zeichne?" Jetzt nickte Lucy. „Du willst, dass ich dich zeichne?" Wieder nickte sie zustimmend. Er blickte jetzt abwechselnd auf Sie und die bereits gefertigten Zeichnungen. „Wie willst du dargestellt werden?" Lucy zeigte keinerlei Regung und blieb einfach sitzen. Er verstand dies als Hinweis, dass er sie in dieser Position zeichnen sollte. Er rückte alles zurecht und richtete alles für seine Arbeit her, setzte sich genau vor sie und fing an sie erneut zu porträtieren. Ihr Arm lag ruhig auf dem Küchentisch, ihr Blick schaute diesmal aber nicht direkt ihn an, sondern schaute aus dem Fenster in die Ferne. Ihre Beine waren gekreuzt, gerade so als würde sie ruhig und doch etwas klaglos auf jemanden warten, gerade so als würde sie von jemanden Träumen und seine Ankunft ersehnen. Es lag diesmal nicht dieser zufriedene gütige Ausdruck auf ihren Lippen, diesmal wirkte ihr Gesicht sorgenvoll, als säße eine dunkle Ahnung in ihrem Kopf. Er versuchte alles einzufangen, ihre hohe nachdenkliche Stirn, ihre langen würdevollen Haare und auch diesen kleinen braunen Fleck an ihrem Ohr. Alles musste gelingen, jeder Ausdruck sollte dieses Bild widerspiegeln, jeder Faser ihrer Selbst sollte zu erkennen sein. Er konnte nur deuten welchen Kummer sie im Herzen trug, konnte nur ahnen welche dunklen Schauer sie bewegten. Er saß lange, Stunde für Stunde, ohne Pause und ohne Unterbrechung zeichnete er sie. Er war wieder wie in Trance, merkte nicht die schmerzenden Finger, die müden Augen oder irgendeine Erschlaffung seiner Konzentration. Erst als das Bild komplett fertig, und sie genau wie sie vor ihm saß, auf dem Bild erschien, erst dann ließ er den Stift fallen, erst dann protestierte sein Körper und er bekam die Rechnung für seine unerbittlichen Mühen präsentiert. Sein Rücken schmerzte, durch seine unnatürliche Haltung, seine Hände krampften und seinen Kopf schmerzte. Als wäre er die gesamten Stunden wie betäubt und fernab von dieser Welt. Er legte das gezeichnete Bild zitternd und ermattet vor sie hin, sie blickte darauf, und nickte. Albrecht ließ sich komplett erschöpft auf sein Sofa fallen. In dem gleichen Augenblick erklang ihr einschläferndes Summen. Er schloss die Augen und lauschte ihrer süßen Melodie, sog alles in sich auf und noch bevor er wusste, wie ihm geschah, verfiel er in einen tiefen Schlaf.

Kapitel 8

Der nächste Morgen begann mit einem stechen im Kopf und Schmerzen an den verschiedensten Teilen seines Körpers. Die Wohnung war leer und niemand befand sich mehr darin. Seine Erinnerung schlich sich langsam wieder in seinen Kopf und er lief langsam zu dem gestrig angefertigten Porträt von Lucy. Er blickte lange darauf, schaute das Papier mit kritischen Augen an, als würde sich darauf eine wichtige unverständliche Botschaft befinden. Vorsichtig steckte er das Bild in die Zeichenmappe zu seinen anderen Skizzen, die Mappe packte er in seine Arbeitstasche. Es war ein ruhiger milder Novembertag, der Wind hatte die letzten Tage scharf geweht und sollte ein Baum noch irgendein Blatt besessen haben, dann wurde es ihm jetzt auch geraubt. Es war kein normaler Arbeitstag, es war jener, an dem er Sina treffen würde, eine junge, schöne Frau, die sich auf ein Date mit ihm eingelassen hatte. Mit ihm, den wortkargen, unbeholfenen Hausmeister. Er wusste noch nie zu überzeugen, wie sollte er ihr gerecht werden, wie konnte er ihr einen schönen Abend schenken? Es machte sich ein banges Gefühl in seinen Magen breit, er fühlte sich als hätte er eine Prüfung, für die er zwar Stift und Papier besaß, jedoch das abgefragte Wissen überhaupt nicht verstand. Er verließ seine Wohnung und wie verabredet traf er Frau Kerner, die mit ihren Hund Charly an ihm vorbeilief. Ohne murren und knurren, ohne auch nur eine Reaktion zu zeigen, ging der Hund an der Wohnung vorüber. „Na was sagen sie dazu?", brach es aus Frau Kerner heraus. „Wenn der Reiz des Unbekannten weg ist, so erscheint das Bekannte nicht mehr reizvoll." Beide nickten sich zufrieden zu und gingen schweigend die Treppe hinab. Der Hausflur roch an diesem Tag sonderlich normal, nur im Erdgeschoss verbreitete sich ein unangenehmer Geruch. Frau Kerner bemerkte diesen Ebenfalls, drehte sich zu ihm um und flüsterte halblaut zu ihm gewandt: „Das kommt von den Heinrichs, das weiß ich. Der Mann ist ganz schlimm leberkrank und die Frau raucht täglich mehrere Aschenbecher voll. Das sind Zustände, sag ich dir. Ich habe schon geschaut, da kann man aber nichts machen. Man kann nur hoffen, dass sie bald ausziehen. Ganz schlimm… Ich sag nur ganz schlimm." Er nickte ihr gleichgültig zu und holte sein Rad aus dem Keller, während sie in ihrem blauen Mantel davon schritt. Sein Arbeitsweg war wenig spektakulär, er nahm seine Umwelt nicht wahr, da er sich mehr in seiner Gedankenwelt aufhielt. Wie sollte er Sina gerecht werden, was würde er tun, wenn Lucy permanent anwesend sein würde. Er spielte mit dem Gedanken ihr einfach abzusagen, ja vielleicht würde auch sie absagen und es würde nie zu einem Treffen kommen. Wie glücklich wäre er darüber. Dann war da noch das Bild, dass er gestern von Lucy angefertigt hatte. Warum wollte sie, dass er sie porträtiert? Sie war sicher nicht eitel oder selbstverliebt, wenn sie nur zu ihm Kontakt aufnehmen konnte, ja vielleicht sah sie es als Möglichkeit im Diesseits einen Platz einzunehmen. Mit all diesen schwer Gedanken fuhr er am Park vorbei und mit all diesen unheilvollen Vorstellungen überquerte er die zwei Ampeln, die heute beide rot leuchteten und ihm zum Anhalten zwangen. Kurz bevor er das Theater erreichte, wanderte ihr klarer Duft in seine Nase, dies holte ihn binnen Sekunden von seinen Sinnieren wieder in die Realität zurück. Er stieg vom Rad und hielt Ausschau, ob er sie irgendwo erblicken konnte. Alle seine Aufmerksamkeit befand sich nun wieder im hier und jetzt, seine Nerven spannten sich nun an und er erwartete, dass er ihr sogleich begegnen würde. Und ihr Anblick ließ auch nicht lang auf sich warten, sie stand am Eingang des Theaters, als würde sie auf ihn warten. Er schritt an ihr vorbei, schaute sie andächtig an und lief weiter Richtung Keller. Im Keller stellte er wie gewohnt seine Tasche ab und machte sich bereit für sein Tagewerk. Er holte auch seine Zeichenmappe heraus und betrachtete nochmals das Porträt, das er gestern von ihr angefertigt hatte, es war sonderbar und befremdlich, ihr Gesicht schien er fast perfekt getroffen und doch wirkte es merkwürdig und eigen. Anders als das Bild, das im Eingangsbereich stand, hatte dieses eine eigenwillige Komponente, die er nicht erklären konnte. Warum schaute sie wartend und ungewiss in die Ferne? Warum dieser bange Gesichtsausdruck, dieses besorgte Gesicht? Er legte es auf die Werkbank unter die Lampe und schaute noch eine ganze Weile darauf. Was war es was sie zu einem Sorgenvollen Gesicht bewegte? Warum sollte er sie in dieser Pose zeichnen? Alles nachdenken würde zu keinem Ergebnis führen, er machte das Licht abrupt aus und widmete sich seinem Tageswerk. Die Kollegen, die er heute traf, begrüßten ihn genau wie gestern sehr freundlich und aufgeschlossen, nannten ihn teilweise sogar bei seinen Namen und waren ihm sehr zugewandt. Natürlich könnte man sich über diese Tatsache freuen, doch an dem heutigen Tag unterschied sich etwas, von all den anderen Tagen bisher. Lucy war permanent anwesend, als er die Sitzplätze kontrollierte, stand sie starr und regungslos mitten im Raum, als er das Laub vom Gehweg blies, beobachtete sie ihn mit wachsamen Augen, als er die Toiletten reinigte war sie ebenfalls anwesend, genauso als er im Eingangsbereich saugte. Es gab keine

114

Minute, indem er sie nicht sehen konnte und er nicht von ihr beäugt wurde. Alles, was er machte, alles, was er tat, war einzig und allein so zu tun, als wäre sie nicht da. Es kam zu Situationen, in denen sich Mitarbeiter mit ihm unterhalten wollten, belanglose Interaktionen, in denen er sich konzentrieren musste, um nicht permanent zu ihr zu blicken. Er wusste zu was sie im Stande war, ein Fingerzeig und er würde zu Boden gehen, eine Geste von ihr und er würde gehorchen müssen. Er scheute heute den Frühstücksraum, da er wusste sie würde auch dabei sein, und das würde dazu führen, dass er nicht in Ruhe sein Schinkenbrot essen konnte, das würde dazu führen, dass er sich gegenüber seinem Kollegen komische verhalten würde, komischer als ohnehin schon. Er setzte sich also in seinen Keller und aß wieder für sich allein, doch auch das wollte nicht gelingen, den Lucy stand ihm wie ein Schalk im Genick, was dazu führte, dass er kein Bissen hinunter bekam. Also stand er schnell wieder auf und machte sich erneut an die Arbeit, nervös und angespannt, gedankenvoll und voller Sorgen in seinem Kopf. Bei jeder Arbeit, bei jedem Handgriff und einfach allem, was er tat, war sie dabei. Sogar als er auf Klo ging, um seine Notdurft zu verrichten, stand sie vor der Tür der Kabine und wartete auf ihn. Er kam sich vor wie ein Gefangener, dem der Wärter keine Privatsphäre erlaubte. Kleine Arbeiten fielen ihm heute schwer, gingen ihm nicht so leicht von der Hand wie gewöhnlich. Die einfachsten Arbeiten wurden schlampig ausgeführt und gaben selbst ihm nicht das gewöhnlich befriedigende Gefühl. Er blickte permanent auf die Uhr, da er nichts sehnlicher erwartete als den Feierabend. Einfach raus, aufs Rad und fliehen vor ihr. Doch die Zeit verging heute nicht besonders schnell, im Gegenteil, in Momenten dachte er sogar die Uhr würde gar nicht funktionieren, und es würde ihn nicht wundern, wenn Lucy auch die Zeit beeinflussen konnte. „Ihre zwei Karten für die Galotti", erklang es hinter ihm, als er gerade dabei war die Schranktüren im Frühstücksraum einzustellen, es ihm aber auch nach unzähligen Anläufen nicht gelingen wollte. Es war Wilhelm, der ihn argwöhnisch beobachtete. Er hatte zwei Karten in der Hand und hielt sie ihm entgegen. Albrecht wollte sie nehmen und formte ein leises „danke" auf seinen Lippen. „Wir sind schon alle sehr gespannt mit wem sie heute kommen werden. Man hegt die leise Hoffnung, dass es die Schönheit auf ihren Bildern sein wird. Ist es so? Bringen sie ihre Muse heute Abend mit?" Er schaute ihn mit neugierigen Augen an und wartete ungeduldig auf die Antwort. „Nein", es wird mich eine Freundin begleiten. Nicht... Die Frau auf dem Bild." Er konnte die Enttäuschung in Wilhelms Gesicht erkennen. „Wie dem auch sei, man freut sich den Künstler heute Abend im Theater begrüßen zu dürfen. Wir sehen uns dann, bis dahin, mache keine Dummheiten und besorg Blumen. Das Herz einer Frau erfreut sich an einfaches Grünzeug mehr als an tausend Worten. Ein Blumenstrauß wird auch morgen noch gefallen, wird vielleicht einen ungeschickten Liebhaber wieder ins rechte Licht rücken." Er verließ den Raum und ließ einen verwirrten Hausmeister darin zurück. Er musste heute mit Sina ins Theater, er konnte ihr nicht absagen, das würde nicht nur Lucy nicht zulassen, auch seine Kollegen warteten bereits neugierig auf ihn. Sollte er jetzt der Vorstellung fernbleiben, dann würde er sich wieder verdächtig machen. Er hatte nicht so viele Gedanken an Sina verschwendet, da er mit seiner aktuellen Situation mehr zu kämpfen hatte. Er schaute Lucy an, die am Ende des Raumes leise und geduldig wartete. Ja Blumen wären keine schlechte Idee. Er würde dann nochmal beim Floristen anhalten. Er hatte selbst schon darüber nachgedacht, doch war sich bisher zu unsicher, ob diese Geste nicht vielleicht einen Tick zu viel wäre. Doch Wilhelm befeuerte seine Meinung und so ging er nach Feierabend nochmals zum Blumenladen um die Ecke. Als er den Laden betrat, roch es nach Tulpen und Tannennadeln, denn der Laden hatte viele Kränze auf Lager, einen richtete eine Verkäuferin sehr akkurat her, auf ihm war zu lesen „Die Menschen schlafen, und wenn sie sterben, erwachen sie." Albrecht lief unsicher durch den Raum, was die Floristin durch ihre große Brille bemerkte, und ihn höflichst fragte, ob er ihre Hilfe benötigte. Er verneinte diese Frage und schaute sich die bereits hergerichteten Sträuße an, die überall im kleinen Lädchen herumstanden. Schließlich packte er sich beherzt einen Strauß, der nicht zu groß, doch aber auch nicht zu klein daherkam. Lucy stand ebenfalls im Laden, und zwar direkt neben der Verkäuferin, die wieder ihre volle Konzentration dem Totenkranz widmete. Lucy schaute auf den ausgewählten Strauß und schüttelte den Kopf, woraufhin er ihn wieder dorthin platzierte, von wo er ihn herhatte. Er zeigte auf einen Strauß, der etwas kleiner und unscheinbarer wirkte, und wieder schüttelte sie den Kopf. Die Verkäuferin bemerkte, dass er auf etwas zeigte, und dachte, dass er etwas wissen wollte. „Rosen, Santini und Alstromerien. 15 Euro. Wollen Sie ihn kaufen?" Er verneinte diese Frage und war überrascht, dass sie seine Geste, die an Lucy gerichtet war, mitbekam. Er rief sich wieder zu Ordnung und wollte nicht als der Verrückte Typ gelten, er schnappte sich einen großen Strauß, der neben der Kasse stand, schaute nochmals ärgerlich zu Lucy, die nickte und damit dem Kauf zustimmte. „Rosen, Amaryllis, Schleierkraut und weiße Santini. Eine sehr gute Wahl, eine sehr gute Auswahl. Das macht dann 40 Euro", sagte die Verkäuferin, ohne ihn dabei anzuschauen. Er war schockiert, dass diese paar Blumen einen so teuren Preis hatten. Er verließ den Laden und kam sich betrogen vor, beraubt seines Geldes, für ein paar einfache Blumen. Doch die Worte von Wilhelm geisterten noch in seinem Kopf. Dieser Strauß würde eventuell wieder gut machen, was er bei diesem Date heute schlecht machen würde. Er ging nach Hause, nahm eine Dusche, rasierte sich und zog seine neuen Sachen an. War aufgeregt und ungeduldig. Malte sich aus, was er mit ihr wohl reden könne und wie sich der Abend wohl gestalten würde. Doch alles unnütze und sorgenvolle Gedanken, keine Vorfreude, sondern nur Anspannung, die sein Gemüt quälte. Er saß am Esstisch und ihm gegenüber saß Lucy, die jede Situation und jede Vorstellung von einem Date komplizierter für ihn machte als ohne hin schon. Vor Nervosität klopfte er mit seinem Zeigefinger auf den Tisch, wippte unruhig mit seinem Knie und blickte sie fragend an. Was war ihr Plan? Hatte sie überhaupt einen? Warum gab sie ihn Weisungen, ja Befehle? Wo sollte das alles hinführen? Er hatte die Nummer von Sina, und tippte sie in sein Telefon. Es klingelte dreimal und dann erklang eine sanfte Stimme am anderen Ende. „Ja, Hallo?" Er mochte ihre Stimme, sie war ruhig und unaufgeregt, klang so jung und unerfahren, so unschuldig. „Hier ist Albert, von letzter Woche, im Restaurant", sagte er unsicher, als würde er nicht wissen, ob sie überhaupt noch weiß, wer er war. „Ich hatte schon Sorge du willst mich versetzen, da ich nichts mehr von dir gehört habe."

„Oh nein, ich wollte dich nicht versetzen", antwortete er, und schaute dabei etwas schuldig zu Lucy. „Ich würde dich in einer halben Stunde abholen." Es entstand ein kurzes Schweigen, in dem er seinen Herzschlag am Hals spüren konnte. „Nun, das ist ok. Ich warte vor dem Restaurant auf dich." Nun war die Zeit gekommen und er musste los. Er stand vor dem Spiegel, in seinem neunen Outfit, in dem er sich immer besser gefiel, mit seiner neuen Frisur, die er für praktisch und Pflegeleicht erachtete und einem überteuerten Strauß voller Grünzeug, welcher für ihn ein Gegenstand eines Verbrechens darstellte. Er verließ die Wohnungstür und ihm strömte der Duft von Putzmittel entgegen, da heute das Treppenhaus gereinigt wurde. Wie so oft funktionierte die Beleuchtung heute nicht, da scheinbar wieder eine Sicherung den Geist aufgegeben hatte. Nur langsam tastend und blind lief er die Treppen hinab, unten angekommen, schritt er resolut am Sicherungskasten vorbei. Heute nicht, dachte er, da er nicht unpünktlich zu seinem Date erscheinen wollte. Doch an der Eingangstür kam ihm Frau Kerner entgegen gewackelt, die ihm gleich auf das Problem mit dem Licht aufmerksam machte. „Wie soll ich nur unversehrt in meine Wohnung gelangen? Bis das Problem behoben wird, vergehen sicherlich wieder Wochen. Im Sommer ist mir das egal, aber im Winter wird es doch immer schon so früh dunkel." Albrecht zeigte auf den Kasten, und sagte, dass nur eine Sicherung gewechselt werden musste, dann würde alles wieder funktionieren. Er öffnete die Tür, um nach draußen zu gelangen, als Frau Kerner ihm hinterherrief: „Ja bitte, könnten Sie nicht schnell? Ganz bestimmt brechen wir uns sonst noch das Genick auf dem Weg nach oben." Er leierte die Augen, und machte dann doch kehrt, öffnete den Kasten und leuchtete mit einer Taschenlampe, die er vor einiger Zeit dorthin platziert hatte, hinein. Es lagen noch drei unbenutzte Sicherungen darin. Frau Kerner stand dicht hinter ihm und beobachtete genau, was er dort anstellte. „Ach, und wie sehen sie welche davon kaputt ist?"

„Sehen sie diese Sicherung", fragte er sie und zeigte auf die Defekte weiße Schraubenkappe der Sicherung. „Jaja, ich sehe sie."

„Jede Sicherung hat ein Sichtplättchen. Dieses wird bei Überspannung gelöst und fällt von der Sicherung ab. Man muss einfach die Schraubenkappe herausdrehen, eine neue Sicherung einsetzen und alles wieder reindrehen." Wenige Sekunden später erstrahlte das Treppenhaus wieder im Lichte. Frau Kerner war begeistert und klatschte vor Begeisterung in die Hände. „Ach bevor ich es vergesse. Ich habe ihnen von meiner Freundin erzählt? Ich habe ihr berichtet, dass sie ein ganz wunderbarer Künstler wären, und sie würde sich gerne einige Bilder von ihnen anaschauen." Er schaute sie verwundert an, was sie bemerkte und sich weiter erklärte. „Na mir war schon klar, dass sie es wieder vergessen haben. Als mein Charly bei ihnen in der Wohnung war, hatte ich gesehen, dass sie Talent haben. Sie waren so frei mir zu erlauben ihren Namen zu empfehlen. Jedenfalls hat sie eine kleine Galerie und eine Zeitschrift für Kunst oder so etwas, ich kenne mich da leider überhaupt nicht aus. Doch hier ist ihre Karte." Sie kramte aus ihrer kleinen Handtasche eine Visitenkarte heraus. „Versprechen sie mir, dass sie einen Anruf wagen." Sie verabschiedete sich und schritt mit ihren kleinen Weggefährten die Treppe hinauf.

Auf dem Weg zu ihr war Lucy wieder neben ihm, sie entschied sich heute scheinbar die gesamte Zeit bei ihm zu bleiben. Was dieses Date von vornerein zu einer Marter für ihn werden ließ. Es war 10 Minuten vor der vereinbarten Zeit, als er beim Restaurant ankam. Noch stand niemand da und er entschloss sich etwas in der Ferne zu warten, bis sie rauskommen würde. Lucy blickte ihn nach wie vor an, noch nie hatte er ihren Blick so sehr gescheut wie in diesem Augenblick. Er atmete tief durch und entschloss sich sie drinnen zu empfangen, mit seinem Blumenstrauß in der Hand lief er durch die Eingangstür und konnte sie schon drinnen erblicken. Sie hatte ein elegantes Kleid an und trug ihre Haare offen, was ihr nochmal eine gewisse Würde verlieh. „Da bist du ja schon", sagte sie begeistert, als sie ihn sah. „Was hast du mit deinen Haaren angestellt?" Sie führte ihre Hand vor ihren Mund und schaute ihn mit großen Augen an. „Du siehst ganz anders aus. Du schaust – gut aus." Albrecht freute sich über die positive Reaktion von Sina, er überreichte ihr den Blumenstrauß, welchen sie mit Freude entgegennahm, ihn lange beschaute und sagte: „Mir hat noch niemand so einen tollen Strauß geschenkt. Der war doch bestimmt sündhaft teuer." Er lächelte und triumphierte innerlich, dass man den Strauß scheinbar wirklich seinen Preis ansah. „Eine schöne Frau, ein schöner Blumenstrauß. Bist du bereit? Das Stück fängt bald an." Sie umarmte ihn als Dankeschön, eine Geste, die er erschrocken und befremdlich entgegennahm. Er konnte sich nicht erinnern, wann er zuletzt eine Umarmung bekommen hatte. Er musste wie ein kleines Kind ausgesehen haben, das zum allererersten Mal eine Süßigkeit bekam. Lucy war nicht mehr zu sehen im Restaurant, das schürte die Hoffnung, dass sie die beiden heute Abend in Frieden lassen würde, doch so recht wollte er dem ganzen noch keinen Glauben schenken. Sina zog sich ihren langen Mantel an und sie gingen los. Das Theater war etwa 15 Minuten zu Fuß entfernt und beide liefen nebeneinanderher. „Weißt du, dass ich Sorge hatte, dass du nicht kommen würdest? Ich meine du hattest dich schließlich die ganze Zeit nicht gemeldet." Er wusste nicht so recht, ob er sich dafür entschuldigen sollte, er wollte sie nicht mit Absicht im ungewissen lassen, doch hatte einfach keine Erfahrung mit solchen Dingen. „Warum sollte ich dich versetzten?", log er sie an, denn natürlich hatte er versucht das Treffen abzusagen. „Jeder könne sich glücklich schätzen mit ihnen einen Abend zu verbringen." Er schaute sich ungeduldig um, als würde er jeden Moment mit Lucy rechnen. Doch weder ihr Geruch noch sie war irgendwo wahrzunehmen, was ihn eine gewisse Leichtigkeit verlieh. Seine Sorge schien also unbegründet, und er war an diesem Tag das erste Mal ohne sie unterwegs. „Du wirkst ja so angespannt", bemerkte Sina mit leichter, heller Stimme. „Weißt du, das muss gar nicht sein. Ich sollte angespannt sein, ich wurde doch nie ins Theater eingeladen. Dabei lieb ich es so. Also sei nicht so angespannt und schau permanent um dich. Oder werden wir verfolgt?" Jetzt schaute auch sie sich nach irgendeinem Verfolger um, doch die Straßen waren an diesem Abend nur spärlich bedeckt und weit und breit gab es keine Bedrohung. Ihre unschuldige weibliche Stimme ließ ihn lächeln, und mitleidig auf sie dreinschauen. „Ach weißt du, verfolgt werde ich nur von meinen eigenen Gedanken."

„Ach sei nicht komisch. Von seinen eigenen Gedanken verfolgt werden. Du redest ja Unsinn."

„Ja, Unsinn. Doch der Kopf kann sich nun mal ganz viel Unsinn ausdenken."

„Aber was für Unsinn denkt sich dein Kopf den aus? Dein neuer, gutaussehender Kopf mit den kurzen Haaren." Er wollte und konnte sich nicht offenbaren, was sollte er den sagen? Dass er eine dunkle Frau sieht? Die ihm überall hin verfolgt und das Leben zu Qual werden ließ? Nein, er wollte nicht für verrückt gelten, auch wenn er selbst langsam an seiner Vernunft zweifelte. Er schwieg und schaute in die Ferne. „Ist es diese Frau?", bemerkte Sina mit ruhiger fragender Stimme. Jetzt erinnerte er sich, dass er ihr ja angedeutet hatte, dass er von einer Frau aufgesucht werde und ihm ihre Besuche sehr unangenehm waren. Dies war damals doch eigentlich nur ein sehr ungeschickter Versuch ein Gespräch mit ihr zu führen, doch sie hatte es sich wohl gemerkt. „Ja! Diese Frau sucht mich nach wie vor noch auf, doch zuzeiten kann ich mich damit arrangieren, weißt du, sie taucht immer auf, wenn es mir gerade überhaupt nicht passt, ist immer da und macht mir mein Leben gerade sehr unangenehm." Jetzt schaute Sina sich wieder unruhig um, als vermutete sie, dass diese Frau irgendwo auftauchen würde. „Nein, jetzt ist sie nicht hier, du brauchst dir also keine Gedanken zu machen.", bemerkte Albrecht, bei dem unsteten Anblick von Sina. Sie schaute ihn mit sorgenvollen Augen an und sagte mit ängstlicher Stimme: „Sie wird uns doch aber nichts tun? Und woher weißt du, dass sie nicht doch noch kommt? Wer ist sie denn überhaupt? War es eine Geliebte von dir?" Natürlich musste es zu solchen Missverständnissen kommen, jedoch die Wahrheit zu erklären war auch keine Option. „Glaub mir einfach, dass sie gerade nicht da ist, und du brauchst auch keine Angst vor ihr zu haben. Auch brauchst du keine Sorge haben, denn eine Geliebte war und ist sie nicht, ganz gewiss nicht." So recht wollte sie ihm diese Erklärung nicht glauben, auch hatte sie jetzt diesen traurigen etwas enttäuschten Blick, welchen Männer bei Frauen nicht ertragen können. „Weißt du, dass ich mich doch ein wenig fürchte, ich will doch keinen Ärger machen. Ich dachte wir haben einen schönen Abend, ich habe mir doch einen schönen Abend gewünscht."

„Und wir werden sicher einen schönen Abend haben! Schau, da vorne ist bereits das Theater. Nun dauert es nicht mehr lang und wir werden die Galotti sehen." Sie blieb stehen und schaute auf das prachtvoll beleuchtete Gebäude, tatsächlich machte es einen imposanten Eindruck in der Dunkelheit. Er selbst war bisher nur in der Früh hinein und nachmittags wieder raus gegangen. „Wissen sie, dass ich heute das erste Mal zu einer Vorstellung gehe?" Sina schaute ihn mit ungläubigen Augen an. „Du arbeitest doch aber dort? Sag jetzt nicht, dass du Theater nicht magst und nur mir zuliebe hingehst."

„Ich habe nichts gegen das Schauspiel. Nur hat mir bis jetzt immer die Begleitung gefehlt." Beide schritten langsam und Arm in Arm zum Eingang. Drinnen angekommen sammelte sich die Menschenmenge um das Gemälde von Lucy, er hatte es vor lauter Aufregung komplett vergessen. „Was schauen die Leute den so neugierig?", fragte Sina. Albrecht konnte seinen Augen nicht trauen, die Menschen drängten sich um das Bildnis, standen dort teilweise mit Sekt oder Weingläsern in der Hand, plauderten und tuschelten über das Bild. „Das ist ja wunderschön", sagte Sina zu ihm. „Das sieht sehr wertvoll aus, ich wünschte ich könnte auch so gut malen. „Da ist er ja", erklang die Stimme von Wilhelm von hinten. „Unser Goldjunge. Schau dir an was für ein wahnsinniges Interesse an deinem Bild herrscht. Ein wahnsinniges Interesse, sag ich dir. Du wolltest es ja nicht glauben, doch das, was du erschaffen hast, ist wahrhafte Kunst." Wilhelm schaute neugierig auf Sina und sagte: „Das muss deine Bekleidung sein." Er reichte ihr die Hand und Albrecht stellte die beiden vor. Einige Leute zeigten auf das Bild, legten den Kopf schief und waren versunken bei dem Anblick von Lucy. „Das hast du gemalt?", entfuhr es Sina. „Ich wusste gar nicht, dass du ein Maler bist."

„Nein, das konntest du auch nicht wissen. Ja, eigentlich, tut es auch nichts zur Sache. Das Bild ist von mir. Aber es ist nicht gelungen, es ist nicht zu erkennen was darauf sein soll, es ist nicht das, was es darstellt." Sina schaute ihn fragend und fasziniert zu gleich an. „Es ist nicht zu erkennen?", fragte sie verdutzt. „Aber es ist unglaublich schön und gelungen. Ja schau doch Albrecht, wie die Leute es alle bewundern. Wie kannst du nur sagen, dass es nicht gelungen ist?" Er schüttelte vehement den Kopf, es gefiel ihm jetzt gar nicht, dass das Bild hier stand und von allen begafft wurde, von niemanden verstanden oder begriffen, aber von allen bewundert. „Ja, sag unseren Picasso nur einmal, dass er hier eine wahrhafte Poesie des Sehens erschaffen hat", setzte Wilhelm hinterher. „Mir und allen anderen will er ja kein Gehör schenken. Nur wenige vergleichbare Bilder gibt es! Ich würde es auf einer Ebene mit Vermeer oder der Madame X von Singer stellen. Doch wer bin ich, dass mein Urteil auch nur im Geringsten etwas gilt." Sina nickte eifrig und sagte: „Hör doch Albrecht", sagte Sie freudig zu ihm. „Wie kannst du zweifeln, wenn das Urteil aller anderen doch so voller Zustimmung und Anerkennung ausfällt?" Er schaute mitleidig auf die beiden, vergebens sind Worte in den Ohren Blinder. „Ja, höre nur auf deine Freundin", tönte es aus Wilhelm. „Zweifel sind menschlich, doch bedenke den Verrat, den sie begehen, bedenke den Verlust, der dich ereilt, solltest du hier nicht den Versuch wagen, dir einen Namen zu machen."

„Ich habe bereits einen Namen!", protestierte Albrecht, doch Wilhelm lachte laut auf und entgegnete: „Du hast nichts! Nur eine Chance, die du nutzen solltest." Er schnappte sich die Hand von Sina und drängte darauf weg von diesem Bild und weg von diesem Gespräch zu kommen. Sie war ganz perplex, dass er ihre Hand hielt und ließ sich von ihm gern führen, doch verstand sie nicht, warum es so eine innere Bewegung in ihm auslöste. Die beiden gaben ihre Jacken ab und stellten sich für zwei Gläser Wein in eine kleine Schlange an. Das Gedränge von den fein raus geputzten Menschen war imposant anzuschauen, einige nutzen das Theater für ihre eigene Show, redeten laut und verständlich für alle, anderen waren die schlechtsitzenden Hemden und die Orientierungslosigkeit anzusehen. Dann gab es die routinierten Besucher des Theaters, die viele Hände schüttelten, jedoch alles ehr mit einer gewissen Interessenlosigkeit und Apathie hinnahmen. Auch gab es vereinzelt Paare, die ihr eigenes kleines bedeutungsloses Schauspiel aufführten, und sich gut in ihren Rollen gefielen. Die beiden stellten sich mit ihren Getränken an einen kleinen Stehtisch und Albrecht beobachtete die Menge. „Ich merke, dass dich das Gespräch von vorhin beschäftigt hat, bitte vergiss diesen schnöseligen Typen, lassen wir uns nicht den Abend von ihm kaputt machen." Er strich ihr zärtlich eine Haarsträhne aus dem Gesicht, und war von ihrer Unschuld und Schönheit begeistert. Er hegte keinen Groll, nicht für Wilhelm, noch gegen irgendwen sonst. Er atmete tief ein und konnte Erleichterung ins sich spüren, da er weder den Duft von Lucy noch ihre Gestalt wahrnahm. Ja vielleicht hatte wirklich Sina etwas damit zu tun, vielleicht war sie in der Lage sie zu vertreiben. „Du hast recht, wir werden uns den Abend nicht kaputt machen lassen." Sina fragte viel über seine Malerei und war ganz angetan von dem Künstler, der vor ihr stand. Er beantwortete ihre Fragen ruhig und ausführlich, erklärte wann er angefangen habe zu zeichnen, dass er damals von der Kunstakademie abgelehnt wurde und auch recht froh darüber sei, denn Akademien engen ein und er liebe es frei und ohne Druck etwas zu erschaffen. Sie erklärte warum sie ihn so beneidete, und wie sie sich wünschte auch irgendein Talent zu besitzen, doch das Gefühl habe zu nichts Nutze zu sein. Sie liebe das Theater und das Schauspiel, wollte selbst immer ein Teil eines Stückes sein, doch irgendwie konnte sie nie den Mut fassen ihren Traum zu leben. Im Hintergrund ertönte eine Glocke, welche die Vorstellung ankündigte und die Gäste auf ihre Plätze rief. Beide drängten sich mit der Masse in den großen Saal, ungewohnt war es für ihn, da er diesen stets nur leer und ohne Zuschauer kannte. Als er sich auf seinen Platz setzte, hielt er Ausschau nach Lucy. Doch noch immer war sie nicht zu sehen oder ihre Präsenz zu spüren, der Verdacht, dass Sinas Anwesenheit etwas damit zu tun habe, verhärtete sich in ihm. Doch warum wollte sie, dass er sich mit ihr trifft? Wollte sie ihn verkuppeln? Würde sie dann verschwinden? Er war in diesen Gedanken versunken, als der Vorhang sich öffnete und der Maler Conti und der Prinz Hettore zum Vorschein kamen. Sina nahm vor Aufregung die Hand von Albrecht und schaute ihn erwartungsvoll an. Ihre kindliche Freude überraschte und beeindruckte ihn zugleich, er selbst wäre zu so einem Ausbruch gar nicht in der Lage, bewunderte sie jedoch dafür. Seine Augen suchten während des Schauspiels immer wieder Lucy, er rechnete immer noch damit, dass sie jeden Augenblick auftauchte. Doch sie blieb der Vorstellung fern. Die Zeit verstrich und die Augen von Sina funkelten vor Ergriffenheit und Begeisterung. Emilia wurde entführt, ihr verlobter getötet und Orsina erriet die Intrige. Das Schauspiel nahm seinen gewohnten lauf. Sina fieberte alle dem mit, als wäre es eine neue Geschichte, als wäre das Ende nicht zu erraten. Albrecht schaute sich die Sache ruhig und gelassen an, war mehr von Sina begeistert als vom Stück selbst. Der Vorhang schloss sich, eine kurze Pause begann und alle Gäste erhoben sich eilig um heraus Zudrängen. Sina musste immerwährend lächeln, man konnte ihr die Freude an dem Stück wahrlich ansehen. Beide stellten sich an einem Stehtisch etwas abseits der Menge, die erneut zur Theke eilten, um sich noch ein Getränk zu gönnen. „Ich kann wohl Parallelen erkennen. Du wärst sicher der Maler Conti, der die Emilia dem Prinzen in den Kopf setzt. Nicht wahr? Sag, wer ist eigentlich die Frau auf deinem Bild? " Der Vergleich ließ ihn schmunzeln. „Ja sicher", antwortete er, „alles Unheil beginnt mit einem Bild von einer Frau, das passt gut. Doch laufen hier weder Prinzen herum noch befindet sich auf dem Bild eine unschuldige Galotti. Die Frau, die ich gezeichnet habe, entstammt allein meinem Kopfe, eine Erfindung meiner Fantasie. Ja und ich will hoffen, dass dieses Bildnis nicht ebenso ein tragisches Ende herbeiführt."

„Ein tragisches Ende?", echote es den beiden von hinten entgegen. Es war Herr Reimers, der mit einem edlen schwarzen Anzug sich von hinten näherte. „Ich grüße Sie, ich hoffe ich habe sie nicht bei einer wichtigen Unterhaltung gestört?" Albrecht schüttelte den Kopf und stellte Sina und ihn einander vor. „Nun, du solltest mitbekommen haben, dass dein Gemälde gewissermaßen Aufsehen erregt." Sagte er zu ihm gewandt. „Das äußerte sich in nicht unbeträchtlichen Angeboten, die allesamt zu mir gelangten, da der Künstler ja nicht bekannt ist." Er schaute Albrecht tief in die Augen und versuchte einen Funken von Interesse zu finden, doch alles, was er entdeckte, war ein interessenloser Gesichtsausdruck, der von einem schulterzucken untermauert wurde. „Nun sei nicht töricht, wenn dir nicht so viel an dem Gemälde liegt, dann verkaufe es! Wenn es sein muss mit dem Wissen etwas Misslungenes zu einem gelungenen Preis verkauft zu haben. Albrecht, ich würde es nicht erwähnen, doch ich habe bei Gott die Angebote gesehen, sei gewiss, du kannst es dir nicht leisten diese abzulehnen. Ein guter Rat von mir. Sei kein Narr, verkauf dieses Bild für gutes Geld. Wo man eine Mark machen kann, muss man eine Mark machen. Schlag zu und sei nicht dumm." Albrecht nickte langsam und verständlich, schaute dann auf Sina, welche die Szene gespannt mit anhörte. „Wir würden heute Abend gerne das Stück genießen, und uns nicht über Angebote und Preise kümmern. Das wirst du sicherlich verstehen." Herr Reimers musste lachen, konnte die aberwitzige Szene nicht glauben. „Vor ein paar Tagen noch", fing Herr Reimers wieder an, „waren sie ein Niemand, der hier ungesehen ein und aus ging. Jetzt hat sich das Blatt gewendet und Gott und die Welt zeigt Interesse an ihnen. Schauen sie sich an, nutzen sie die Chance und machen sie etwas aus sich." Herr Reimers schaute auf Sina, als wolle er sagen, los Mädchen, lass diesen Kerl vernünftig werden, als hätte sie mehr Gewalt über ihn, als ihr bewusst ist. „Lassen sie uns morgen nochmals in Ruhe darüber reden", sagte Herr Reimers letztlich und verabschiedete sich höflichst.

„Entschuldige", sagte Albrecht zu Sina. „Es scheint bei jedem angenehmen und wohltuenden, auch immer etwas Unangenehmes dabei zu sein, dies nun war das Unangenehme." Sie schaute ihn nachdenklich an. „Dieses Thema scheint alles zu überschatten. Ich weiß nichts über das Bild, ich weiß nicht, ob die Frau wirklich ein Produkt deiner Fantasie ist oder wer auch immer. Doch es kommt mir schon merkwürdig vor, dass du so abgeneigt bist es zu verkaufen. Malen Künstler nicht um ihre Bilder zu verkaufen?" Sie schaute ihn mit großen Augen an. „Kunst ist eine Synthese zwischen Form und Inhalt", antwortete er harsch. „Genau wie eine Schönheit nichts wert ist, wenn die Anmut fehlt, ist ein Bild nichts wert, wenn die Aussage nicht vorhanden ist. Glaub mir einfach, dass nichts an dem Gemälde liegt, ich will nicht weiter darüber reden." Die Glocke läutete die zweite Hälfte der Vorführung ein und die beiden begaben sich erneut auf ihre Plätze. Sina fragte nicht weiter nach, sie bemerkte, dass sie es nicht verstand, dass sie wohl nicht in der Lage sei sich ein Urteil hierüber zu bilden. Sie bezweifelte im Inneren, dass diese Frau ein Fantasieprodukt sei, doch auch hierüber schwieg sie, da sie Harmonie und Einigkeit mehr anstrebte als einen Zwist zwischen ihr und Albrecht. Das Schauspiel nahm wieder seinen Lauf. Die Gräfin Orsina unterrichtete den Vater von Emilia über die traurigen Ereignisse und zwingt ihn einen Dolch auf, der am Ende den Tod von Emilia bedeutete. Das Drama nahm sein gewohntes Ende, veranschaulichte längst vergessene Probleme und versuchte sie in einem neuen Licht wieder zu Glanze zu erwecken. Albrecht war sich nicht sicher, doch Sina schien ergriffen und vielleicht vergoss sie sogar eine Träne über das Ende des Stückes. Beide verließen den Saal und holten sich ihre Jacken aus der Garderobe, die Mitarbeiter grüßten ihn anerkennend und wünschten den beiden noch einen schönen Abend. Albrecht versuchte mit erklärenden Worten Sina den Aufbau des Theaters verständlich zu machen. Sie fragte unverblümt, ob es einmal möglich wäre, hinter die Kulissen zu blicken, und er musste versprechen es möglich zu machen. Ihre Augen besaßen nun wieder dieses kindliche Feuer voller Begeisterung und Zuversicht, auch wollte sie wissen, ob er sich oft bei den Schauspielern aufhielt und bei den Proben zugegen sei. Er musste dann gestehen, dass er weder Kontakt zu den Darstellern pflegt noch sich mit ihnen zusammen die Zeit vertrieb. Er erklärte, dass er einen kleinen Raum im Keller sein Eigen nennen durfte. Nun ist es leicht zu erraten, dass Sie die Chance nutzen wollte, um seine Wirkungsstätte zu sehen, und er nahm sie bei der Hand und führte sie fernab von der Menge zu der kleinen Treppe, die zu dem Keller hinab führte. Die beiden betraten das kleine Kellergewölbe, und Albrecht machte das Licht an, welches schwach und düster den Raum erhellte. „Ach hier ist es ja ganz schaurig", sagte Sina entgeistert. „Wie kannst du denn nur hier unten arbeiten." Sie erblickte die vielen Leinwände im hinteren Bereich und fragte empört: „Hier malst du? Hier in diesem kleinen, dunklen Gewölbe? Hier kann ein Meisterwerk entstehen, so eines wie es oben steht?" Sie lief ungläubig zu den Bildern und schaute gespannt jedes einzelne an. „Ach die sind ja wunderschön", schwärmte sie und schaute ihn dabei verliebt an. Sie entdeckte die Skizze, die er von Lucy angefertigt hatte. „Da ist sie ja schon wieder, die Frau von dem Gemälde, das im Eingangsbereich steht. Wenn es eine Frau in deinem Leben gibt, dann sag es! Ich will nicht nur zweite Wahl sein. Nun raus mit der Wahrheit, wer ist sie wirklich?" Er schüttelte wieder den Kopf. „Keine Konkurrenz, weil keine reale Person", sagte er mit ruhiger Stimme. Sina schaute sich das Bild lange und ausführlich an, betrachtete abwechselnd das Bild und dann wieder Albrecht, dann wieder lange und nachdenklich das Bild. „Was hast du?", fragte er sie besorgt. „Machst du dir Sorgen, dass ich eine Liebschaft mit der Frau auf dem Bild habe?" Sie schüttelte lächelnd den Kopf, wirkte, als hätte sie ein Rätsel gelöst, eines dessen Lösung doch eigentlich glasklar und auf der Hand lag. „Ich Dummerchen, ach ich Dummerchen! Jetzt erkenne ich es, jetzt wird es mir klar. Dieser Gesichtsausdruck von der Frau auf dem Bild. Dieser sorgenvolle, vergrämte Gesichtsausdruck. Ich kenne ihn ja. Ja ich kenne ihn. Das bist ja du, das ist ja dein sorgenvolles, vergrämtes Gesicht auf dem Bild. Das sind deine Züge, deine Mimik, dein Antlitz in dieser Frau." Er lief verdutzt zu ihr hin, wusste nicht was er sagen sollte, wusste nicht was er von ihrer These halten sollte. Jetzt schaute er auf seine Skizze und auf das kummervolle Gesicht von Lucy, schaute auf ihre Mundwinkel, die ja eigentlich seine Mundwinkel waren, schaute auf die suchenden Augen, die ja eigentlich seinen suchenden Augen waren. Jetzt erblickte er in dem Bild sein Abbild, in den Zügen Lucys erkannte er nun sich selbst. „Und ich hatte Sorge, dass du eine andere Frau liebst, ich Dummerchen, hörst du, ich Dummerchen." Sina musste laut Lachen über diese Entdeckung. Ein Lachen, dass in den Ohren von Albrecht verstummte, ein Lachen, dass seine Wahrnehmung als Witz, dass sein Urteil verspottete. Er fiel ihm jetzt wie Schuppen von den Augen. Das war seine Fratze, das war sein Ausdruck der Besorgnis und seine kummervolle Haltung. Lucy war nicht zu sehen für irgendjemand anderen, nur er konnte sie wahrnehmen, er und Charly, der Hund von Frau Kerner. Alles, was er in Lucy hinein malte, waren alles seine eigenen Sorgen und sein eigener Kummer. Es musste erst Sina kommen, eine Frau, die scheinbar nichts von Kunst versteht, um es ihn vor Augen zuführen was offensichtlich ist. „Was schaust du denn so erschrocken? Habe ich etwas falsches gesagt?" Er schüttelte den Kopf und erwiderte: „Nein, im Gegenteil, du hast den Nagel genau auf den Kopf getroffen. Das ist mein Gesicht. Doch so albern es jetzt klingen mag, ich wusste bis vor einer Minute nicht, dass es meines ist." Sina stemmte die Hände an ihre Hüfte und legte den Kopf schief. „Jetzt scherze nicht." Doch als sie merkte, dass er nicht zum Scherzen aufgelegt war und seine Miene sich verfinstert hatte, suchte sie beschwichtigende Worte. „Wenn man von einer Leidenschaft heimgesucht wird, ja wenn man einer Sache ganz hingegeben ist, und ihr Ausdruck verleihen möchte, ja dann greift man zu Mitteln, die man bereits kennt. Und jeder kennt sich doch selbst am besten. Nicht wahr?" Albrecht nickte und schaute noch ungläubig auf Sina, die seine Verwunderung nicht recht ernst nehmen konnte. Es war nicht eben warm im Gewölbe des Kellers, die finstere, nachdenkliche Stimmung von Albrecht ließ in Sina ein unbehagliches Gefühl aufkommen. Sie drängte darauf, dass sie nach Hause müsse. Doch in ihm kam ein Gefühl der Tätigkeit auf, ein Schaffenswille, der in ihm anschwoll und sich unwillkürlich ausbreitete. Ein Wille, der aus einer unbekannten Quelle den Maler zur Tätigkeit drängte, der seine Schaffenskraft entladen muss, da er ansonsten keine Befriedigung spürte. Die Erkenntnis, die Sina ihn offenbarte flutete seine Seele mit Licht und er verspürte den unbedingten Drang alles widerzugeben, gleich einem Blinden, der plötzlich sehen kann und alles schnell festhalten will, aus Angst es wieder zu verlieren. Albrecht blickte sie verständlich an, doch erklärte ihr, dass er dieses Bild noch fertigstellen wolle. „Heute noch? Es ist doch aber schon viel zu spät. Alle Arbeit, die bei Dunkelheit entsteht, ist Teufelswerk. Du kannst doch morgen wieder kommen, du kannst doch morgen das Bild fertigstellen. Lass uns heute noch einen schönen Abend haben." Albrecht jedoch reagierte nicht auf ihre Bitten, er klemmte die Skizze an sein Zeichenbrett und fing an seine Farbe vorzubereiten. „Ich werde das Bild heute noch fertigstellen, und sollte es die ganze Nacht dauern. Hörst du? Du hast mir die Augen geöffnet, ich sehe jetzt in diesem Bild so viel mehr. Es soll und es muss gelingen. Ich werde auf dem Gemälde, dem Ausdruck verleihen, was auf dem in der Eingangshalle fehlt." Es wurde ihr wohl bewusst, dass diese Worte, die er mit so viel Pathos aussprach, ihm völlig ernst waren. Sie begrub die Hoffnung, dass er sie nach Hause begleiten würde. Sie sah in ihm einen Künstler. Sie war sich der Natur solcher Schaffenden Wesen durchaus bewusst und wollte ihm nicht die Muse rauben. „Wer bin ich, dass ich dich in deiner Tätigkeit störe. Der Weg zu meiner Wohnung ist nicht weit, den werde ich auch allein gut zurücklegen können. Doch…" Sie trat ganz nah an ihn heran, ihre Blicke versanken ineinander und ihre Lippen waren gefährlich nah. „Versprich mir, dass du dir die Angebote morgen anschaust. Versprich mir, dass du das Gemälde an den meist zahlenden verkaufst, lass dir die Chance nicht durch die Lappen gehen. Hast du verstanden?" Er rechnete jeden Augenblick mit einem Kuss, blickte ihr fasziniert in die Augen und merkte, dass ihr wunderschönes Antlitz ihn willenlos machte. Er nickte bereitwillig auf ihre Frage. Zum Teufel mit diesem Gemälde, zum Teufel mit all der verlorenen Kunst, er wollte einen Kuss. Doch sie zog sich langsam zurück, verließ stillschweigend den Keller und ließ ihn allein zurück.

Kapitel 10

Die Kleine Stadt schlief einen traumlosen Schlaf und war sich nicht bewusst, dass der Künstler Albrecht Goni die gesamten Stunden über ein Gemälde bearbeitete, das eine Frau zeigte, die eigentlich gar nicht existierte. In der Zwischenzeit verbargen die schwarzen und grauen Dächer der Stadt gut gehütete Geheimnisse der darunter schlafenden Menschen, ebenso wie jedes Gesicht alles wirklich Sichtbare verbarg. Der kalte Wind ließ die vierschrötigen Ulmen im Park zittern und zappeln, jede von ihnen ließ er ungehört und unbedacht zurück. Auch der Mond war ein unfertiges Gebilde am Firmament, dessen Blick schwerhängende Wolken verdeckten und ihn bis zur Unkenntlichkeit verbargen. Die Anmut und Besonderheit dieser vorbeiziehenden Nacht, war so gewöhnlich und alltäglich, dass jeder sie achtlos gehen ließ. In den Morgenstunden wurde Albrecht von einem harschen Klopfen an der Kellertür aus seiner Konzentration und Versunkenheit gerissen. Da die Tür nicht abgeschlossen war, trat Wilhelm ein und schaute erstaunt auf den schlaflosen Künstler, der ihn gleich einem scheuen Reh anblickte, dass vom Licht eines Automobils geblendet wurde. „Ich habe gesehen das Licht brennt, warum bist du schon so früh hier?" Albrecht schüttelte mit dem Kopf und musste sich besinnen, schaute auf das Bild und wieder auf Wilhelm, dessen Augen fragend und musternd nach Antworten suchten. „Ich bin nicht wieder hier, sondern noch. Das soll aber nichts Schlechtes heißen. Schau, ich habe es beinahe fertig." Wilhelm trat hinter das Gemälde und erblickte ein Kunstwerk sondergleichen. Vorzüglich, elegant, berauschend, tiefgreifend und einzigartig, sind alles Wörter, die ihm durch den Kopf gingen, er hatte eine ganze Flut von Beschreibungen, die er dem müden Künstler gern applausartig entgegengeworfen hätte. Doch sein Erstaunen über dieses gelungene Gemälde, dieser außerordentlichen Schönheit der Person, diesem kunstvollen Anblick der Frau, in dem es so viel zu entdecken gab, soviel ehrlicher Physiognomik, soviel unverblümt schöne Natur, so deutlich die Erkenntnis, dass dieses Bild ein Meisterwerk war, all dies ließ ihn schweigen und genießen. Dies Bild war ein Geheimnis und erzählte eine Geschichte, ließ einem träumend und fragend zurück, ließ einem hungrig und nicht sattwerdend vom Schauen und Begreifen wollen. Dies empfand sogar Albrecht, als er seinen Blick abwendete von Strichen, Formen und Farbe, seine Gedanken von jeglichen kritischen Fragen der Einzelheiten losließ, zurücktrat und einfach das unglaubliche bestaunte, als hätte er dies Bild zum ersten Mal gesehen. Es war ihm durchaus bewusst, dass alle es wieder anschauen würden, ohne es jemals zu erkennen. Doch diesmal konnte er gewiss sein, dass er Lucy wirklich getroffen hatte, es waren ihre hellblauen Augen, ihr zarter, klagender Mund, ihre gravitätisch fallenden Haare und ihr kleines Mal auf der Stirn. Es waren ihre geraden Finger und ihr stolzer Blick auf dem Bild, und jeder, der sie anschaute, würde zugeben, dass eine wahrhafte und ehrfürchtige Schönheit zu sehen war. „Du hast dich übertroffen", flüsterte Wilhelm, „du hast dich wahrhaft selbst übertroffen. Das ist mit Abstand das Beste, was du jemals gemalt hast, mein lieber." Beide saßen noch eine Weile vor dem Gemälde, ergriffen von der unbekannten Empfindung, die das Gehirn beim Betrachten bestürmte und zum Schweigen aufforderte. „Ich würde dir wieder Geld bieten, doch unnütz, du würdest es sowieso nicht annehmen. Ja und das ist recht so, dieses Meisterwerk ist nicht mit ein wenig Geld zu bezahlen, es gehört ins Museum, es darf nicht hier drin vor der Nachwelt verborgen bleiben." Er schaute besorgt auf Albrecht. „Hörst du, es darf nicht hierbleiben." Albrecht winkte ab und beruhigte ihn: „Es wird nicht hierbleiben, ich werde heute die Angebote prüfen, ich werde ausstellen und gegebenenfalls verkaufen und dann ist Ruhe." Wilhelm nickte, doch ihn beschlich jetzt die Sorge, dass er diese Kunstwerke zu billig abgeben würde, und er bestand darauf, dass er dabei sein sollte, um dies zu prüfen. Herr Reimers saß ebenso fasziniert und hingegeben vor dem Gemälde, er ahnte recht wohl, dass es sich hier um ein großes Meisterwerk handelte. Ebenso versetzte der Sinneswandel von Albrecht ihn in eine Art Frohsinn, und auf seinem Gesicht lag ein freudiger altkluger Ausdruck, der bereits wusste, dass das Geld immer siegte. „Bevor ich es vergesse", sagte er, „eine Frau war gestern hier. So ein störrisches blondes Ding, ich soll dir ihre Karte geben." Herr Reimers reichte Albrecht eine kleine Visitenkarte, die ihm sonderbar vertraut vorkam. Es war dieselbe Karte, die ihm Frau Kerner zugesteckt hatte, er las den Namen Eva Leky. „Ich kenne die Kleine", sagte Herr Reimers. „Ich würde sie als ein Mysterium auf zwei Beinen bezeichnen. Sie galt als eine Art Wunderkind, eine blonde Grazie, die das Glück besaß, Genie zur Kunst und Intellekt gleichermaßen zu besitzen. Dazu kam eine ungeheure Gabe ihren Vater jeglichen Nerv zu zersägen, so dass er ihr eine Bildungsreise nach Amerika gestattete. Er sagte siegreich zu mir, dass er sie dorthin schickte, um ihre Begabung zu fördern, doch jeder der Eva kannte, wusste dass es allein aus ihrem Willen und Drängen heraus geschah. In Amerika sammelte sie schnell eine Schar von Avantgardisten, mittelmäßigen Künstlern und Rebellen um sich.

Ihr Scharfsinniges Auge jedoch wollte mehr als das, sie lernte den berühmten Künstler Jonny Wolf kennen, der ihre eigenwillige Schönheit und ungeschulte Begabung wohl erkannte und sie mit den Worten zu sich nahm: „So eine energische junge Frau sollte die Welt auch nach ihrem Blick wiedergeben können." Jonny Wolf war begeistert von ihr, um nicht zusagen besessen von diesem jungen hübschen Ding, sie muss ihn wohl den Kopf verdreht haben, so dass seine Ehe gehörig darunter litt. Wie dem auch sei, sie genoss eine Ausbildung von dem Meister und bildete sich und ihre künstlerische Begabung aus. Ich sag euch der arme Vater starb hier tausend Tote und war besorgt um seinen guten Ruf, schier wahnsinnig wurde er, als er von dem alten Wolf erfuhr. Doch was genau zwischen den Beiden in Amerika vor sich ging, werden wohl nur die beiden wissen. Letzten Endes kam sie wieder nach Deutschland, hatte ihr gesamtes Leben nie wieder einen anderen Mann, und verschrieb sich allein der Kunst, bildete genauso wie Wolf begabte Schüler aus und verdiente sich mit Kunsthandel eine goldene Nase." Wilhelm und Albrecht schauten anerkennt auf Herr Reimers. „Mir scheint du hast die Frau wohl studiert", bemerkte Albrecht verblüfft. Hier musste Herr Reimers siegreich schmunzeln und bemerkte: „Meine Freunde, ich kenne unsere Theatergäste und meine Augen und Ohren sind immer offen für interessantes Publikum." Albrecht dachte an Frau Kerner, sie hatte ihm ebenfalls die Karte von Eva Leky gegeben, und hierbei musste er wieder an Lucy denken, die das Treffen mit Frau Kerner über ihren Hund initiiert hatte. Er erkannte das es ihr Wille war, dass er diese Frau treffen sollte. „Ich könnte ein Treffen organisieren", bemerkte Herr Reimers. „Ich würde auch den Transport der Bilder zu ihr organisieren, denn sie empfängt ausschließlich Künstler, noch eine Eigenheit, die diese Frau innehat." Albrecht schüttelte vehement den Kopf, die Einsicht, dass es allein Lucys Wille war, dass er Frau Leky treffen würde, rief einen inneren Protest in ihm hervor. „Diese Frau soll hierherkommen, sollte das gegen ihre Gewohnheit sein, dann soll sie gefälligst bleiben, wo der Pfeffer wächst." Wilhelm musste schmunzeln über diesen Wutausbruch und beschwichtigte: „Ich versichere dir, dass sie hierherkommen wird. Ich habe sie gestern Abend selbst erlebt, das Gemälde im Eingangsbereich lobte sie in den Himmel. Sollte sie erfahren, dass ein weiteres Bild winkt, ein noch besseres, dann wird sie ihre Gewohnheiten schnell ablegen." So vereinbarte Herr Reimers einen Termin mit Eva Leky, sie willigte widerwillig ein, kannte jedoch den Typus Künstler und ihre schrulligen Eigenarten bis hin zu ungewöhnlichen Marotten. Herr Reimers wollte Albrecht den heutigen Tag freigeben, da man ihn wohl den fehlenden Schlaf recht gut ansah. Doch Albrecht wollte nicht gehen und versicherte, dass es ihm prächtig ginge und er sich gleich an die Arbeit machte. Als er dann zur Mittagspause versuchte seine Augen im Keller zu schließen, musste er jedoch feststellen, dass sein Blick nicht von seinem Bild weichen konnte, der Anblick Lucys fesselte und faszinierte, ihr Blick schien ihm überall hinzuverfolgen und zu beobachten. Das Klingeln des Telefons schreckte ihn zuckend aus seiner Kontemplation auf, die aufkommende Müdigkeit schwächte seine Konzentration und ließ ihn immer wieder gedanklich abschweifen. Als er den Hörer abnahm, erklang die Stimme von Martha, einer jungen Schauspielerin am Theater. „Herr Goni, es ist gut, dass ich sie erreiche. Die Lichtanlage macht schon wieder nicht das, was sie machen soll. Ich weiß sie sind ein vielbeschäftigter Mann, doch könnten sie bitte danach schauen? Sie würden uns wirklich einen großen Gefallen tun. Wir haben doch heute Abend Probe." Seine Verwunderung über dieses junge Ding, die mit Freundlichkeit und Anerkennung in der Stimme ihren Wunsch erörterte, zwang ihn eine Zusage ab, und er versicherte, dass die Anlage heute Abend funktionieren würde. Als er im Theatersaal ankam, kam Martha ihm mit ihrem jugendlich besorgten Gesicht bereits entgegen und freute sich sichtlich, dass er zu Hilfe eilte. Er erkannte das Problem recht schnell und wusste was zu tun sei, das Anbringen von „stromhungrigen Effekten", wie er es nannte, bewirkte dass einige Dimmer und Leuchten stets überlasteten. Er versicherte, dass er es kurzfristig beheben könne, jedoch morgen einen Elektriker kommen lasse, der das Problem endgültig beseitigen würde. Martha dankte ihn überschwänglich und verabschiedete sich sichtlich erleichtert von ihm. Albrecht machte sich direkt an die Arbeit und holte die große Leiter, die nötig war, um an die defekten Lampen zu gelangen. Mit seichten Wogen zog Lucys Duft in seine Nase, er wusste was kommen würde, als er die Leiter aus der Abstellkammer holte und zur Lichtanlage trug. Seine Augen suchten überall nach ihr, als er durch den Eingangsbereich schritt war niemand zu sehen, viele Kollegen sind bereits daheim und er war wohl einer der Letzten im Theater. Im Theatersaal konnte er sie auch nicht erblicken, nicht auf der Bühne, noch auf irgendeinem Zuschauerplatz. Er stellte die Leiter mit bedacht und Vorsicht auf, da er merkte, wie sein Herzschlag kräftiger und schneller pochte, wollte er keinen Fehler begehen. Sein Hirn hingegen war ruhig und ließ keine hastigen Gedanken aufkommen, so wunderte es ihn das sein Körper und sein Geist recht unterschiedliche Reaktionen zeigten. Er haderte noch auf die Leiter zu steigen, er dachte, dass er diese

Begegnung mit ihr erst zulassen sollte, um nicht böse von ihr überrascht zu werden, doch der Blick auf die Uhr zeigte, dass die abendliche Probe immer näher rückte, und die Lichtanlage bis dahin wieder einsatzbreit sein sollte. So hob er das Knie, platzierte sein beschmutzen Arbeitsschuh auf die erste Stufe der Leiter und zog den zweiten dann mit bedacht hinterher. Er konnte jetzt spüren, dass sich ein Klumpen in seinem Hals bildete, der ihm das Atmen erschwerte und die Kehle langsam zuschnürte. Wieder blickte er sich nervös um, und konnte sich seine körperliche Reaktion nicht erklären, da er sie doch erwartete und ohne Furcht ihr Anblick ertragen und dulden wolle. Sie war nicht zu sehen, keine Spur von einer Frau in schwarz, keine Spur von Lucy und ihrer unsäglichen Beklemmung und gravitätischen Autorität. Er setzte weitere Schritte auf der Leiter, bildete sich ein, dass er die Schläge seines Herzens hören konnte, und seine Kehle immer weniger Luft hineinließ. Ihr Duft war jetzt überall, schwebte wie eine verheißungsvolle Wolke im Saal und nahm diese komplett ein. Er drang sich selbst zu Eile, da er fertig werden müsse, bevor die Probe anfing, bevor Lucy auftauchen würde. Weitere Schritte nach oben bewirkten, dass er zur Lichtanlage gelangte und die defekten Leuchten erreichte, es lief ihm jetzt der Schweiß die Stirn hinab, eine weitere Reaktion seines Körpers, ein weiteres Zeichen für das Lucy verantwortlich war. Er öffnete die Lampe und tauschte die Birne aus, seine Hand fing an zu zittern und ein kühler Schauer zog seinen Rücken hinunter. Wie aus dem nichts tauchte Lucy unter ihm auf, schaute ihn mit ihren hellblauen Augen an und hatte den gewohnten warmen Gesichtsausdruck aufgelegt, der nichts Böses ahnen ließ. Albrecht bemerkte sie, blickte kurz zu ihr, und wendete sein Blick dann wieder zu den Leuchten, die er weiter reparierte. „Sag mir, warum du in mein gottverdammtes Leben gekommen bist", flüsterte er mehr zu sich als zu ihr gerichtet. „Ich habe dich nicht gefragt oder gewollt, du bist einfach gekommen, um mich schier verrückt zu machen. Ich habe gebraucht bis ich es verstanden habe, ich habe bei Gott einige Zeit benötigt bis ich begriff, dass du mir vieles nimmst, dass du im Gegenzug jedoch bereit bist mir alles zu geben. Ich habe gehofft und ich habe gefleht, dass du verschwindest, doch du bist dageblieben, du hast mir gezeigt, was du alles kannst, zu was du alles in der Lage bist und was durch dich alles möglich. Doch du bist kein Geschenk in meinem armseligen Leben, glaub nicht, dass ich das alles schätze und genieße, glaub nicht, dass du der Schlüssel warst, hörst du!" jetzt wendete er sich vollkommen zu ihr und fing an sie anzuschreien. „Hörst du! Lass dir gesagt sein, dass nicht du es bist, der mich all das vollbringen ließ. Nicht du hast die Eingangstür repariert, nicht du hast diese engelsgleiche Frau angesprochen und ins Theater eingeladen, nicht du hast diese Bilder gemalt, das alles warst nicht du!" Er merkte jetzt, wie ihm durch diese Aufregung schwindelig wurde, doch seine Rage war zu groß, als dass er jetzt von ihr ablassen konnte. „Das alles war ich, dass alles habe ich allein vollbracht. Hörst du. Nicht du. Das war ich." Lucy schaute immerwährend von unten zu ihm auf, wie ein kleines Mädchen, das gerade vom Vater gescholten wurde. „Jetzt verschwinde aus meinem Leben, mach dass du dahin gehst, wo du herkamst, verschwinde, hörst du, verschwinde!" In diesem Augenblick betrat Martha den Theatersaal und hörte den Monolog von Albrecht mit an, sie nahm an, dass er ein Stück aufführte und war von seiner Ergriffenheit vollkommen begeistert. Sie klatschte anerkennend in die Hände, was ihn so sehr erschreckte, dass er den Halt verlor und von der Leiter fiel. Das letzte, was er spürte, war ein harter Schlag.

Kapitel 11

Albrecht öffnete schlagartig und schnell die Augen, schreckte hoch und schnappte hastig nach Luft, als wäre er lange unter Wasser gewesen und musste auf Sauerstoff verzichten. Das Erste, was er sah, war ein strahlender blauer Himmel, den keine Wolke verdeckte, eine freundliche hellblaue Farbe, die alles in einem sonnigen Glanze erblühen ließ. Er griff sich vorsichtig an seinen Hinterkopf, der Fall war tief und er musste hart aufgekommen sein. Doch da war nichts, keine Wunde, kein Schmerz noch irgendeine Blessur. Sein Blick traf auf einen kleinen erdigen Pfad, der von reifen Apfelbäumen gesäumt zu einem großzügigen Anwesen führte, das er deutlich erkennen konnten. Rings um ihn lag weite Flur, Felder, die der Raps gelb und prachtvoll erstrahlen ließ, Wälder, die im saftigen grün erblühten und Vögel, die alles mit ihrem Gesang einlullten. Bis eben war er doch im Theater, das Erscheinen dieser sommerlichen Szene, mitten im Herbst, glich ihm einem Wunder, wie jeder Mensch eine plötzlich neue Wirklichkeit als ein Wunder bezeichnen würde. Er erhob sich langsam, stets mit der Sorge gleich einen heftigen Schmerz zu spüren, der ihn durch alle Glieder fahren würde. Doch dies schien unbegründet, denn er fühlte weder einen Schmerz noch war er in seiner Bewegung eingeschränkt, alles war wie immer, nur anderes. Wo er hier war und wie er hier hinkam, wusste er nicht, alles erschien zu wirklich, um ein Traum zu sein, alles wirkte zu real, um nicht echt zu sein. Ihm fehlte jegliche Vorstellung davon, wie er an diesen unwahrscheinlichen Ort gekommen war. Er setzte sich in Bewegung und wollte zu dem großen Anwesen laufen, um mehr von seinem Standort zu erfahren, um sich ein genaueres Bild seiner Lage zu machen. Desto näher er dem adeligen Gebäude kam, umso mehr Gedanken machte er sich über seine Lage und ahnte das Lucy eine gewichtige Rolle hierbei spielte. Auf einem weitläufigen Hof, den frische, grüne Kastanienbäume begrenzten, lag genau in der Mitte ein herrschaftlicher Springbrunnen, vor dem einige edel verzierte Steinbänke standen, und auf dem eine einzelne Person saß. Im Hintergrund erstrahlte ein vornehmes Anwesen, dessen Eingang von hohen steinernen Arcaden und fein drapierten Palmenähnlichen Pflanzen umgeben. Hier wäre der Begriff Schloss sicherlich treffender platziert, doch war dieser Ort vollkommen ungeschützt und unbewacht, so dass er einfach hier eindringen konnte, ein Schloss wäre niemals so bedenkenlos und freimütig. Noch immer sah er die Person auf der Bank, er konnte von weitem erkennen, dass es eine Frau war, die dort saß. Ja, eine Frau, die verträumt und abwesend auf der steinernen Bank ihre Beine verschränkt und die Hände ineinandergelegt hatte. Er betrat jetzt den weitläufigen Hof, dessen Straße aus hellen Kieselsteinen bestand und überhaupt alles so penibel und künstlich erstellt, dass er annahm das hier ein ganzes Dutzend Gärtner täglich beschäftigt sei. Er trat vorbei an Blumenbeten, die in den unglaublichsten Farben daherkamen, er erblickte Hecken, die akkurat und fein geschnitten ein abgerundetes Bild ergaben. Hier konnte das Auge sich wahrlich verlieren und Ästhetik schien hier oberste Prämisse zu sein. Alles war in absoluter

Ordnung, alles war rein und sauber, alles schien friedlich und gelassen. Der Kieselweg führte in einer Art Rondel um den Springbrunnen herum, welcher doppelstöckig und mit einem großen und einem kleinen Steinbecken das aristokratische Bild vollendete. Der Rasen war komplett eben und saftig grün, nie würde er sich trauen vom Wege abzuweichen. Er fühlte sich als Eindringling und Fremdkörper in dieser heilen und gepflegten Welt. Hinzu kam, dass er nicht recht wusste, wo er war und wie er seine Situation überhaupt erklären sollte, nur dass er gefallen sei im Theater, von weit oben nach ganz nach unten, seitdem wusste er nichts mehr. Je näher er dieser einsamen Frau auf der Bank kam, desto deutlicher wurde, dass es sich um ein bekanntes Gesicht handelte, es war Sina, die dort träumerisch und verloren den Garten bestaunte. „Sina? Was machst du hier? Sag, wie bin ich hierhergekommen und… Gerade war ich noch im Theater, und einen Moment später wache ich dort hinten bei den Apfelbäumen auf." Einen Augenblick folgte sie noch mit träumerischen Augen den Vögeln, die in ein riesiges Vogelhäuschen flogen, das exponiert und vollkommen aus Holz im Garten stand. „Nun, wir sind eben hier Albrecht. Ach, mein lieber Albrecht, weißt du, dass ich dich ganz furchtbar liebhabe, ja ganz furchtbar lieb." Er schaute sie mit verwirrten Augen an, sie wirkte, als wäre sie auf Droge, benommen und nicht bei Sinnen. „Geht es dir nicht gut? Was ist los Sina? Du wirkst durcheinander." Doch sie schaute ihn nur mit einem jovialen lächeln an und streichelte ihn mit einer zarten Handbewegung die Wange. „Mir geht es gut. Ja Albrecht, das ist es ja gerade. Mir geht es immer gut, ich schaffe es einfach nicht traurig zu sein. Sag mir doch bloß ob das normal ist oder bin ich unverblümt egoistisch? Ich möchte ja die Welt bedauern, das Unglück anderer

bemitleiden, doch ich schaffe es nicht, Albrecht ich schaffe es nicht."
Ihre Worte waren mit Hingabe und Leidenschaft hervorgebracht, so
dass er keine Sekunde an ihrer Ernsthaftigkeit zweifelte. „Doch dann
habe ich dich getroffen, dich, den traurigen und verlorenen, dich
Albrecht, den hoffnungslosen Kerl, der bei mir etwas zu essen
bestellt hat. Ich habe dich gesehen und ich habe etwas gefühlt, nach
so langer Zeit habe ich etwas gefühlt, hörst du. Ich war so froh, dass
du mich angesprochen und ins Theater eingeladen hast, du hast es
geschafft, dass ich wieder etwas fühle. Ach Albrecht, ach mein
Albrecht. Wie lieb ich dich habe, wie unglaublich lieb ich dich habe."
Er schaute sie fortwährend mit einem fahrigen irritierten Blick an.
Sie wirkte, als wäre sie nicht bei Bewusstsein, wirkte, als würde sie
in Watte gepackt und gefühlsduselig durch die Welt gehen. Ihr Blick
schweifte wieder in die Ferne, schaute auf das große hölzerne
Vogelhaus und sie schwieg. „Sina, schau mir in die Augen." Er
schnipste mit dem Finger, als wolle er von einem abgelenkten Hund
die Aufmerksamkeit wiedererlangen. „Sag mir, wo sind wir hier?
Weißt du wie du hierhergekommen bist?" Sina lächelte und drehte
sich sachte zu ihm um. „Ach mein Albrecht, du weißt gar nicht wie
lieb ich dich hab." Stammelte sie vor sich hin. Sie war gar nicht sie
selbst und hatte nichts mit der Sina zu tun, die er kannte. „Bleib hier,
hörst du? Ich werde Hilfe holen." Wieß er sie an, doch er war nicht
sicher, ob sie vernahm, was er sagte. Er lief langsam zu dem großen
Haus, um nachzuforschen ob hier mehr zu erfahren sei. Noch bei den
steinernen Arcaden konnte er sie hören, wie sie immer wieder
stammelte: „Ach mein Albrecht, du weißt gar nicht wie lieb ich dich
habe." Sein Blick streifte nochmals in die Ferne, und alles, was er
sah, waren blühende Felder und endlose Wälder, kein Haus, keine

Stadt oder irgendeine Menschenseele war zu erblicken. Nur dieses große akkurate und schlossähnliche Gebäude. Er wollte die Klingel betätigen, damit er jemanden zur Rede stellen könne, doch vergebens suchte er einen Drücker oder Knopf, um zu läuten. Doch was er ganz deutlich wahrnahm, war Musik aus dem inneren, laut und deutlich spielte eine Band, er hörte das Donnern des Schlagzeuges, das mit einem dröhnenden Bass zusammen einen Jive vorgab, der dann noch rhythmisch von Trompeten und Gitarren unterstützt wurde. Doch nichts zu sehen von irgendjemanden. „Hallo, hört mich jemand", rief er gegen die Musik an. Doch natürlich hörte ihn niemand und auch alles klopfen und hämmern gegen die Scheibe war vergebens. Seine einzige Chance hineinzugelangen, sah er darin, durch die Tür zu gehen, die überraschender weiße speerangelweit offenstand. Er trat langsam in den weiten und prahlerischen Vorraum, dessen Boden kunstvoll gefliest, ja sogar ein farbiges Mosaik war in der Mitte des Raumes eingearbeitet, auf dessen ein kleiner Teich zu sehen war. So trat er auf den Tonteich und schaute sich weiter neugierig um. Es standen zwei Kanapees aus roten Samtstoff an den Wänden, und ein großer edler Kronleuchter sollte den Raum vor Dunkelheit schützen. All das war extravagant und pompös, sollte einem ins Staunen bringen und Demut vor dem Reichtum einflößen, doch Albrecht war abgelenkt und befasste sich mit all dem gar nicht. An den Wänden hängten seine Bilder, die Gemälde von Lucy. „Wie sind die hierhergekommen, warum hat man mich nicht gefragt. Was soll dieser ganze Spuk?", sagte er laut in einen leeren Raum hinein. Er folgte verärgert der Musik und blieb vor einer großen hölzernen Tür stehen, hinter welcher hörbare Menschen tuschelten und lachten. Er atmete tief ein und öffnete dann resolut die Tür und blickte in einen großen Festsaal in dem Tische standen und eine weite Tanzfläche sich offenbarte, eine Bühne stand vor allem, auf dem die Band spielte und die Leute auf der Tanzfläche befeuerte sich zu bewegen. Es bot sich ihm ein kurioses Bild. Frau Kerner tanzte einen Jive auf der Tanzfläche mit dem Nachbarn aus der 2. Etage, sie lachte ein befreites Mädchenlachen, bewegte sich zügellos und enthemmt. Ebenso legte Wilhelm mit der Frau von der Garderobe einen markanten Tanz hin, der nicht zu seinen Bewegungen passen wollte, doch er schien ausgelassen und unkontrolliert. Sogar Herr Reimers tanzte und lachte vergnügt mit einer Schauspielerin, welche vor kurzem noch die Galotti gespielt hatte. Sogar Erna Wegehorst, die Verkäuferin aus dem Kunstladen, schwang ihr Tanzbein unglaublich gekonnt mit einem Mitarbeiter von Herr Reimers. Die zwei Damen vom Pausenraum tanzten zusammen sowie die Frau vom Kartenverkauf mit einem jungen Darsteller. Alle Leute, die sich in diesem Raum befanden, kannte er mehr oder weniger, einige nur vom Sehen, mit anderen war er bereits einmal in Kontakt getreten, aus den verschiedensten Gründen. Doch über allen thronte Lucy, die herrschaftlich neben der Band Platz genommen hatte. Sie saß dort droben auf einem Sessel, der ebenso rotes samtiges Polster besaß und auf vier dunkelhölzerne Beine stand. Sie beobachtete alles mit ihrem immergleichen Blick, schaute zufrieden auf den einen und dann wieder auf den anderen. Albrecht konnte die Szene nicht glauben und sagte sich, dass das alles ein Traum sein müsse, dass das alles nicht echt und nur eine Täuschung von ihr sei. Wie sie ihn doch schon so oft getäuscht und manipuliert hatte. Dort hinten im Saal erkannte er seine Mutter, die alles mit einem seichten Lächeln und wippenden Füßen mit anschaute, hier und da ungeschickt und kindlich in die

Hände klatschte. Er lief geradewegs zu ihr, niemand schien sich um ihn zu kümmern, alle waren in ihrer Rolle gefangen und konnten nicht ausbrechen. „Mutter. Was machst du hier? Wie kommst du hier her?", fragte er sie, als er bei ihr anlangte. „Setz dich Mutter, deine Beine könnten versagen, wo ist dein Rollstuhl?" Doch Sie schien ihn gar nicht zu bemerken, sie schien ebenso wie Sina in einer Art Trance gefangen. Er wollte Sie zum Sitzen bewegen, doch es schien, als wäre er ein Geist, der hier überhaupt keine Rolle spielte. Im hinteren Teil des Raumes saß ein einzelner Mann, scheinbar unbeteiligt und unbewegt von der Stimmung der Musik und der Leute. Er kannte das alte greisenhafte Gesicht, denn er hatte es als Kind und auch als junger Mann oft auf Fotos gesehen und sehnsüchtig vermisst. Das karierte Hemd, die braune robuste Cordhose, die ernsten Falten auf der Stirn ließen kein Zweifel zu. Es war sein Vater, der dort apathisch und gedankenversunken aus dem Fenster schaute. Er lief automatisch hin, wie fremdgesteuert und von Unglauben erfüllt. „Vater? Papa? Bist du es?", flüsterte er mit ungläubigen Worten. Er erschreckte, der Mann blickte ihn streng und ernst an, ein Ausdruck, der ihm bis ins Mark fuhr. „Mein Sohn", antwortete der Vater mit ruhiger, tiefer Stimme. „Der Mensch, der Mensch schafft sich seine Götter immer selbst, nicht wahr. Die Liebe. Die Angst. Der Tod. Für alles schafft der Mensch sich seine Götter, nicht wahr." Da stand er langsam und behäbig auf. Albrecht konnte nicht glauben, was er sah, dass er ihn nochmal anschauen würde, nochmal seine Stimme hören, nochmal in sein strenges Gesicht schauen könnte. Er glitt auf die Knie und weinte bitterlich, ungewollt und widerwillig, doch es rannen heiße Tränen aus seinen Augen. Zusammenstürzend gab er sich dem Weh in seiner Brust hin, seine Haltung und Würde bröckelte in Sekunden und stürzte ineinander fallend auf ihn drauf. Es floss alles aus seinen Augen, aller Schmerz und alle Wut, aller Zorn und alle Erkenntnis rannen in heftigen Tränen hinab. Der Vater schaute mitleidig und forschend in seine feuchten Pupillen, lächelte versöhnlich, wie man lächeln konnte, wenn man dem Leben auf die Schliche gekommen und der Gefühle erhaben ist. „Alles unsere eigenen Götter", echote es nochmals aus seinem Mund. Er machte kehrt und bewegte sich langsam Richtung Ausgang. Ließ Albrecht auf den Knien zurück und schaute nicht zurück. Keine Worte wollten ihm über die Lippen kommen, kein Versuch wieder auf die Beine zu gelangen oder irgendetwas gegen das Fortschreiten des Vaters zu unternehmen. Von hinten erklang eine Stimme, die er gut kannte. Es war Herr Reimers, der ihn überlegen anschaute und sagte: „Nun machen Sie sich doch nicht lächerlich. Warum knien sie denn da so albern. Stehen sie auf. Sie sind ja eine Witzfigur. Ja eine Witzfigur sind sie." Nun erklang Gelächter aus dem ganzen Saal. Alle Augen waren nun auf ihn gerichtet, verspotteten ihn, zeigten mit den Fingern auf seine noch immer kniende Gestalt. Tuschelten mit vorgehaltener Hand. Kopfschütteln hier und da. „Was ist denn mit ihm?" hörte er aus der einen Ecke. „Ich wusste immer, dass er verrückt ist", erklang es aus der anderen. Albrecht blickte allen in die Augen, sah Enttäuschung und fragende Gesichtsausdrücke. Seine Mutter stand mitten in der Menge und auch sie schien enttäuscht und gedemütigt auf ihn drein. Er durchschaute ja alles, wusste dass das nicht echt ist, dass alles hier eine Maskerade und Schauspiel war, eine Szene, die Lucy kreiert hatte. Sie saß noch immer auf der Bühne, und schaute ebenfalls mit ihren blauen Augen auf ihn runter. Albrechts Hand ballte sich vor Wut auf Sie, einen Kloß in seinem Hals hemmte seine Stimme, er hatte unglaubliche Lust alle anzuschreien, zu beleidigen und sie zu verteufeln. Er hatte ungeheure Lust Herr Reimers ins Gesicht zu schlagen, die Tische wie ein Wilder im Raum umherzuwerfen und die Klampfe des Gitarristen in zwei Teile zu brechen. In der Zwischenzeit machte Lucy eine lässige Handbewegung und die Band fing erneut anzuspielen. Alle fingen wieder an sich in Bewegung zu setzen, lachten wieder, tuschelten und alles löste sich wieder in Geselligkeit auf. Herr Reimers tanzte wieder mit der schönen Galotti, Wilhelm und Frau Wegehorst, alle tanzten wieder auf den Befehl von Lucy. Selbst die Mutter stand wieder sanft lächelnd neben der Tanzfläche und ließ ihr Fuß wippen. Es war ihm ein wachsendes Ärgernis, dass diese Frau alles in seinem Leben bestimmte, dass alles, was geschah und geschehen würde von ihr initiiert und geplant wurde. Doch er wollte dem Problem nun gehörig auf dem Leibe rücken, er wollte der Sache nun endgültig den Gar aus machen. Das blöde Auge ließ sich doch nur täuschen und alles in dem Saal war unecht und weit weg von der Wirklichkeit. Er stand auf, richtete sich, wischte die Tränen aus seinen Augen und blickte fest und entschlossen zu Lucy hoch, die immer noch ihre Gäste tanzen ließ und zufrieden beobachtete. Er fasste einen Entschluss, der sich fest und unumstößlich in ihm fasste. Vor Entschlossenheit und Wut, spuckte er neben sich auf den Boden, lief resolut und erhobenen Hauptes aus dem Tanzsaal. Riss die große Holztür, durch die er eingetreten war mit Kraft auf und ließ sie schallend hinter sich zu krachen. Im pompösen Vorraum angekommen, fing er an die Zwei Kanapees mit dem roten Samtstoff vor die Eingangstür des Saals zu schieben, schwer und sperrig waren sie, doch würden ausreichen und genügen, um zu verhindern, dass hier jemand rauskommt. Seine

Gemälde nahm er achtsam von den Wänden, platzierte sie vor der hölzernen Tür, stapelte sie fein geordnet zu einem gut brennbaren Haufen. Schaute nochmals darauf, und nahm sein kleines Feuerzeug aus der Hosentasche und zündete alles an. Erst stiegen kleine Flammen auf und dann brannten die Bilder Lichterloh, die Hitze erfasste auch die Sofas und mit ihnen die langen Vorhänge an den Fenstern, es dauerte nicht lange dann rauchte es, knisterte und knackte es vor sich hin. Befriedigt schaute er auf das lodernde Feuer, dass nach und nach alles zu sich nahm und die Dinge im Inneren zu Asche verwandelte. Er lief jetzt raus auf den fürstlichen Hof, schaute mit vergnügen zu wie dieses Traumgebilde vor sich hin flackerte, das Feuer griff über, er konnte jetzt sehen, dass es weitere Räume erfasste, weitere Habseligkeiten unter sich begrub, alles wollte es in die Finger bekommen, nach allem streckt sich die Hitze und alles sollte sie erwischen. Es spielte keine Musik mehr, es waren keine Menschenstimmen mehr zuhören. Menschen, die eigentlich keine Menschen waren, lediglich Figuren, die allein nach Lucys Takt tanzten. Alles in ihm frohlockte, mit vergnügen schaute er auf die Flammen, die tanzend und zappelnd ihren Erfolg feierten und alles an sich rafften. Der Widerschein des Feuers öffnete sein Herz und drang in seine Seele ein, die erleichtert und unbeschwerter daherkam und sich erinnerte, an eine farbigere Welt, an die Leichtigkeit der Vergangenheit. Aus der Not seiner Seele drang ein freudiger Ausruf: „Los brenn! Brenn alles nieder! Du herrliches Feuer, du erlösende Flamme." Neben ihn tauchte Sina auf, die ohne sichtbare Anteilnahme alles beobachtete und mit anschaute. „Wir sind frei", sprach er zu ihr, ohne dabei seine Freude zu verbergen, „wir sind endlich frei." Er merkte das sie seine Euphorie nicht teilen konnte, er spürte, dass dies allein sein Sieg war, sein Erfolg über Lucy. Sein Blick schweifte wieder befriedigt über die knisternden Flammen und verfolgten mit Wohlwollen die schwebenden Funken. Über allem hing ein verheißungsvoller dicker schwarzer Qualm, ein Signalfeuer für eine bessere Zukunft, ein Vorbote der frohen Botschaft. „Ach mein Albrecht, wie lieb ich dich hab", murmelte Sina erneut vor sich hin und lief wieder zu der steinernen Bank am Springbrunnen. Albrecht nahm ein Kieselstein in seine rechte Hand, drehte und wendete ihn mit vergnügen. Dann holte er aus und warf ihn gegen eine Fensterscheibe, gleich einem wütenden Kind, das allein auf Zerstörung aus war. Die Scheibe klirrte und das Fenster war hinüber. Er konnte seine Freude über diesen Volltreffer nicht verbergen, rief laut „jawohl" in die Luft, sprang wie ein toll gewordener Junge herum und wusste seiner Gefühle keinen anderen Ausdruck zu verleihen. Stolz und lächelnd schaute er wieder auf Sina, zumindest dorthin wo Sina saß, denn auf ihren Platz am Springbrunnen saß eine deutlich ältere Frau. Er schaute nochmals auf das Feuer und lief dann langsam zu der Frau, welche jetzt seine Mutter war. „Wie? Was geht hier vor sich?" Desto näher er kam, umso ungläubiger wurde er. „Was wird hier für ein teuflisches Spiel gespielt?" Die Augen seiner Mutter waren ebenso ohne Anteil wie sie es bei Sina gewesen waren. Schweigend setzte er sich neben ihr, nahm ihre zuckenden Hände liebevoll in die seine. Er wusste, dass sie verwirrt und nur noch wenig helle Momente hatte, wusste um ihre Vergänglichkeit und ihr sensibles Gemüt. „Mutter, wir müssen hier fort, hörst du? Wir werden von hier fort gehen." Noch immer hielten seine Augen nach Sina Ausschau, versuchten dieses Hexenwerk aufzulösen, doch keine Spur von ihr. „Mutter, wir müssen hier weg, los komm wir müssen hier weg." Sie schaute ebenso wie Sina auf das hölzerne Vogelhäuschen, doch kein Vogel verirrte sich mehr dorthin, da der Qualm und das Feuer alle Lebewesen vertrieben. Hinter ihm krachte es, scheinbar ist ein Dachbalken dem Feuer zum Opfer gefallen. Es herrschte jetzt Einbruch Gefahr, gleich einem Kartenhaus, das ungeschützt im Winde steht. Er stand auf und drängte sie ebenfalls aufzustehen, doch sie war versunken im Schauen auf das Vogelhaus. Er hielt jetzt Ausschau nach Hilfe, den alleine würde er seine Mutter hier nicht wegbekommen, doch in der Ferne war nichts zusehen, keine Stadt, kein Haus noch eine Menschenseele, nur bergige Wälder, weite gelbe Felder und strahlend blauer Himmel. Er wollte nun die Hand der Mutter nehmen und sie weg ziehen von dem flammenden Haus, doch er bemerkte, dass ihre Hand nicht mehr faltig, nicht mehr von der Zeit gezeichnet waren. Es war nun nicht mehr ihre Hand, es war nicht mehr ihr Arm, noch ihre Schulter oder Hals, es waren die braunen Haare von Lucy, es waren ihre brennenden hellblauen Augen, die ihn seit Wochen leuchtend verfolgten und ihm das Leben verdächtig werden ließen. Ihr Mund verlockte und sprach, ohne je ein Wort gesagt zu haben Bände. Ihre außerordentliche Schönheit und Wuchs waren über allen Maßen bemerkenswert. Das erste Mal, dass sie in Farbe vor ihm saß, dass kein dunkler Schleier ein Detail verbarg, das erste Mal konnte er ihre Bracht und Erhabenheit in voller Würde beschauen. Noch nie hatte er so etwas Schönes gesehen, noch nie eine derart perfekte Gestalt gesehen. Sie lächelte ihm zu, wieder ein Lächeln, das zweite Mal, dass er in ihrem Gesicht eine Veränderung wahrnehmen konnte. Jetzt sank er auf die Knie, klagte ihr undeutliche Worte entgegen und konnte die Verrücktheit der Augenblicke nicht in sich aufnehmen.

Ihre Stolze Stirn und zarten Wangen ließen jedes Gefühl verstummen, ihr kleines Mal auf der Stirn wirkte königlich und bittersüß in ihm. Er konnte sein Blick nicht von ihr wenden, ihre Hand lag in seiner, sein Schicksal in ihrer Hand. Alles um ihn fing an sich zu drehen, alles fing an sich zu verflüchtigen und Rauch des Feuers aufzulösen. Er schloss die Augen und alles wurde schwarz.

Kapitel 12

„Geht es ihnen gut? Hören sie mich? Ich glaube er kommt wieder zu sich." Erklang eine aufgeregte Stimme in seinem Ohr. Langsam öffneten sich auch seine Augen und nachdem sich der weiße Schleier des Traumes verzogen hatte, tauchten das bange Gesicht von Martha auf, die über ihn gebeugt und mit besorglicher Mine auf ihn herunterschaute. „Geht es ihnen gut? Sie sind von der Leiter gefallen, ganz schrecklich gefallen sind sie." Er richtete sich langsam auf und verspürte einen dumpfen Schmerz am Hinterkopf, sein Rücken und sein rechter Arm tat ebenso fürchterlich weh. „Mir geht es gut", versicherte er Martha, die bereits das Handy in der Hand hatte, um Hilfe zu rufen. „Ich brauch keine Hilfe. Wirklich, es ist alles in Ordnung. Helfen sie mir nur kurz hoch und... es wird gehen." Kaum stand er wieder auf zwei Beinen, machte er sich auf, um diese unangenehme Szene zu verlassen und nicht unter den besorgten Augen von Martha seine Kräfte und sein Verstand wieder zu erlangen. „Herr Goni, sie sollten sich setzen und ausruhen. Der Sturz sah wirklich nicht gut aus." Was war das für ein Fiebertraum, den er hatte, er konnte sich an jede Einzelheit erinnern, an das Schloss, das Vogelhaus, seine Mutter, Sina und seinen Vater, doch vor allem sah er noch Lucy vor sich, wie sie ihn anlächelte. Lächelnd über das Feuer, lächelnd über seine Not und über seine missliche Lage. Er Wollte den Theatersaal verlassen, als ihn der Geruch von ihr in die Nase zog und seine Sinne zur Wachheit rief. „Herr Goni", tönte die Stimme von Martha, die ihn immerwährend besorgt von der Bühne aus beobachtete. „Wird die Lichtanlage funktionieren?" Er musste innehalten und sich auf die Antwort konzentrieren, den diese blöde Lichtanlage hatte er bereits wieder vergessen. Er winkte ihr nur ab und verließ verärgert den Saal. Im Vorraum angekommen ertönte die Stimme von Herr Reimers von der Seite: „Ich habe es geschafft, Frau Leky wird morgen kommen, sie will mit ihnen reden." Albrecht schaute ihn irritiert an, nickte ihm einfach zu, gleich einem Ausländer, der die Sprache nicht verstand und nicht auffallen wollte. „Hören sie, diese Frau kommt gewöhnlich nie zu den Künstlern. Ihre Gemälde haben sie wohl zutiefst beeindruckt." Wieder nickte er ihm zu und war im Begriff zu gehen, da er gerade nur seine Gedanken ordnen, da er einfach in Ruhe wieder zu Verstande gelangen wollte. Diesen euphorischen Gesichtsausdruck auf seinem Gesicht konnte er nicht teilen, die Freude, die ihm innewohnte, sollte eigentlich seine Freude sein, doch da war nur totale Gleichgültigkeit. Er zog sich in seinen Keller zurück, schloss die Tür von innen ab, damit niemand ihn weiter störte. Doch ganz allein war er auch diesmal nicht, denn Lucy saß mit gekreuzten Beinen vor ihrem Gemälde, schaute auf Albrecht, der ihren Anblick gerade heute nicht ertragen konnte. Doch genau in diesem Augenblick verstand er, dass er ihr nicht entkommen konnte, dass sie mit ihm machen konnte, was immer sie wollte, wann immer sie wollte. Ob sie wohl wisse, dass er bei ihr war? Ihr Schloss niederbrannte, all ihr Hab und Gut in Flammen steckte. Er erinnerte sich an das Hochgefühl, als er vor dem Feuer stand und wie ein Kind in die Luft sprang. Wie gut das Tat, wie recht es ihm vorkam dieses brennende Gebäude zu sehen, zu spüren, dass er dies getan hatte und die Kontrolle für einen kurzen Moment wieder erlangt zu haben. Auch jetzt hatte er wahnsinnige Lust etwas zu zerstören, einfach um die Macht wiederzuerlangen, einfach um sein altes Leben zurückzubekommen, um endlich wieder Frieden und Ruhe einkehren zu lassen. Ja, er wollte das Bildnis von Lucy vernichten, er wollte alle Gemälde einfach Aufschlitzen, Zertreten und Verbrennen, alles wieder in die Bedeutungslosigkeit jagen, wo es herkam. Er zündete sich eine Zigarette an, inhalierte tief den Dunst und stieß ihn durch die Nase wieder aus. Einfach alles in Schutt und Asche legen, nicht nur seine Gemälde wieder vernichten, auch sich selbst wollte er wieder in die Bedeutungslosigkeit schicken. Dann gäbe es endlich Ruhe, dann gäbe es endlich all dieses unwürdige Geschacher, und dieses sich ekelhafte anbiedern der Leute nicht mehr. Er erhob sich, spürte das kleine Feuerzeug in seiner Tasche und hatte unglaubliche Lust jetzt und hier damit anzufangen, ihr Bild einfach den Erdboden gleich zu machen, und dieser Frau Leky ins Gesicht spuken und sie vom Hof zu jagen. Er schritt langsam auf das Bild zu, schnappte sich noch ein Messer, das auf der Werkbank lag und fasste den Entschluss alles hier zu beenden, all diese Verrücktheit und dem Unsinn jetzt ein Ende zu setzen. Als er hinter Lucy stand, die jetzt ebenfalls das Bild anschaute, holte er aus, hob den Arm, um seinem Willen endlich Befriedigung zu verschaffen. Doch sein Arm verweilte in der Luft, wurde starr und unbeweglich, konnte sich nicht nach unten bewegen, um den so bitter benötigten Stoß auszuführen. Natürlich Lucy, natürlich wieder ihre Macht über ihn, über seine Taten und sein komplettes Handeln. Das Messer fiel zu Boden, das Feuerzeug in seiner Hosentasche blieb, wo es war. Er sackte auf die Knie und fing wieder an bitterlich zu weinen, über sein Schicksal, über sein Stigma, dass ihn scheinbar von allen anderen unterschied. Von der Tatsache resigniert, dass er es nicht kann, dass die Kontrolle über sein Leben, nicht in seiner Hand lag und er wohl sein gesamtes Leben ein Knecht und Erfüllungsgehilfe von einem Geist sein wird. Er packte seine Sachen zusammen, verriegelte die Kellertür und machte sich auf den Heimweg. Auf der Straße begegnete er Sina, die wohl bereits bei ihm geklingelt hatte, doch da er heute wegen der defekten Lichtanlage und dem Vorfall im Keller, nicht rechtzeitig aus dem Theater gekommen, war er daheim nicht anzutreffen. „Mein verkannter Künstler. Ich habe dich schon gesucht und bilde mir ein, dass du mich nicht mehr sehen willst. Ich habe dich gestern Abend zurückgelassen, aber ich muss gestehen, am liebsten wäre ich noch bei dir geblieben." Sie hob eine Flasche Wein in die Höhe und lächelte ihn herausfordernd an. „Wie wäre es? Die verlorene Zeit könnten wir heute nachholen?" Albrecht musste lächeln bei dem Anblick dieser süßen Gestalt, die sich doch so kokett und herausfordernd vor ihn platzierte. Er zog ihren Arm langsam wieder herunter, schaute ihr in die Augen und küsste sie auf die Lippen. „Womit habe ich, dass denn verdient?", fragte sie perplex über diesen emotionalen Kuss. „Ob du es verdient hast, weiß ich nicht", flüsterte er ihr zart ins Ohr, „doch ich glaube du spielst eine große Rolle in meinem Leben, und du könntest der Grund sein, warum mir dieses Schauspiel gefällt." Beide blickten sich noch einen Moment verzaubert in die Augen, betört und angeregt voneinander. Vor ihnen lag eine Bushaltestelle, an der niemand auf einen Bus wartete, und beide setzten sich auf die einsame und verlassene Bank, die zum Verweilen einlud. „Ich habe ein Termin mit einer Kunsthändlerin, sie kommt morgen vorbei." Sina öffnete den Schraubverschluss der Weinflasche, legte ihren Kopf auf seine Schulter und bekam einen zufriedenen Gesichtsausdruck. „Das ist gut Albrecht, das ist gut. Es ist besser für dich, du wirst dir einen Namen machen, und deine Kunst wird gesehen." Beide tranken einen Schluck aus der Flasche. „Was nützt mir ein Name, wenn damit Dinge verbunden werden, die alle bewundern, aber niemand versteht." Es landete eine Dohle auf der anderen Straßenseite und schien die beiden neugierig zu beobachten. Was auch Sina nicht entging, die sich über dieses drollige Geschöpf köstlich amüsierte. „Schau nur Albrecht, ist sie nicht putzig? Das Stibitzen, so habe ich gehört, ist ihre Lust. Ach, wie anders muss alles von oben aussehen, wenn sie über unsere Köpfe fliegt und alles ganz klein wird. Ja Albrecht, du hast gewiss auch die Möglichkeit aufzusteigen, ganz nach oben, da glaube ich fest dran. Du musst dich nur trauen, das Verständnis wird schon kommen." Die Dohle flog so schnell wie sie gelandet, wieder davon. „Es ist doch erstaunlich wie viele Vögel es gibt, nicht wahr", Sina nickte und schaute ihn neugierig an. „Es gibt so viele, dass man sie gar nicht zählen kann. Aber das ist gar nicht das Erstaunlichste, weißt du. Hast du schon einmal tote Vögel gesehen?" Sie schaute irritiert und verunsichert in sein Gesicht. „Was meinst du damit Albrecht? Worauf willst du hinaus?"

„Es müsste unglaublich viel tote Vögel geben, doch wir sehen sie nicht, sehen und beneiden immer nur ihren Flug, ihr tolles Federkleid und ihre Schönheit. Doch bei der Anzahl müssten uns viel öfters tote Vögel begegnen. Tun sie aber nicht. Und weißt du auch, woran das liegt? Das liegt daran, dass diese Vögel Feinde haben, Räuber die meist nicht mehr als ein paar Federn von ihnen übriglassen. Ist es nicht erstaunlich, dass wir so wenig tote Vögel sehen?"

„Ich mag nicht, wenn du so redetest. Hör bitte auf. Es ist gut, dass deine Kunst zum Vorschein kommt, sie wird die Beachtung bekommen, die sie verdient. Du wirst sehen, alles wird besser. Ich muss immer an dich denken, wenn ich an Bildern vorbeilaufe. Immer denke ich mir, dass könnte der Albrecht gemalt haben, ja gewiss könnte er es viel besser. Du musst mir versprechen, dass du das Angebot der Kunsthändlerin annimmst." Die Beiden tranken einen kräftigen Schluck aus der Flasche, wobei Sina bemerkte, dass er Schmerzen im Rücken hatte. Er winkte ab und erklärte nur kurz: „Ich bin heute unglücklich von der Leiter gefallen." Sie schaute ihn besorgt an, doch in Gedanken war er nicht bei den Schmerzen im Rücken oder denen im Arm, in Gedanken war er bei Lucy. Der Geruch von ihr verschwand als er den Keller verlassen hatte, auch hielt sich seine Theorie, dass die Anwesenheit von Sina sie vertrieb. Bei ihr konnte er Ruhe finden, hatte er nichts zu befürchten. Albrecht nahm noch einen hastigen Schluck aus der Weinflasche, erinnerte sich, dass er schon lange kein Alkohol mehr getrunken hatte, auf die berauschende Wirkung verzichtet, nur um Lucy damit zu entkommen. Doch es machte keinen Unterschied, ob er klar oder trunken durch die Welt schritt, sie würde ihn so oder so belagern. Das erstaunliche war, dass Sina sie jedoch vertrieb. „Wollen wir zu mir?", fragte er sie verhalten, da er die Befürchtung hatte, dass diese Frage zu billig und zu direkt rüberkam. Doch tatsächlich wollt er nur nicht allein sein mit Lucy, allein mit seinen Gedanken. Hinzu kam, dass er schrecklich müde war, doch er sich nicht von ihr in den Schlaf singen lassen wollte. „Wow, was für ein unglaublich direkter Vorstoß", antwortete sie mit einer scherzhaften Betonung. „So sollte das nicht…"

„Schon gut, ich würde sehr gern mit zu dir kommen", grinste sie ihn an und stand erwartungsvoll auf. „Außerdem habe ich mich sowieso schon gefragt, wie ein richtiger Künstler so lebt."

„Ich glaube, dass in deinem Kopf eine spektakuläre Vorstellung besteht, die ich nicht erfüllen kann."

„Schon gut", sie zeigte auf die Weinflasche, „diese Flasche hat knapp 3 Euro gekostet, und doch hat sie uns eine schöne Zeit beschert, also mir zumindest, ich merke die Wirkung schon etwas. Vollkommen egal ob teuer oder billig, die Wirkung zählt, und du musst schon goldene Löffel klauen, um jetzt noch einen schlechten Eindruck zu hinterlassen." Beide schritten Arm in Arm zu seiner Wohnung, unterhielten sich über triviale Sachen, bedeutungslose Themen und belanglose Begebenheiten, und verstanden sich ganz hervorragend dabei. In seiner Wohnung angekommen stellte Albrecht erfreut fest, dass Lucy wirklich nicht hier war, seine Theorie schien sich immer mehr zu bewahrheiten, Sina vertrieb sie. Den Grund dafür wusste er nicht, doch gern nahm er diese scheinbare Tatsache hin. Sie schaute sich neugierig in seiner schlichten männlichen Wohnung um, setzte sich schließlich aufs Sofa und hob eine herumliegende Skizze von Lucy auf. „Hier also entstehen deine Meisterwerke?", dabei trank sie einen Schluck aus der Weinflasche, dessen Inhalt nun leer und aufgebraucht, dessen Wirkung jedoch eine heitere und lockre Stimmung versprühte. Sie schaute ihn aus warmen, hellen Augen heraus an, er kannte diesen Blick, er wusste, was er bedeutete. Es war seit jeher eine Art Geheimsprache zwischen den beiden vorhanden, die dezent und unscheinbar für alle anderen Augen sein musste, doch für Albrecht klar zu erkennen. Es konnte ein Blick sein, der für Momente zu lang auf einem ruhte, eine bestimmte Betonung in der Stimme, oder ein Duft, der von ihrer Haut zu ihm leuchtete und alle Aufmerksamkeit zu ihr lenkte. „Du bist so still mein lieber Albrecht? Was machst du dir wieder für Sorgen?" „Meine Sorgen sind gerade nicht vorhanden, und das muss an dir liegen. Und ich bin still, das mag sein, doch was liegt daran? Ich merke, dass wir beide nicht viele Worte brauchen, und das ist gut." Sicher war es ein Glück, dachte er, dass die Liebe der beiden keine Worte brauchte, wie viele Missdeutungen und Unstimmigkeiten wären wohl sonst zu Tage gekommen, nein es war gut, dass die Liebe keiner Worte bedurfte. Ihrer beiden durstigen Lippen trafen sich und brachten das Gefühl zum Ausdruck, welches beständig um sie schwebte. Ihre weichen Finger berührten ihn, wohltuende und reizvolle Berührungen vernebelten seine Sinne. Er berührte ihren jungen Hals, ihre weiche helle Haut, die so fein und anderes, so rein und glatt, so unschuldig und anziehend war. Beide erkundeten küssend und kosend den Körper des anderen, es drangen lockende, wohltuende Töne aus ihren Kehlen, gefühlvolle Hände entkleideten und erforschten, spielten und zogen einander an. Er wusste wenig Spiele, zu unerfahren und neu war das alles für ihn, Sina jedoch wusste, was sie mochte, und zwang ihm ihre Gier auf, was ihm sonderbar gefiel, ihre starken Arme zogen ihn begierig zu sich, ließen dumpfe Töne aus ihrer Kehle erklingen und ihren Schoss erzittern. Seine Liebe schien jung und keuch, doch dafür ehrlich und wahrhaft. Beide lagen erschöpft nebeneinander, deckten sich zu, entschliefen nach dem Liebesspiel zufrieden und erschöpft. Der nächste Morgen begann früh, da der Wecker beide aus ihren Träumen riss. Eine Frau in seiner Wohnung, die sich früh mit ihm das Bad teilte und sich ebenfalls für den Tag fertig machte, wie undenkbar war dies noch vor einigen Wochen. Beide küssten sich zum Abschied, und versprachen sich abends wieder zusehen. Er schwang sich auf sein Rad, um zum Theater zu fahren. Vorbei an dem noch unbelebten Park, der in seiner frostigen Schönheit ihm heute ins Auge sprang, und nur widerwillig vorbeiziehen ließ, wie gern hätte er einen Spaziergang gewagt und seine Gedanken darin verloren. Er war nie ein großer Denker, das wusste er, Dinge kamen ihn meist erst in den Sinn, wenn er damit konfrontiert war. Ja er war nie ein großer Denker, und doch bedurfte das Leben ein fortwährendes Denken und Fühlen, er sagte sich immer, dass er zum Ausgleich mehr fühlte, träumte und dies auch auf Bildern bringen konnte. Der kühle Wind machte ihn heute nichts aus, die grauen Wolken passten einfach nicht zu seinem inneren und seiner Freude über letzte Nacht. Er grüßte einen Mann, dessen Blick er auf sich zog, lächelte eine alte Frau an, die mit ihm an der Ampel stand, und sie lächelte zurück. Ein paar Regentropfen fielen vom Himmel, doch das bewirkte nichts, bald wäre er beim Theater, bald könne es regnen und er würde doch nicht nass werden. Das Leben war leichter, das Leben war sinnvoller, das Leben schien schöner an diesen grauen

Arbeitstag. Am Theater angekommen stellte er sein Rad wie gewöhnlich ab, grüßte Wilhelm, der gerade die Eingangstür durchschritt, atmete nochmals die klare, kühle Herbstluft ein, wobei der die Augen kurz zumachte, als würde er eine Besonderheit darin entdecken. Dann schloss er die Kellertür auf und fand Lucy darin, die wieder vor ihrem Bildnis saß und scheinbar auf ihn wartete. „Du kannst einfach nicht ohne mich, nicht wahr?" Er stellte seine Arbeitstasche in die übliche Ecke und zog sich langsam pfeifend seinen Blaumann an. „Aber weißt du was, es ist ok. Bleib nur hier, schau auf dein Gemälde, schau auf das, was ich durch dich erschaffen habe. Doch betrachte es gut, ich werde es nämlich heute verkaufen." Er schritt aus dem Keller, schloss die Tür hinter sich und ließ sie allein und unbeachtet zurück. An diesem heutigen Tag erschien ihm alles leichter zu fallen. Den gesamten Tag über werkelte er an kleinen und großen Dingen, erfüllte Wünsche von Schauspielern und Theatermitarbeitern, zeigte die Defekte Lichtanlage einem geübten Auge eines Elektrikers und die Zeit verstrich im Fluge. Er spürte noch seinen Rücken des gestrigen Sturzes, doch auch das würde vorbei gehen, sein Arm ging es schon wieder besser. Doch immer, wenn er der jungen Martha jetzt begegnete, schaute sie ihn besorgt und schuldig an, als würde sie etwas für seinen Sturz können, als hätte sie ihn mit ihrer Anwesenheit hervorgerufen. Mittags kam Herr Reimers zu ihn und gab ihn die Info das Frau Leky heute um 3 herkomme und die Sache mit dem Gemälde zu klären. „Sehr schön", entsprang es ihm bei dieser Neuigkeit. „Ich danke ihnen für ihre Mühen Herr Reimers, ich weiß das sehr zu schätzen." Reimers musste ihn einfach argwöhnisch anschauen, bei diesen Worten, er merkte wohl das etwas vorgefallen sein musste, dass diese Stimmung in ihm auslöste. Er nahm es jedoch hin und verabschiedete sich. Nach Feierabend wartete er in seinem Keller auf sie, mit dabei war Lucy, die ihm auch tagsüber öfters begegnet war. Sie saß im Theatersaal, als er dem Elektriker das Problem mit der Lichtanlage erklärte, Sie schaute ihn wie gewöhnlich an, als er in der Garderobe der Schauspieler Spinte reparierte, und selbst beim Frühstück saß sie ihm bedächtig gegenüber. Doch all dies machte ihn heute nichts aus. Er glaubte ein Mittel gefunden zu haben, dieses Mittel hieß Sina, und alles erschien ertragbar, solang er wusste, dass er sie heute Abend sehen würde. Ein zögerliches Klopfen, kündigte Eva Leky an. Die Tür öffnete sich und Wilhelm trat mit einer elegant gekleideten Frau ein. Albrecht musste zugeben, dass sie eine wahrhafte Erscheinung darstellte, ihr Aussehen war graziös und anmutig, ihr Wuchs war groß und schlank, gleich einer Königin stand sie am Eingang und schaute sich sichtlich neugierig um. Sie strich ihre schulterlangen blonden Haare zurück und warf mit ihren dunkelblauen Augen einen musternden Blick auf den Künstler Albrecht Goni. Sie legte langsam ihren langen graumelierten Mantel ab und in dem dunklen, kargen Kellergewölbe stach ihre gelbe seidene Bluse hervor, die lange gerade Arme mit zarten Händen offenbarte, die erwartungsvoll und ruhig ineinandergriffen. „Ich würde euch beide dann mal alleine lassen", sagte Wilhelm sichtlich bemüht, die Etikette vor dieser ehrbaren Frau zu bewahren. Er verließ den Keller und Albrecht und Frau Leky blieben allein zurück. Sie schritt langsam mit ihrem engen schwarzen Rock durch den Keller, der ihr über die Knie reichte und ihr unteres weibliches Bein offenlegte. Passend zu ihrer Garderobe trug sie Pumps mit einem Tigermuster, was ihr Outfit sowohl extravagant als auch perfekt abrundete. „Ich bin überrascht Herr

Goni", fing sie an. „Ein Meisterwerk, wie sie es erschaffen haben, kann wohl nur schwerlich hier entstanden sein. Das Licht ist gar grässlich, wie ist es ihnen gelungen die Farben hier zu mischen? Ich würde nicht erkennen ob ein Farbton zu kräftig oder zu schwach geworden. Nein... Ich würde bei diesen Lichtverhältnissen meinen Augen nicht trauen." Lucy stand still und fast schon unscheinbar in einer Ecke des Raumes, beobachtete die Szene mit wachen Augen. „Und doch gefällt ihnen, was sie sehen", sagte er. „Dann kann das Licht nicht so viel Einfluss haben, wie sie behaupten."

„Nun Herr Goni, meine Behauptungen basieren auf Wissen." Sie schlich durch den Raum und beschaute aufmerksam die mannigfaltigen Werkzeuge, Kleber und sein penibel sortiertes Schraubenfach, in dem alle Größen, ob metrisch oder zollisch, feinsäuberlich sortiert in kleinen Schubfächern eingelagert waren. Sie nahm einen herumliegenden weißen Dübel in die Hand, schaute ihn kurz an und legte ihn dann wieder bedächtig zurück. „Der Hausmeister, der zum großen Künstler aufsteigt. Ich würde behaupten dies bietet Stoff für Hollywood, meinen sie nicht?"

„Wenn sie das sagen", antwortete er lakonisch mit einem gleichgültigen Schulterzucken. „Nun, sie müssen meine Verwunderung verstehen", fing sie wieder an. „Ich wollte mir den guten Lessing mal wieder zu Gemüte ziehen, und statt eines tragischen Schauspiels, geistert den ganzen Abend ein Bild in meinem Kopf umher. Ein Bild, dass der Hausmeister wohl so nebenbei erschaffen hat, wie man mir sagte. Der Werte Herr Reimers ließ mich jedoch nicht an sie ran, er meinte, dass sie wohl nicht gestört werden wollten, und jegliche Unterhaltung über das Gemälde würde nicht von Erfolg gekrönt. Sie müssen meine Verwunderung einfach verstehen. Die sich, nebenbei bemerkt, in diesem schaurigen Gewölbe nur vergrößert."

„Und doch sind sie aller Verwunderung zu trotz, heute hier und wollen die Gemälde kaufen."

„Ach wissen sie, normalerweise nehme ich solch einen Weg nicht auf mich, doch sie haben recht, für sie habe ich es getan. Ich will auch nicht verbergen, dass ich ihr Gemälde überaus beeindruckend fand." Albrecht nickte ihr anerkennend entgegen, schaute ihr scharf in die Augen und winkte sie zu sich hinter das Gemälde von Lucy. „Ich hatte lange eine Abneigung gegen den Verkauf der Gemälde", fing er an „und ich bin immer noch der Meinung, dass alle die es anschauen, die es bezaubernd, geheimnisvoll und imponierend finden, alle die es kaufen oder ausstellen wollen, das alle es nicht verstehen, dass alle nur ein gelungenes und respektables Bildnis anschauen, aber nicht sehen was dahintersteckt." Sie lächelte und bemerkte so nebenbei: „Und doch wollen sie es verkaufen." Frau Leky trat hinter das Bild und ihr souveräner, heiterer Gesichtsausdruck, fiel binnen Sekunden in sich zusammen und änderte sich in eine ungläubige, erstaunte Mimik. Sie konnte ihren Blick nicht von Lucys Bild abwenden, und wurde von derselben Ergriffenheit angefallen, die Wilhelm und Herr Reimers davor erfuhren. Albrecht sah, was der Anblick Lucys mit ihr machte, wie sie ebenso erschrocken und fasziniert von dem Anblick der Gestalt anfing zu versuchen ihr Geheimnis zu lüften, das Chaos und den Frieden, den der Betrachter anblickte, zu verstehen. „Wie ich sehe, gefällt es ihnen", unterbrach er ihr Schweigen. Sie hob den Finger und befahl damit, dass er schweigen sollte. Ihre Augen glitten noch einige Zeit über die Leinwand, ließen Albrecht verstummen und warten, so dass er sich wirklich dafür interessierte, was wohl gerade in ihren Kopf umher geht. „Wer ist diese Frau?", entsprang es ihr. Wieder zuckte Albrecht gefühllos mit der Schulter und antwortete knapp: „Ein Produkt meiner Fantasie." Sie schüttelte vehement den Kopf. „Unsinn! Ein Bild wie dieses bedarf einer Vorlage, es braucht ein starkes Gefühl und ein noch größeres Interesse es zu verstehen."

„Wie meinen sie das?", fragte er sichtlich irritiert. „Diese fotografische Genauigkeit, diese Symbolik und rätselhafte Andeutung, ich glaube nicht, dass all dies ihrer Vorstellung entsprungen ist. Zudem ist mir durchaus bewusst, dass sie in den letzten Jahren nur im Stande waren diese mittelmäßigen Landschaftsbilder zu zeichnen", sie zeigte auf die umher stehenden Gemälde. „Alle recht hübsch und ansehnlich, aber dies hier ist eine andere Liga. Ich kenne die Menschen, großen Veränderungen gehen zumeist große Veränderungen voraus. War sie eine geliebte? Wurden sie verlassen?" Sie studierte und musterte ihn genau, wartete auf eine Reaktion in seinem Gesicht, welche ihn verraten sollte. Sein Blick jedoch war weiterhin starr und nicht zu deuten, ließ ebenfalls nicht ab von ihren. „Es steckt viel liebe in diesem Bild", sagte Albrecht mit ruhiger Stimme. „Da haben sie durchaus recht. Es steckt viel Liebe und eine Menge Gefühl in diesem Gesicht, doch sie ist weder eine Geliebte noch hat sie mich verlassen. Sie existiert nicht, das können sie mir glauben. Allein mein Kopf hat sie erschaffen." Wieder schüttelte sie mit dem Kopf und protestierte: „Unsinn! Hören sie, es ist Unsinn! Diese Frau bedeutet ihnen die Welt. Nie hätten sie dieses

Porträt erschaffen können, ohne auch nur eine Vorstellung ihrer Schönheit, ihrer Macht und ein Wissen ihres Geheimnisses zu haben. Ich habe viele große Maler kennengelernt, ihre Eigenheiten wurden nur von ihren Marotten übertroffen, aber deswegen bin ich heute hier und sie nicht bei mir. Ich verlange nicht, dass sie mir etwas Privates verraten, vielleicht etwas Anrüchiges oder sogar Verbotenes. Nein, ich will nur nicht, dass sie mich anlügen. Den das ist es, eine Lüge. Sie sind nicht Gott und können ein engelsgleiches Meisterwerk erschaffen, dies Porträt braucht ein Vorbild, ein Ideal. Genau das hatten sie, oder soll ich lieber sagen, haben sie noch? Wieder schaute sie ihn fragend an, doch wieder blickte sie nur in ein stummes Gesicht. „Ja, hören sie, es kann mir egal sein, wie und warum sie dies geschafft haben. Doch glauben sie mir, ich weiß, dass diese Frau sie in ihren Träumen quält, glauben sie mir, ich weiß es! Ich weiß, dass sie ihnen ganz oft am Tag begegnet und ich weiß, dass das nicht spurlos an ihnen vorbei geht. Sie wollen, dass das Bild jemand versteht? Ich sage ihnen es kann niemand außer ihnen wirklich verstehen. Sehen sie, wie viele Kinder nehmen Stifte und Malen? Sie tun das frei und überschreiten dabei oft die Grenzen, die das Erwachsene Augen versteht, doch alles, was sie zu Papier bringen, ist ihre Wirklichkeit. Was sonst sind wir, als Kinder, als zornige Gören und Bengel, die das Leben glauben zu verstehen, Mädchen und Jungen die gehörig dem Tode folgen? Glauben sie mir, ich weiß, dass sie diese Frau sich nicht ausgedacht haben, ich weiß es!" Lucy trat nun langsam und mit bedächtigem Schritt aus ihrer Ecke hervor, stellte sich neben Frau Leky, und beschaute mit ihr das Gemälde. Albrecht war erstaunt über diese Worte, hatte nicht damit gerechnete, dass ihm so bedingungslos auf den Zahn gefühlt wird. Doch was sollte er sagen? Dass er einen Geist sieht? Dass da eine Frau um ihn her geistert? Dass er ein wahnsinniger und man ihn besser in eine Irrenanstalt stecken sollte? Nein, er hatte eine Ausrede, denn er gelangte mit dem Bildnis von Lucy auf seinen eigenen Gipfel, erreichte seinen künstlerischen Höhepunkt, die steilen Berghänge konnte er nicht wieder mit ein zwei erklärenden Sätzen hinabspringen. Auch wenn das Verständnis bei dieser Frau sicherlich vorhanden gewesen wäre, auch wenn er ahnte, dass er eine Verbündete in ihr finden konnte. Zu unsicher und gefährlich war es, sich zu offenbaren. „Nun, die Norm des Schönen, liegt im Künstler verborgen", versuchte er zu erklären. „Die Wahl sie mit Farben und Konturen zu bilden, ist allein seine Sache. Doch sie haben sehr recht, dass diese Frau eine Vorlage bedurfte, doch was liegt daran diese offen zulegen, das Verständnis dafür würde nicht entstehen." Nun schaute Lucy ihn herausfordernd an, mit einem Blick, den er von ihr nicht kannte, der ihn durchdrang und bis ins Mark berührte. Frau Leky schaute ebenfalls gespannt auf ihn, als hätte sie ihn kurz vor ein Geständnis gedrängt. „Ich sage ihnen sie sind ein Künstler und dienen allein der Gegenwart, dienen der Liebe, dienen dem Wahrheitsempfinden, ich verstehe das. Ich kannte einen Mann in Amerika, einen Maler, der es mir erklärte. Ihm hatte eine Muse verfolgt, ich rede hier von verfolgt, da er meinte, dass sie ihm im Traum und am Tag begegnet ist, sie ließ ihn nicht los, bis er all seine Kraft darauf verwendet hatte sie zu Papier zu bringen. Ist das nicht fürchterlich? Er wurde regelrecht gemartert und geknechtet von ihr." Albrecht schaute erschrocken auf Frau Leky, was wusste sie? Ihre Worte zielten auf ein Geständnis vom ihm ab, oder waren sie doch nur ins blaue geredet und trafen ungewollt ins Schwarze? Er merkte,

170

dass sein geänderter Gesichtsausdruck ihr auffiel, dass seine errichtete Schutzmauer vor ihr bröckelte und drohte undicht zu werden. Lucy blickte nun auf Frau Leky mit einem sonderbaren Blick, schlich um sie herum als wolle sie ihre gesamte Gestalt bemustern. Er wurde nervös und wollte nicht weiterreden, da er merkte, wie er begann sich zu sehr der Wahrheit zu nähern. „Was auch immer", versuchte er auszuweichen, „sie sind heute nicht gekommen, um die Frau auf dem Bild kennenzulernen, sondern um dieses Bild zu erwerben. Sehe ich das richtig?" Lucy schritt langsam zu Albrecht, stellte sich neben ihn und ließ ihn nervös werden, sein Herzschlag beschleunigte sich und er wurde merklich unruhig. „Ich... weiß nicht genau", antwortete sie nachdenklich, „ein Bild wie dieses hier, habe ich vielleicht zwei oder dreimal gesehen, ja vielleicht habe ich so etwas bemerkenswertes sogar noch nie gesehen. Mir geht es nicht ums Geld, mir geht es um die Kunst. Ich will es nicht besitzen, ich will es groß machen, und dafür bedarf es einer Ausstellung, um es Augen zu zeigen, die es bewundern werden, nicht verstehen, aber doch bewundern werden. Schönheit trifft jedes Auge, ganz egal wie scharf und ungeübt es auch sei. Sehen sie, sie haben diese zwei Gemälde von dieser Frau, diese werden sie berühmt machen. Ihre Landschaftsmalerei wird ebenso teuer verkauft werden, da ihr Name draufsteht, so ist das mit den Leuten, solange ein Name mit Status und Klasse verbunden wird, kaufen sie es, einfach um dazu zugehören." Albrecht schaute auf Lucy, die ihm zu nickte, scheinbar einverstanden mit dem Vorschlag, der ihm unterbreitet wurde. Albrecht merkte, wie es ihm widerstrebte eine Ausstellung mit all seinen Bildern zu initiieren, nur um Profit aus mittelmäßigen Landschaftsbildern zu schlagen. „Sie werden ein reicher Mann Herr

Goni", setzte sie noch nach, da sie merkte, wie er zögerte. „Lucy schaute ihn bestimmend an, doch er wollte nicht so recht einwilligen, lieber wäre ihm ein Verkauf der beiden Bilder, ohne Aufmerksamkeit, ohne Ausstellung. „Nun, was sagen sie?", fragte Frau Leky ungeduldig. Er wollte ihr sagen, dass er ein Verkauf vorziehe, doch er merkte, wie er einen Kloß im Hals bekam, ein drücken ihn der Kehle, dass ihm jegliche Worte untersagte. Lucy kam ihn bedrohlich nahe, legte ihre langen Finger wie schlingen um seinen Hals. „Herr Goni, geht es ihnen gut? Was ist mit ihnen?", Frau Leky merkte, dass es ihm unwohl wurde. Er schüttelte eilig mit dem Kopf. „Nichts, es ist nichts. Wir werden eine Ausstellung…", hier stockte er, da er merkte, dass es ihm missfiel, doch er nicht anders konnte als seine Zusage geben. „Wir werden die Bilder ausstellen!", stimmte er letztlich unfreiwillig zu.

Kapitel 13

„Hast du schon gehört, die alte Mrs. Vels hat wohl ein Verhältnis mit so einem jungen Kerl aus dem Süden", sprach Wilhelm zu Albrecht, währenddessen die beiden den Pausenraum betraten. Wie jeden Tag saßen die beiden alten Frauen schon dort, steckten ihre Köpfe eifrig zusammen und lästerten und tuschelten wie es Frauen eben gern im Verborgenen tun. „Es hat doch immer etwas Komisches, nicht? Wenn der Altersunterschied so groß ist. Doch natürlich nie für den Mann, der ist einer jungen oder reifen Frau stets würdig."

„Ach Wilhelm, deine Chauvinistische Denkweise scheint mir sehr veraltet. Du kannst einen Menschen nicht auf eine Zahl reduzieren, und die Natur macht auch davor keinen Halt."

„Oh Albrecht, ich kann und ich werde! Aber deine Errungenschaft spricht ja auch noch die Sprache der Jugend. Und ich sage dir, du bist dieser Frau würdig! Habe ich dir schon gratuliert zu diesem jungen Körper? Wenn nicht, dann meinen Glückwunsch. Ich hoffe nur sie ist gut, ich will nicht, dass du dich an einem nichtswürdigen Geschöpf verschwendest, denn das tun wir Männer bekanntlich nur zu gern."

„Ich wünsche dir, dass du eine Frau triffst, die dir im Alter einen gehörigen Unterschied aufweist, dass du dich in Sie Hals über Kopf verliebst, und deine These selbst von allen Wänden streichst. Denn du redest Unsinn. Ich weiß, dass auch du das weißt."

„Na gegen so ein junges Ding habe ich nichts einzuwenden", lachte Wilhelm und klopfte Albrecht versöhnlich auf die Schulter. Es war nicht das Alter, was Albrecht mit der Zeit quälte, es war nicht ihre bezaubernde und rücksichtsvolle Art, es scheiterte auch nicht an mangelnder Verständigung oder fehlender Aufmerksamkeit. Der Werdegang ihrer Beziehung verlief wie von der Natur vorhergesehen und glich weder einer Tragödie noch einem Drama. Doch mit der Zeit schlich sich eine altbekannte Figur zwischen die Beiden, Lucy drängte sich allmählich und mit fordernder Gelassenheit in die Welt der beiden. So erwachten beide anfangs noch zu zweit und ohne irgendein störendes Gespinst, so verlor sich die anfängliche Leichtigkeit jedoch, sobald Lucy früh am Tisch sich ein Platz reservierte, abends beim gemeinsamen Essen stille Beobachterin wurde und als schweigende Begleiterin sich bei Spaziergängen beteiligte. Albrecht versuchte am Anfang Sie so gut es eben geht zu ignorieren, sie einfach ohne Beachtung sitzen zu lassen und ohne Aufmerksamkeit den Spaziergang zu beenden. Doch es wurde eben genau das, ein beenden wollen von Tätigkeiten, ohne komisch zu wirken, ohne sich etwas anmerken zu lassen. Ohne dass er es wollte, spielte er eine Rolle, verstellte sich, um normal zu sein, verbog sich um in das gewünschte Raster zu passen. Doch es kam, wie es kommen musste. Ein Mensch dessen Verstand unter einem bestimmten Umstand krankt, kann niemals die Regeln des gesunden Menschenverstandes auf Dauer befolgen. So geschah es, dass er anfing, verschwiegener zu werden, wortkarger gegenüber Sina, die diesen Umstand durchaus recht feinfühlig wahrnahm. Er fing an unter Lucys Abwesenheit, argwöhnisch die Umgebung zu betrachten, rechnete stetig mit ihrer Wiederkehr und wartete nur bis ihr Zauber den Augenblick der Liebe verfluchte. Sina konnte sich nicht erklären, warum diese Verhaltensweisen Einzug erhielten, sie dichtete sich eine weitere Liebhaberin hinzu, versuchte Unzufriedenheit zu entdecken und ihm ein Wort der Aufklärung zu entlocken, doch alles vergebens. Er blockte ab, schauspielerte dann wieder gute Laune und mimte den Verliebten, was sie jedoch sofort durchschaute. Denn feine Frauen haben von Natur ein Gespür für Unaufrichtigkeit, eine Gabe, die dem plumpen Mann stets durch Eitelkeit und Koketterie verborgen bleibt. Doch ihre Liebe schürte gnädige Gedanken in den Ofen ihres Herzens, befeuerte eine Aussicht auf bessere Zeiten und ließ ihr Gemüt geduldig werden. Als Albrecht eines Morgens erwachte, strömte ihm direkt der Duft von Lucy in die Nase, gleich danach der Duft von frisch gebrühten

Kaffee, der sich wohltuend in seiner Wohnung ausbreitete. Sinas Sorgen und Gedanken ließen einen erholsamen langen Schlaf nicht zu, was dazu führte, dass sie in letzter Zeit schon immer vor ihm wach wurde. Der Anblick von Sina wäre ein Segen für ihn gewesen, die Tatsache dass sie bereits das Frühstück vorbereitet hatte, Pfannkuchen mit Obst und allerlei leckeren Kleinigkeiten liebevoll serviert auf dem Tisch standen. Der Anblick von Sina könnte wohltuender auf einen Mann nicht wirken, als sie lächelnd und verliebt zu ihm kam und ihm einen Gutenmorgenkuss überreichte. Der Anblick von Sina wäre alles, was er gebraucht hätte. Doch da war nicht nur Sina, es saß ebenso Lucy mit am Tisch, wartend und geduldig wie eh und je, aufmerksam betrachtend und forschend schaute sie auf Albrecht. Der mit der Situation am frühen Morgen überfordert schien. „Na, wie hast du geschlafen Liebling", begrüßte ihn Sina mit einem sanften liebevollen Blick. Albrechts Augen verweilten auf Lucy, die die Beine gekreuzt und aufrecht sitzend, gleich einer Königin auf ihn wartete. Er räusperte sich, wie jemand der genau wusste, dass er jetzt wieder keinen Verdacht erwecken durfte und sagte, gespielt sicher: „Hervorragend, wirklich hervorragend." Dann wendete er seinen Blick von Lucy ab und schaute in die treuen Augen von Sina. „Danke dass du Frühstück vorbereitet hast, du bist bezaubernd." Er ging ins Bad, um sich bereit zu machen für den Tag, schaute lange in den Spiegel, in dem ein alter Mann mit einigen Sorgenfalten zu sehen war. Wann haben sich alle diese tiefen Falten auf sein Gesicht geschlichen? Wann geschah es, dass diese Augenringe, diese Grübchen, diese Stirnfalten sich so tief in sein Gesicht brannten? Er spritze sich kaltes Wasser ins Gesicht, versuchte seine Gedanken und seine Sinne zu schärfen, um gleich ein guter Freund zu sein, um gleich keinerlei Verdacht aufkommen zu lassen, nicht komisch oder sonderbar zu wirken. Ja er wusste, dass sie nicht wieder verschwinden würde, dass sie wohl den restlichen Tag bei ihnen bleiben und als stiller Beobachter alles miterleben würde. Ihm kam der Gedanke, dass er nur intensiv genug lieben müsste, dass er sich voll und ganz Sina hingeben müsse, dann würde Lucy wieder verschwinden, so wie am Anfang. Jedes Gefühl geht doch immer von uns aus, jeder Gedanke entsteht doch immer in unseren Kopf, wir können uns stets nur selbst weh tun und alles ist ein Produkt unserer Gedanken. Er schlug sich zwei, dreimal ins Gesicht, machte sich fertig und ging dann zum Frühstück. Lucy hatte sich aufs Sofa positioniert, saß auf ihren üblichen Platz. Sina war im Lesen eines Zeitungsartikels vertieft, schaute dann euphorisch zu ihm auf und sagte: „Hast du schon gelesen? Dein Gemälde wird hier beschrieben. Du bist in der Zeitung. Du bist eine Berühmtheit. Ja mein Albrecht ist eine Berühmtheit", strahlte sie ihn an. „Nun, du kennst mich jetzt doch eine Weile, zur Berühmtheit tauge ich nicht", antwortete er ruhig und besonnen. Sie lächelt ihn vergnügt an und las vor: „Viele Jahre dachte man, dass sich die Kunst auf der Bühne des kleinen Theaters abspielte. Doch seit einiger Zeit ist klar, dass die wahre Kunst in einem kleinen Kellergewölbe des Hausmeisters Albrecht Goni entstand." Sie schaute vergnügt zu ihm auf, hoffte auch in seinem Gesicht ein Strahlen oder Entzücken über diese positive Presse zu entdecken, doch er blickte besorgt und starr auf Lucy, die weiterhin auf dem Sofa saß. Sina legte die Zeitung beiseite und goss ihm Kaffee ein. „Nun, ob Berühmtheit oder nicht, dass hast du wohl nicht zu bestimmen." Das hatte er wirklich nicht zu bestimmen, überhaupt hatte er sehr wenig in seinem Leben selbst in der Hand. Ihn beschlich mit der permanenten Anwesenheit von Lucy nun stärker den je das Gefühl, dass er sein Leben nicht selbst in der Hand hätte, sondern alles über sich ergehen lassen müsse. Das Wissen machte sich in ihm breit, dass er nur von Situation zu Situation getreten wurde, dass die Frage nach der Kontrolle nie seine Angelegenheit sei. Die Gemälde entstanden nur durch Lucy, einfach alles hatte sie initiiert, wurde von ihr arrangiert und er war nur der billige Erfüllungsgehilfe, der der ständig zum allen ja sagte und alles erduldete. Auch jetzt am Frühstückstisch saß er zwischen den Stühlen, hatte eine Frau vor sich, die er liebte und gern seine volle Aufmerksamkeit schenken wollte, doch der dunkle Schatten einer anderen Frau tanzte um ihn her, stahl die Aufmerksamkeit und verfluchte die Momente. „Lass uns spazieren gehen", strömte es aus ihm heraus, als er die peinvolle Anwesenheit von ihr nicht mehr ertrug. „Jetzt? Lass uns doch noch zu ende Frühstücken", antwortete Sina verdutzt und schielte mit den Augen immer noch auf den Zeitungsartikel. „Natürlich, wir essen noch, doch dann lass uns an die frische Luft." Sie lächelte ihn gütig an, ahnte nicht wie ernst er es meinte, wie sehr er die Freiheit, die weite und die Ablenkung nötig hatte. Doch die erhoffte Ablenkung fand er auch nicht draußen, da jeder Schritt, jede Richtung, die er einschlug, jeder Weg, den sie gingen, stets von Lucy begleitet wurde, alles, was er sagte drang auch in ihre neugierigen Ohren. Alles, was Sina ihn anvertraute, vertraute sie auch ihr an. Mit zunehmenden Momenten zu dritt nahm auch die Verstockung zu, die Verstockung lauerte und wartete bis es Zeit wurde, bis es ehrliche und liebevolle Worte bedurfte, dann sprang sie hervor, dann machte sie sich bereit die Momente zu zerstören. Er merkte es. Er fühlte es. Er musste es hinnehmen, wenn auch zutiefst widerwillig und verärgert. Seine Schauspielkünste waren miserabel und durchschaubar, dies ließ Sina ihn deutlich spüren, und so ließ er auch diese verzweifelten Versuche irgendwann sein. Er wurde abwesend, als seine Anwesenheit benötigt wurde, er fand nicht die richtigen Worte, als diese so einfach auszusprechen gewesen wären, er zerstörte mit seiner Unfreiheit die noch junge freie Beziehung. Er unternahm Versuche schöne Momente zu kreieren, ging mit ihr ins Theater, ins Kino, ja sogar ein Opernbesuch wurde unternommen. Doch Lucy spielte die Hauptrolle auf der Bühne, machte es sich im Kino bequem und sang ihr schweigsames Lied in der Oper. Man sollte sich daran gewöhnen, doch Albrecht konnte sich nicht daran gewöhnen, noch wollte er es hinnehmen, dass seine Zeit mit Sina dermaßen darunter litt. Sie war jung und unerfahren, nahm diese bedrückenden Momente hin, als er verschwiegen und unaufmerksam vor ihr saß, sie schien alles stoisch zu ignorieren und als Künstlertum abzutun. Es ärgerte ihn zutiefst, dass diese junge Frau unbeirrbar an ihn festhielt, nicht dass er diese Liebe nicht genoss oder nachfühlte, er fühlte mindestens genauso wie sie. Doch alles in ihm spürte, dass es so nicht funktionierte, das sein Verhalten alles kaputt machte, das wusste er, die Frage war nur wann Sina es als unerträglich anerkannte und die Beziehung beenden würde. Eines Abends als Lucy rechts und Sina links neben ihn auf dem Sofa saß, hörte er den Worten von Sina zu, die von gemeinsamen Urlauben und gemeinsamen Reisen schwärmte, eine gemeinsame Zukunft in ihren Reden entwarf und gestaltete, in diesen Moment platzte es aus Albrecht heraus. „Sina, ich will die Beziehung beenden!"

Kapitel 14

„Zu seiner eigenen Ausstellung nicht zu kommen", schimpfte Frau Leky zu ihrer Assistentin, als sie erfuhr das Albrecht nicht erscheinen würde. „Was glaubt dieser Mensch, wer er ist? Er sollte sich glücklich schätzen ein Arrangement mit einer der bedeutendsten Galeristen erhalten zu haben. Doch stattdessen erscheint er einfach nicht. Er erscheint einfach nicht." Beide befanden sich in einem großen offenen Saal, der eine Menge Bilder beherbergte von verschiedenen Künstlern. Doch die Masse von Menschen sammelte sich um das Gemälde von Lucy, die scheinbar über alles thronte und von allen bewundert wurde. „Es wurden an diesem Abend schon eine Menge Angebote abgegeben", bemerkte die kleine dunkelhaarige Assistentin, deren Outfit einer Stewardess ähnelte. „Ganz egal ob er hier ist oder nicht, er wird wohl seinen Hausmeisterposten an den Nagel hängen können. Schauen Sie nur." Sie überreichte ihr eines der Angebote und Frau Leky schaute überrascht darauf: „Babara von Anfang Lacoste, was für ein alberner Name, aber was für ein großzügiges Angebot. Mir scheint, der Abend hat sich für uns heute schon gelohnt." Die Assistentin nickte zufrieden und zeigte auf weitere Angebote. „Dieser Abend wird sich mehr als lohnen, es wird mich nicht überraschen, wenn wir einen Rekordgewinn heute einfahren, mit einem gänzlich unbekannten Künstler. Das ist über allen Maßen bemerkenswert." Beide prosteten sich zu und der Ärger über das nicht erscheinen Albrechts wurde durch die Aussicht nach einem saftigen Gewinn verwässert. Der Abend nahm seinen wohl bekannten Verlauf, nur waren die Reaktionen und das rege Interesse an dem Künstler Albrecht Goni nicht mehr zu halten. All seine Gemälde wurden am ersten Abend verkauft, sogar die Landschaftsbilder, die keinerlei Besonderheit aufwiesen und die scheinbar jeder andere mittelmäßige Maler ebenso hingebracht hätte. Doch dieser Name Albrecht Goni wird ein ganz großer, dass merkten die Kunstinteressenten, und kauften allein als Wertanlage. Als sich der Abend dem Ende neigte und die meisten gierigen Betrachter sich wieder auf dem Heimweg begeben haben, erklang eine Stimme im Saal. „Erstaunlich, wirklich sehr erstaunlich", tönte die bullige Stimme vor dem Gemälde von Lucy. Frau Leky wurde aufmerksam auf den elegant gekleideten Mann, der so ungläubige Worte über das Bildnis verlor. „Wie man sich doch in Menschen täuschen kann, dieser Teufelskerl", schallte es wieder durch die Halle. Der Mann trug einen dunkelblauen Anzug von sichtlich guter Qualität, seine Schuh glänzten im Widerschein der hellen Beleuchtung und hinter einem Ohr blitzte eine einzelne Zigarette durch, die der ganzen Eleganz ein rebellisches Antlitz verlieh. Er schüttelte mit dem Kopf, als stünde er vor einem Weltwunder, das man weder begreifen noch fassen konnte, ähnlich allen Besuchern, doch in seinem Gefühlsausbruch doch stärker und brachialer. „Entschuldigen Sie, ich konnte ihre Euphorie nicht überhören, sollten sie Interesse an dem Gemälde haben, es steht noch zum Verkauf. „Interesse? Das Einzige, was mich interessiert ist, wie ein Albrecht Goni solch ein Meisterwerk vollbringen konnte." Frau Leky schaute neugierig in die braunen Augen des Herren, der ein süffisantes Lächeln auf den Lippen trug. „Sagen sie, ist er heute da? Ich würde nur zu gern erfahren, wie er es angestellt hat." Sie schaute irritiert in sein Gesicht, das in die Jahre gekommen, aber immer noch eine jugendliche

Frechheit innehatte. „Ich versteh den Herren nicht recht? Sie kennen Herrn Goni?" Der Herr nickte langsam und versunken beim Anblick des Gemäldes. „Ich kenne Albrecht. Wir gingen zusammen zur Schule, tatsächlich gingen wir wirklich jeden Morgen denselben Weg, und selbst im Klassenraum angekommen, teilten wir uns eine Schulbank. Ja, ich kenne den alten Trunkenbold." Frau Leky nickte verständlich und nippte an ihrem Sektglas, das sie in der rechten Hand hielt. Sie wollte sich bereits höflich wieder verabschieden, als der ehemalige Klassenkamerad von Albrecht nur beiläufig sagte: „Aber erstaunlich wie gut er sie getroffen hat. Wirklich einfach erstaunlich gut." Hier erwachte die weibische Neugier in ihr, sie hielt für einen kurzen Moment inne. „Sie kennen die Frau auf dem Bild?", fragte sie gespielt beiläufig. „Ob ich sie kenne? Woher soll ich sie kennen? Ich habe sie ein paar Mal gesehen, doch kennen wäre übertrieben. Wirklich tragisch die Geschichte... wirklich tragisch." Nun war ihr Sensationsinstinkt voll und ganz geweckt. „Was meinen Sie? Was war tragisch an der Geschichte?" Der Mann bekam ein ernstes Gesicht, seine Mine verfinsterte sich jetzt nach dieser direkten Frage. Er winkte beherzt ab, wollte scheinbar über diese schreckliche Sache nicht reden. „War sie eine Geliebte?", bohrte Frau Leky vorsichtig nach. „Mhm... eine geliebte?", er starrte auf das Bild und strich sich nachdenklich über seinen Dreitagebart. „Nein! Nicht Geliebte, das Wort ist falsch, für das was sie war." Frau Leky wurde ungeduldig bei den rätselhaften Worten des Mannes. „Nun, was wäre denn der richtige Begriff?" Jetzt wandte er sich vom Bild ab, schaute ihr in die glänzenden Augen und bekam wieder dieses leichtfertige Lächeln auf den Lippen. „Die Neugier einer Frau will nicht wissen, sie will enthüllen, will Sensation und Schadenfreude. Ich bin nicht hier, um irgendjemanden dies zu liefern." Wie immer verzog Frau Leky keine Mine und verharrte in ihren gewöhnlichen kühlen und überlegenen Gesichtsausdruck. „Schauen Sie," fing der Mann wieder an, „ihnen gehört diese Ausstellung, das weiß ich da ich ihr Bild draußen gesehen hab, und sie kennen daher Albrecht. Haben mit ihm geredet und bei ihrer Neugier sicher auch gefragt, wer diese Frau sei. Scheinbar haben sie keine zufriedenstellende Antwort bekommen, ansonsten würden sie mich nicht befragen. Warum sollte ich etwas ausplaudern, was Albrecht scheinbar auch nicht zu sagen wagt?" Sie konnte nicht verbergen, dass seine selbstbewusste Art ihr gefiel, lächelte ihn höfflich an und verabschiedete sich. Als sie bereits ein paar Schritte entfernt war, packte er sie am Arm und stoppte sie noch mit den Worten: „Bevor ich es vergesse, könnten sie Albrecht ausrichten das sein alter Freund Tom Birkling in der Stadt sei. Sagen sie ihm, ich übernachte im Hotel Ladybird. Er überreichte ihr eine Visitenkarte mit seiner Nummer darauf. Beide gingen ihrer Wege.

Im Hotel Ladybird hat sich ein Mann niedergelassen, dessen Eigenart und schrullige Angewohnheit es seit jeher war, seinen Perfektionismus an allen und jeden als Maßstab anzulegen. Das dies eine Anstrengung für alle und jeden bedeutete, die in der Umgebung des Mannes existierten, lässt sich leicht an mannigfachen Beispielen erklären. Als Geschäftsführer eines großen Textilunternehmens, stieg er schnell auf und konnte seinen pedantischen Charakterzug voll und ganz entfalten. Zum Leidwesen seiner Mitarbeiter stellte er ausformulierte Aufgaben in den Raum, die so weit in die Tiefe gingen, dass die Erfüllung keinerlei Spielraum für eigene Kreativität zuließ, sondern strikt und unverzüglich zu erfüllen war. Sollte das

Ergebnis doch einmal von der Vorgabe abweichen, dann konnte diese Pedanterie zu einem Wutausbruch führen, die sein Kopf rot anschwellen ließ und von allen Mitarbeitern gefürchtet wurde, da sein Ärger sich stets durch lautstarke Worte und Drohungen kanalisierte. Das führte dazu, dass er im Restaurant den Koch zu sich holen ließ, wenn sein Steak nicht genau auf dem Punkt zu ihm kam, selbst wenn er nicht schnell genug bedient oder zu lange auf sein Essen warten musste, konnte es sehr unangenehm für alle beteiligten werden. So geschah es, dass er beim Betreten seines Lieblingsrestaurant stets einen Tumult bei den Kellnern und Mitarbeitern verursachte, deren Sinne sich alleine bei seinem Anblick schärften und sogar bei einigen zu Schweißausbrüchen führten. Auch im Hotel Ladybird hatte er sich bereits bemerkbar gemacht, hier musste man eine Börsenzeitung, die es bisher nicht im Angebot gab, besorgen lassen. Eine Whiskysorte wurde per Express bestellt, da die Getränkekarte laut seiner Aussage eine Schande für jeden Gastronom sei, immerhin wird das Geld doch mit den Getränken gemacht, schallte es dem jungen Kellner um die Ohren. Die Bitte von Albrecht Herrn Birkling zu sprechen, ließ den vornehm gekleideten Mann am Empfangstresen zusammenzucken, er strich sich seine öligen Haare nach hinten und legte ein zittriges Lächeln auf, das Albrecht ganz gut verriet, dass es tatsächlich Tom Birkling sein musste, der sich hier eingenistet hatte. Als der arme Mann mit seinen fetten Fingern das Telefon ans Ohr führte, atmete er hörbar und angestrengt aus, wie ein Fußballprofi, der vor einem wichtigen Elfmeter zum Schuss ansetzte. „Was gibt es?", schallte es durch den Hörer, so dass Albrecht es gut hören konnte. „Herr Birkling, hier steht ein Herr Goni, der sie gerne sprechen würde." Der Mann legte den Hörer sichtlich erleichtert wieder auf die Gabel, und wies Albrecht an kurz Platz zu nehmen, da der berüchtigte Mann am anderen Ende der Leitung gleichkommen werden.

Der weitläufige Vorraum des Hotels besaß eine ansehnliche Bar, in der einige prunkvolle Sessel und Tische aufgereiht und zum Verweilen einluden. Ein mächtiges Bücherregal und ein Kamin auf den verzierten Vasen standen, gaben den Raum ein wichtiges und elegantes Ansehen. Albrecht fragte sich, was es wohl gekostet habe, Bücher zu ordern, die niemals gelesen, sondern aus reiner Eitelkeit den Raum aufwerteten. Doch diese Frage ließ sich eins zu eins auf seine Gemälde übertragen, so ist es eben mit Kunst und Kultur, alles nur Schall und Rauch, nur Blendwerk der feinen Gesellschaft, nur ein Podest, auf das sich die Käufer gern selbst stellen. Tom kannte er schon seit dem Kindergarden, und schon damals hatte er den törichten Charakterzug, alle und jeden sein Spiel aufzudrängen und die Erzieher sowie die Kinder für sich zu vereinnahmen. Warum die beiden sich so gut verstanden, ist für jeden außenstehenden ein Rätsel, der herrische und auf großen Fuß lebenden Textilmogul war der pure Gegensatz zu dem stillen und in sich gekehrten Künstler Albrecht Goni. Beide waren Antipoden und wussten recht gut darüber Bescheid. Schon zur Schulzeit teilten sie nicht nur den Schulweg, sondern auch etwaige Hausaufgaben. Die Mathematik und die Physik war nie Albrechts Sache, dafür kannte sich der feinfühlige Künstler mit Musik, Naturwissenschaft, Kunst und durchaus auch mit Sport aus. Das führte dazu, dass Tom sein natürliches Talent für Zahlen für die beiden nutzte, und Albrecht sein Wissen der schönen Künste in Hausarbeiten und Gruppenarbeiten stets mit beiderseitiger Übereinstimmung teilte. Die beiden nutzten sich über die Schule hinaus jedoch ebenso, wenn es galt eine Frau zu beeindrucken, verfasste Albrecht gerne schonmal Gedichte für ihn, die Tom dann mit Leidenschaft der Auserwählten vortrug, im Gegenzug konnte Tom ihn feine Sachen aus der Textilfabrik besorgen, die damals noch sein Vater mit strenger Hand leitete. Über Frauen und Kleidung hinaus, verband die beiden auch die Freude am Betrachten einer bestimmten Fußballmannschaft, die ihr Dasein in der Drittklassigkeit fristete. So geschah es, dass trotz aller Charakterlichen Unstimmigkeiten, beide sich auf das Urteil des anderen stützten und sich schätzten, die Zeit bewirkte das sie zu engen und guten Freunden wurden. „Alt siehst du aus!", tönte die raue Stimme von Tom, der seinen alten Freund auf dem Sessel begeistert musterte. „Ist es eine Frau, die dich so hingerichtet hat? Du weißt, es sind immer die Frauen, die uns Männer das Leben aus dem Leib saugen. Liebe und Leben trennt nur ein Buchstabe, ein Buchstabe der, dass eine verlängern oder verkürzen kann. Lass dich ansehen." Beide umarmten sich herzlich und schauten sich freudig in die Augen, wie man einen alten Freund in die Augen schaut, von dem man weiß, dass die Zeit stets egal sein wird, die Freundschaft wird überdauern. „Ja, wie immer auf dem Punkt mein Freund", begrüßte ihn Albrecht. „Doch sag, wie kommt es, dass du in der Stadt bist? Soweit ich weiß, treibst du dich viel in Amerika und China herum? Was kann diese kleine Stadt dir hier schon bieten, damit du höchstpersönlich kommst?" Der Kellner tauchte neben den Beiden sichtlich angespannt auf und fragte ob die Herren etwas trinken wollten. „Was? Wollen sie uns loswerden?", brach es aus Tom heraus. „Ich habe mich vor wenigen Augenblicken erst gesetzt.

Gebietet es der Anstand nicht, dass der Gast sich akklimatisiert, bevor er abgespeist wird. Wissen sie, was Anstand bedeutet? Lernt man das auf der Kellnerschule nicht?" Albrecht musste Schmunzeln, da er solche komischen Szenen bereits kannte, jedoch Mitleid mit dem jungen Kellner hatte, und für beide Whisky bestellte, die Marke sollte bekannt sein, da Tom ja wohl schon etwas länger Gast hier ist. Der junge Kellner trat sichtlich niedergeschlagen den Rückweg an, und Albrecht konnte sehen, dass dieser noch heimlich mehrere böse Blicke auf Tom warf, als er die Getränke zubereitete. Er konnte sich überhaupt gut vorstellen, dass Tom einen Tod stirbt, der einer Vergiftung seines Getränkes voraus ging. Die ein gereizter Kellner davor initiierte. „Ja Amerika, ich sag dir eins mein Freund, alles Unheil kommt aus Amerika. Du hörst richtig, hier ein Startup dort ein Startup, hier eine Pleite und dort eine Pleite. Doch interessieren tut das keinen, haften tun die anderen. Ich sag dir, wir Deutschen sind so dumm und schauen uns auch das noch ab. Verantwortung tragen die anderen, wem interessiert schon eine Pleite. Das würde es bei mir nicht geben, hörst du. Ich habe noch Unternehmerischen Anstand. Du weißt das ich den habe. Nette Leute und ein bezauberndes Volk dort, aber die Strukturen, das kannst du dir nicht ausdenken, ich sag dir, das kannst du dir nicht ausdenken. Aber wir kommen auch noch da hin, schau dich doch um. Ich sag dir Deutschland studiert sich zu tote, keiner will sich mehr die Hände schmutzig machen. Ich brauch keine Doktoren, denken kann ich selbst, ich brauch Leute die Handwerklich geschickt sind, die sich auskennen, doch wir lassen alle studieren damit niemand mehr richtig schaffen muss. Ich sag dir, die Wirtschaftskrisen haben keine Bäcker und Schlosser verursacht, das waren die großen Denker aus den Eliteuniversitäten, aber auch die müssten keine Verantwortung übernehmen, also egal. Alles egal und niemand ist schuld. Wo bleibt denn der Whisky?" Tom schaute ungeduldig zum Kellner, der den Blick mit Schrecken wahrnahm und sogleich die Getränke brachte. „Du hast dich kein bisschen geändert", bemerkte Albrecht. „Immer noch der unangenehme Pragmatiker wie eh und je, was machen die Kinder? Die müssten doch auch schon bald ins Geschäft einsteigen." Tom lachte und nickte ihn stumm und nachdenklich zu. „Sind in London, studieren dort. Aber werden dann ins Unternehmen eingeführt, wenn es so weit ist." Der Kellner stellte die zwei Gläser mit Whisky auf den Tisch und bevor er etwas sagen konnte, erlöste Albrecht ihn mit den Worten: „Ich danke ihnen für ihre Mühe, wir würden uns melden, wenn wir noch etwas brauchen." Besorgt schaute Tom auf seinen alten Freund. „Albrecht, du siehst nicht gut aus!", ertönte es aus Tom mit ernster Stimme. „Danke mein Freund, für die gütigen Worte" Tom schüttelte mit ernster Miene den Kopf. „Ich meine das ernst, du siehst alles andere als glücklich aus. Ich habe dein Bild gesehen. Du Teufelskerl, was für ein Meisterwerk, ich habe keine Ahnung von Kunst, doch sogar ich habe hier etwas gesehen, vielleicht ein Funken der Genialität." Tom grinste ihn nun wieder mit frechen Augen an. „Danke mein Freund", erwiderte er gleichgültig. „Ich verkaufe, also solltest du Interesse haben, schlag zu. Deine Frau sammelt doch Kunst, schenk es ihr doch" Tom lachte laut auf und nahm einen kräftigen Schlug vom Whisky. „Meine Frau, ja die entwickelt immer eine Liebhaberei für alles, was nach Geld riecht, deswegen liebt sie mich auch so sehr. Aber nein, ich habe die Preise und Angebote prüfen lassen, wenn ich es kaufe, würde sie es lieben, und den Künstler wohl auch, das will ich meiner Ehe nicht antun." Ein beiderseitiges Lachen entstand und beide tranken zufrieden von ihrem Whisky. In der Zwischenzeit betrat eine zierliche Person den Raum, in einem eleganten dunkelroten Mantel, als sie sich entkleidete, entpuppte sie sich als Sina, die mit sichtlichen Spuren im Gesicht ihre Traurigkeit nicht verbergen konnte. Das alles geschah im Rücken von Albrecht, so dass er sie nicht wahrnahm. Sie wollte sich ihm bereits bemerkbar machen, als sie die folgenden Worte von Tom erreichten: „Nun, du hast deine alte Liebe auf dem Gemälde wirklich gut getroffen! Wirklich außerordentlich gut. Ich vermute, sie und deine Tochter als eine Art Symbiose?" Es entstand eine gravierende Stille im Raum. Sina erstarrte, fühlte sich schwermütig und schwindelig bei dieser Nachricht. Sie setzte sich auf einen Stuhl in der Nähe, blieb unbemerkt von Albrecht, Tom konnte sie sehen, doch kannte sie nicht und nahm sie nicht weiter wahr. „Die Sache muss dir komplett den Boden unter den Füßen weggerissen haben, so wie du sie geliebt hast. Ich war damals nicht für dich da, du weißt, ich bin nicht gut in solchen Dingen. Ja irgendwann hatte ich den Moment einfach verpasst, du weißt, wie ich bin, das nimmst du mir doch sicher nicht übel mein Freund." Albrecht schaute ihn mit großen Augen an. „Was redest du da?" nun forschten die wachen Augen von Tom in dem wirren Künstlergesicht von Albrecht. „Ich rede von Stella. Ich rede von eurer ungeborenen Tochter. Geht es dir nicht gut Albrecht? Habe ich etwas angesprochen, dass ich lieber nicht sagen sollte?" Mit einem hastigen Schluck trank Albrecht sein Glas leer, stand auf, verabschiedete sich abrupt bei Tom, dessen Verwirrung im sichtlich anzusehen war. „Bleib doch da, habe ich etwas Falsches gesagt? Nun bleib doch noch eine Weile." Doch vergebens, denn die Worte drangen nicht bis zu ihm durch, in seinem Kopf drehte es sich, es drängten sich

Gedankenfragmente unwillkürlich und ungebeten in sein Hirn, es tanzte das Gesicht von einer Frau namens Stella neben dem von Lucy, es schraubte sich die Erinnerung unwillkürlich in sein Hirn und Herz, verankerte sich wieder dort, erschlug die Ruhe und tobte, führte Krieg, wütete und kämpfte mit der Realität. Kämpfte mit dem Verstand und offenbarte eine traurige Vergangenheit. Eine schmerzliche Reminiszenz, welche die Gegenwart scharf und streng mitgestaltet. Eine wesenlose Gestalt namens Lucy bekam Kontur und Wahrheit. Beim achtlosen Verschwinden bekam er Sina nicht mit, welche sein Abgang mit wachen Augen beobachtete. Kaum hatte er den Raum verlassen, verspürte sie den Drang ihm zu folgen, stand auf blickte ihm nach und konnte sich doch nicht dazu durchringen. Sie schaute auf Tom, welcher sie mit einem fragenden Blick musterte, da ihr plötzliches Benehmen ihm verdächtig vorkam. „Kann ich ihnen helfen junge Frau." Ihre Blicke trafen sich und ruhten unsicher aufeinander. „Nun ja", begann Sina unsicher. „Albrecht ist mein… Nun, er und ich sind ein… Ich liebe ihn, ja und er mich doch auch. Verstehen sie, ich habe unfreiwillig ihr Gespräch mitbekommen, und diese Worte aus ihrem Mund waren so vollkommen neu für mich." Er winkte sie zu sich, sah ihre Verwirrung und ihr schwankendes weibliches Gemüt, das ihm ein Funken Mitleid abverlangte. Sie setzte sich langsam und bedächtig auf den Platz, auf dem Albrecht gerade noch gesessen hatte. „Schauen Sie", begann Tom erneut. „Mit den Worten des guten Goethe gesagt: Wir alle leben vom Vergangenen, und gehen am Vergangenen zugrunde. Ja und so scheint mir mein Freund noch gehörig am Vergangenen zu Leiden." Sie nickte schüchtern, konnte kaum den Blickkontakt mit Tom halten. „Albrecht hat mit mir gebrochen, vor wenigen Stunden, er meinte, dass er das mit mir nicht könne, dass da schon jemand sei, und wir beide nie wirklich allein seien. Ich will nur verstehen, was er damit meint." Der Kellner kam von der Seite und wollte die Bestellung von Sina aufnehmen, doch bevor er auch nur ein Wort formulieren konnte, hielt Tom ihn mit einem ausgestreckten Arm sein leeres Whiskyglas hin. „Noch zwei davon", herrschte er ihn an, was der Kellner mit einem ergebenen Nicken zur Kenntnis nahm und wieder abtrat. „Junges Fräulein, er hat mit ihnen gebrochen. Das gilt es zu akzeptieren und nach vorne zu schauen. Wenn Sie einen gut gemeinten Rat von mir haben wollen, dann halten sie sich von ihm fern. Er scheint noch ziemlich an der Vergangenheit zu knappern."

„Aber was ist denn in der Vergangenheit passiert, wer ist denn diese Frau und welche Tochter? Er hat nie etwas darüber gesagt."

„Nun, dann hatte er sicherlich seine Gründe. Alles, was er ihnen sagen will, wird er ihnen sagen, über alles andere kann ich nicht bestimmen."

Kapitel 15

Es sind zwei Welten, die aufeinanderprallen. Die eine sichtbar und greifbar, allgegenwärtig und verständlich, die andere scheint unsichtbar und formlos, wirr und unbegreiflich. Albrecht wusste das beide nebeneinanderher existieren konnten. Doch in diesem Moment schienen erstmals beide miteinander zu verschmelzen, schien er mit dem Kopf unter Wasser und der Körper am Lande, oder vielleicht doch andersherum? Er wusste es nicht, und jedwede Gehirnarbeit schien nutzlos, unendlich anstrengend und führte zu keinem erholsamen Ergebnis. Gleich dem Charakteristikum eines Traumes, verflüchtigte sich die unbewusste Welt, sobald man sie greifen will. In dem Moment des Erfassens und scheinbaren Verstehens, fallen die irdischen Gesetzte auseinander und man kann ins bodenlose Zerfließen. Die harte, nasskalte Holzbank, auf der er jetzt saß, war ebenso unangenehm, wie die Tatsache, dass ihm Lucy gegenübersaß. Der Park war menschenleer, keine Seele verirrte sich bei diesem eisigen Wetter hierher. Seine müden Augen schauten sie grübelnd an. Tom hatte ins blaue geredet und ins Schwarze getroffen, doch was sollte er mit dieser Erkenntnis anfangen? Ja, in dem Gesicht von ihr, spiegelten sich die Züge von Stella und ihm wider. Das Gesicht von Lucy, war scheinbar das Gesicht seiner ungeborenen Tochter. Eine Träne bahnte sich ihren Weg über seine Wange und tropfte still auf seine Hose. Doch was nutzte dieses Wissen? Was nutzt dem Kranken, das er den Namen der Krankheit weiß? „Ich wünschte ich könnte auch so gut zeichnen", waren die ersten Worte, die er damals von Stella hörte. Er war damals gerade dabei ein Landschaftsbild von einem kleinen See aufs Papier zu bringen. Die herbstliche Jahreszeit schmückte und kleidete den Tag und das Bild in besonderen Farben. „Nun, ich bin sicher auch sie können zeichnen. Jeder kann die Welt darstellen, der eine besser, der andere schlechter." Ihre Augen trafen sich damals das erste Mal, und auch jetzt war es ihm so, als schaue er wieder in ihre Augen, in die Augen von Lucy, in die Augen von Stella. „Nein, nein", antwortete sie damals, „bestimmt nicht jeder, glauben sie mir einfach, dass mein Können sich mit dem Können eines Vorschulkindes messen könnte." Beide lächelten und Stella schaute noch eine Weile interessiert dabei zu, wie Strich für Strich der See auf dem Papier entstand. „Stört es sie, wenn ich während sie zeichnen rede?", fragte sie ihn damals, mit einem höfflichen und kindlichen Ton in der Stimme. „Nein, das stört nicht", sagte er, obwohl er es noch nie leiden konnte, wenn während des zeichnen jemand neben ihm redete. Doch bei ihr mochte er es, ihre Stimme war angenehm und ihre Lippen – ja ihre Lippen vermochten zu überzeugen. Auch Lucys Lippen waren schön, doch es waren nicht die Lippen von Stella, ihre Lippen ähnelten mehr seinen, genauso das Kinn und vielleicht die Ohren, doch bei den Ohren war er sich nicht ganz sicher. Sein Blick forschte nach Gemeinsamkeiten und entdeckte genügend Übereinstimmungen, um sicher zu sein. „Du wirst ein berühmter Maler!", hörte er Stella noch sagen. „Ich werde dann deine Muse sein. Wir reisen durch die Welt und du machst Kunst. Ich trage verrückte Outfits und alles wird ganz wunderbar. Du wirst sehen, das wird alles ganz wunderbar." Er versuchte sich zu erinnern, wann sie das gesagt hatte, doch es gab so viele Momente in dem sie ihre verrückte Art in Form solcher Aussagen offenbarte. Vielleicht auf den endlosen gemeinsamen Spaziergängen, vielleicht auf dem Balkon in ihrer kleinen Vierzimmerwohnung, vielleicht auf dem Weg zu ihren stolzen Eltern, vielleicht nach einen der langen und liebevollen Küsse, vielleicht nach einem etwas zu langen Blickkontakt, denn beide gefielen sich in den Augen des anderen stets besser als in den eigenen. Den Tanz der Sympathie beherrschten Beide mühelos, wie von der Natur vorhergesehen, wie gemacht, um ein Leben miteinander zu teilen. Der Blick von Lucy schien jetzt mitleidiger zu werden, ja tatsächlich fühlte es sich so an, als würde sie auch vermissen oder erahnen das ihre Mutter ein großer Teil im Leben beider gewesen. Ihre zarten Finger waren gewiss die von Stella, genauso wie ihre stolze Stirn und ihr erhabener Blick. Gern würde Albrecht Lucys Stimme hören, wie würde sie wohl klingen? gewiss wäre sie klug und würde eine menge Menschen verzaubern, genau wie ihre Mutter es vermochte zu verzaubern. „Was war das für ein schrecklicher Film", erklang es in seinem Kopf und er erinnerte sich, wie beide sich lustig machten auf dem Heimweg des Kinos ihres ersten gemeinsamen Dates. Ihm schoss wieder ihr erster Kuss durch den Kopf, vor ihrer Haustür, mitten in einer Sommernacht. Er konnte sich nicht mehr an den Film erinnern, doch in seinem Kopf machten sich recht deutlich die Bilder breit, als er sie zum ersten Mal küsste. In ihre Wohnung ist er nicht mit gegangen, das wurde ihm nicht angeboten, und er merkte recht wohl, dass es sich nicht geziemte so schnell zur Sache zu kommen. Doch er erinnerte sich an das Glücksgefühl, das ihm auf dem langen Heimweg durchströmte. Plötzlich wehte der scharfe Nordwind heftig um Albrechts Ohren und zerzauste das Haar von Lucy, die ihm immer noch geduldig gegenübersaß. Er musste lächeln bei dem Gedanken an die Haare von Stella, die ihm das ein oder andere Mal darum bat ihr die Haare mit so einer Kokosmilch einzureiben, da ihre Haut diese Mittel nicht vertrug. „Du musst aufhören so ehrgeizig zu sein", hörte er sie noch sagen, als die beiden ein Brettspiel versuchten, in dem Stella besser war als er es wohl jemals werden konnte. Sie mochte es nicht besser als andere zu sein, anders als er, er wollte immer besser als andere sein, ein Umstand, der das ein oder andere Mal zum Streit führte. Wieder tropfte eine Träne von seiner Wange auf seine Hose, er bemerkte es und wischte sich schnell übers Gesicht, versuchte die nassen Stellen zu beseitigen, doch ohne Erfolg. All die schönen Empfindungen hatten ihre Zeit, er durfte neben ihr aufwachen und einschlafen, doch das war jetzt vorbei. Es kommt nicht zurück, das alles war Vergangenheit und niemand sollte zu lange im Vergangenen feststecken. Damals war er zufrieden. Ja vielleicht sogar glücklich. Er konnte sich nicht daran erinnern, wann er das letzte Mal Zufriedenheit verspürte oder Glück in einem Moment bewusst wahrnahm. „Ich weiß nicht, wie ich all das schaffen soll", hörte er Stella noch schimpfen, als sie von ihrer Arbeit heimgekommen und überfordert mit so vielen Situationen ihm ihr Leid klagte. Ihre Firma war groß und die Bezahlung gut, doch die Organisation ungerecht und die Führungspersonen untauglich. So gerne hätte er ihr entgegengerufen, dass sie alles hinschmeißen soll, dass kein Job auf der Welt es wert sei sich so mies zu fühlen. Doch als guter Partner versuchte er sie zu ermutigten und ihr mit Worten Kraft zu geben. Doch er merkte, dass diese Arbeit nichts für sie sei, der Stress und das Arbeitsumfeld ihr nicht guttaten. Wie glücklich sie wirkte als sie schwanger wurde und sich arbeitsunfähig aus dem Arbeitsalltag verabschiedete. Alles wirkte, wie im Traum nach ihrem Tod blieb der Traum im Verborgenen zurück, wirkte als gefährlicher

Geselle im Hintergrund, erschuf vielleicht Lucy, um sich Ausdruck zu verleihen. Er mochte den Gedanken der Familie, liebte jede Einzelheit daran. Es wurde ein Kinderzimmer eingerichtet, neu und kindgerecht tapeziert, es wurden Bücher gekauft, die einem auf das Elterndasein vorbereiten sollten. Es wurde ein Fotoshooting veranstaltet, mit dicken Babybauch und glücklich dreinschauenden Menschen. Ja, hier war er glücklich! Dann ein Riss, ein schwarzer Schauer, ein Gedankensprung ins Krankenhaus. Zuerst das Getuschel der Schwestern, dann Hektik, die sich im Raum wie ein schwarzer Schleier ausbreitete. Dann das Wort Komplikation, das ein junger Arzt zu ihm sprach, wie ein Rauschen zog alles an ihm vorbei, er wollte passende Gedanken finden, doch er konnte all das nicht verarbeiten. Das Wort Komplikation, echote noch in seinem Ohr. Nun schaute er wieder auf Lucy, denn sein Herz begann heftig zu schlagen, seine Kehle schnürte sich zu und er musste schwer und stark nach Luft ringen. Lucy lief ruhig und erhaben hinter ihn, legte ihre Hand auf seine Schulter und verstärkte das Gefühl aus einer anderen Realität hierher gerissen zu sein. Wie ein Fremder, der Körper war gleich, doch der Geist ein anderer, nicht wieder zuerkennen für das gewohnte Auge. Dieser Zustand dauerte vielleicht Minuten, wenige Sekunden für die Außenwelt, für ihn glich dieser Akt einer Abdankung seines eigenen Geistes und dauerte eine Ewigkeit.

Kapitel 16

Sina verließ das Lokal, nachdem sie mit Tom geredet hatte und nahm sich vor Albrecht zur Rede zu stellen, doch ihn zu finden war nicht eben so einfach. Zuerst lief sie zu seiner Wohnung, doch da war er nicht anzutreffen, dann ging sie ins Theater, doch auch hier keine Spur von ihm. Doch so viel schöpferische Phantasie Albrecht auch beim Zeichnen und Malen seiner Bilder aufbringen konnte, so einfältig und durchschaubar waren seine Gedanken für Menschen, die ihn kannten. So führte Sinas Weg direkt in den Park, dem sie ohne lange Suche Albrecht auf der Bank sitzend entdeckte. Langsam näherte sie sich ihm von hinten, mit den richtigen Worten ringend, mit der Angst abgewiesen zu werden. „Ich habe gehofft dich hier zu finden", brachte sie mit zitternder Stimme hervor. Albrecht zuckte zusammen, dort wo gerade noch Lucy stand, und ihm knechtete, stand auf einmal Sina, die ihn mit aufgelöstem Blick anschaute. In den Augen von Albrecht breitete sich ebenso eine sichtliche Überforderung aus. Sein Zustand hatte sich zwar annähernd normalisiert, auch war Lucy nicht mehr anwesend, doch im inneren merkte und spürte er die Zerrissenheit. Ein dünner Faden, der bei der kleinsten Belastung zu reisen drohte. „Wer ist Stella?", platzte es aus ihr heraus. „Ich habe das Gespräch zwischen deinem Freund und dir mitbekommen, ich wollte euch nicht belauschen, es passierte ungewollt." Er nickte verständlich, zeigte auf die Bank, und bat sie sich neben ihn zu setzen. Er wusste nicht, wo er anfangen sollte, da seine Gedanken selbst noch wirr und ungeordnet in seinem Kopf umhersprangen. „Stella war...", hier stockte er bereits, da er nicht recht wusste, wie er es formulieren sollte. „Stella war meine Partnerin vor dir. Sie war eine große Sache in meinem Leben." Von hier an erzählte Albrecht ihr alles. Von dem Kennenlernen am See bis zu dem tragischen Ende im Krankenhaus, von dem er nur noch dunkel zu beschreiben wusste. Geduldig hörte Sina zu, so dankbar darüber, dass er endlich sein Schweigen brach und sie Gewissheit hatte, dass keine andere Liebhaberin im Spiel war. „Ich bin so froh, dass du endlich mit der Sprache herausgerückt. Weißt du, ich will mit dir gemeinsam daran arbeiten, ich will mit dir zusammenbleiben und dir helfen nach vorne zuschauen. Jeder braucht doch jemanden, mit dem er reden kann." Er schüttelte mit dem Kopf, schaute auf die Stelle wo Lucy vor kurzem noch saß: „Das ist noch nicht alles Sina, da gibt es noch eine Sache, die ich dir erzählen muss." Sie schaute ihn mit gespannten Augen an, doch die Worte wollten nicht aus ihm heraus. Es kam ihn so vor, als hätte er das Sprechen verlernt, seine Zunge wollte Wörter bilden, doch irgendwas hinderte ihn daran diese zu vertonen. Sina wurde so bleich, dass ihre braunen Augen deutlich hervorstachen. Sie erwartete ein Geheimnis, vielleicht doch eine Liebhaberin, eine andere Frau? Albrecht wandte jetzt den Blick von Lucy und schaute Sina flehend und bittend an. „Meine ungeborene Tochter – manchmal kann ich sie sehen", er hatte das Gefühl, dass sie gleich loslachen würde, es klang so albern und weltfremd, musste erschreckend und irritierend sein, wenn ein Mensch einem Menschen mit gesundem Verstand diese Worte berichtete. Er wartete auf das Lachen, wartete und schaute Sina weiterhin erwartungsvoll an. Ihr Blick verriet, dass sie noch immer nach Bedeutung und Sinn in seinen Worten suchte. Albrecht hatte das Bedürfnis ihr alles zu erklären, sich zu erklären, er wollte nicht als verrückt gelten, wollte sie aber auch nicht anlügen. Sein Herz pochte, wie ein Kind, das seiner Mutter gesteht, dass es heimlich Geld aus ihrem Portemonnaie gestohlen hatte. „Sie ist einfach immer da. Egal was ich mache, wohin ich gehe, sie taucht auf und verschwindet, wenn es ihr in den Kram passt." Er forschte in ihren Gesicht nach einem funken Verständnis, doch sie schaute ganz ruhig und gelassen einfach in seine Augen. „Bevor du gekommen bist, saß sie dort." Er deutete auf die Stelle auf der Lucy eben noch gesessen hatte. „Ich kann das nicht kontrollieren, sie kontrollieren, hörst du? Ich kann nicht über sie bestimmen. Ich…" Er hielt sich die Hände vors Gesicht und brach in Tränen aus. „Du musst mich für verrückt halten. Los sag, dass ich verrückt bin." Sina schaute ihn ruhig und gedankenvoll an. Sie versuchte zu fassen und zu verstehen, was er gerade gesagt hatte. „Ist sie die Frau auf dem Gemälde? Diese Frau – die du siehst – ist sie es die du porträtiert hast?" Albrecht nickte und wischte sich die Tränen aus den Augen.

Kapitel 17

In den letzten Junitagen des darauffolgenden Jahres portraitierte Albrecht sich selbst. Als er den Pinsel nach Stunden der Arbeit niederlegte, prasselte der Regen an die Tür des kleinen Kellergewölbes und ein erfrischend kühler Duft drang in Form eines Luftzuges durch die undichte Tür hinein. Seit Wochen war es ungewöhnlich warm für die Jahreszeit, der Regen verbreitete eine angenehme erneuernde Stimmung. Um die Stunden der Malerei aus seinem Leib zu bekommen, streckte er sich, schloss die Augen und sog die reine feuchte Regenluft gierig in sich ein. Als er seine Augen wieder öffnete blickte er auf das fertige Bild, auf dem nicht nur er allein zusehen war, neben ihm stand selbstbewusst und schön Lucy, die sich auch weiterhin Raum und Platz im Leben von ihm verschaffte. Es klopfte an der Tür, und sogleich trat Sina mit einem kleinen Korb in der rechten Hand ein. Die Blicke der beiden trafen sich und auf den Mündern entfaltete sich ein Lächeln der Zufriedenheit. Sie stand in einem hellblauen Kleid vor ihm, das durchdrängt vom Regen einen komischen Anblick ergab. Beide mussten lachen. Albrecht lief zu ihr, um den Korb abzunehmen und sie mit einem zärtlichen Kuss zu empfangen. Sina sah das Bild und fragte aufgeregt: „Ist es das? Bist du endlich fertig?", euphorisch lief sie zum Gemälde und konnte ihre Freude nicht verbergen. „Wie findest du es?" Sie schaute lange darauf und entgegnete begeistert: „Unfassbar gut. Ich bin so stolz auf dich." Sie wusste genau, dass es ihm nicht leichtgefallen war, und eine Menge Überwindung gekostet hatte. Der Entschluss ein Selbstporträt mit Lucy zusammen zu zeichnen, war die Erkenntnis, dass es ein Leben ohne sie nicht geben würde. Immer würde sie lauern, immer würde sie da sein, nie würde sie komplett verschwinden. Lucy gewährte all seinen Wünschen Raum, agierte als Traumbild und flüchtige Nebendarstellerin in seinem Leben. Seine Aufgabe war die Akzeptanz und das Verständnis, war die Kontrolle und das Hirn, um alles zusammenzubekommen. Totale Offenheit schworen sich beide. Sina wollte immer wissen, ob Lucy im Raum war und wenn ja, wo sie gerade sei. Beide versuchten Wege zu finden, wie sie am besten mit dieser Situation umgehen konnten. Er ging zu einem Psychologen. Er probierte Medikamente aus, die man ihm verschrieb. Lange

Gespräche und viel Arbeit mit Sina halfen ihm. Doch ganz egal wie viel Mühe er auch in seine Beziehung und Pflege des Geistes legte, Lucy verschwand nicht vollkommen und war trotz allem sein ständiger Begleiter. Die Summe der Dinge half ihm jedoch die Situationen gut zu überstehen, er legte sich Waffen zu, die ihm vor Zusammensprüchen halfen. Er entdeckte das Laufen für sich, denn auch das lernte er, das der Körper und der Geist unmittelbar miteinander verbunden sind. Erst lief er nur kurze strecken und war relativ schnell am Ende, doch schon recht bald merkte er wie er längere Strecken bewältigen konnte und seine Fitness sich deutlich verbesserte. Manchmal lief er mit Stella zusammen, doch ganz oft allein, doch immer stellte sich ein befreiendes Gefühl ein, wenn sein Körper nach dem Training Endorphine ausströmte. Es kam vor das Lucy tagelang, ja sogar wochenlang verschwand, doch ganz verlies sie ihn nicht. Wie eine dunkle Wolke verdeckte sie ungefragt die Sonne, doch das Wissen, dass sie wieder gehen wird, ließ ihn die Sache entspannter sehen. Eine dunkle Wolke ist nicht wichtig, wenn man versteht das man selbst der Himmel ist.